AF138887

Sperr deine Fantasie nicht in einen Käfig,
denn ohne sie verliert das Leben seine Farben.

Gib deiner Fantasie Flügel,
dann bringt sie dich überall hin.

Martina Meyn

4

Wenn Wölfe Fledermäuse lieben

von
Martina Meyn

1. Kapitel

Augen verdrehend trommelte der hübsche Blonde auf die metallene Querstange seines Rades, während er die herausströmenden, lautstarken Schülergruppen beobachtete.

Es hätte ihm klar sein müssen, dass Alec sich wieder endlos Zeit lassen würde. Manchmal könnte er seinen besten Freund wirklich mit dem größten Vergnügen auf den Mond schießen. Immer wenn seine nervige Streberseite durchkam, vergaß er alles um sich herum. Dann konnte er stundenlang mit einem Lehrer über ein sterbenslangweiliges Thema diskutieren und verlor jegliches Zeitgefühl.

Endlich machte Idris den auffallend leuchtenden, blau gefärbten Haarschopf zwischen dem nur noch spärlichen Schülerstrom aus.

Der für einen Jungen recht klein geratene Siebzehnjährige steuerte direkt auf ihn zu, hauchte ihm mit einem entschuldigenden, schiefen Lächeln einen Kuss auf die rechte Wange und kniete sich neben sein eigenes Fahrrad, um die Sicherheitskette aufzuschließen.

„Wir waren vor zehn Minuten verabredet."

„Fünf." Alec strich sich die langen Haarsträhnen aus dem Gesicht, um besser sehen zu können. Entgegen der allgemeinen Mode trug er sein Haar fast taillenlang, nur der Pony und vereinzelte Strähnen an den Ohren waren zu einer wild abstehenden, zerzausten Frisur gekürzt.

„Ach komm schon, du bist zu spät! Ob nun zehn oder fünf Minuten. Was war jetzt schon wieder?"

Alec zog das Rad aus dem Metallständer. „Wir schreiben doch in zwei Tagen eine wichtige Arbeit. Ich wollte noch etwas abklären."

Grummelnd gab Idris nach und schob seinen Ärger zur Seite. Wenn es um Arbeiten oder Tests ging, war Alec sehr genau. Da konnte er es vergessen, weiterhin sauer über die ihm so verhasste Unpünktlichkeit zu sein.

Und bevor er sich noch länger den Tag verdarb, gab er lieber gleich auf.

„Meine Tante hat mir noch eine SMS geschrieben. Sie hat uns schon Kuchen und frisch gepressten Orangensaft bereitgestellt."

„Klasse." Endlich hatte Alec seine Schultasche auf dem Gepäckträger festgeklemmt und schwang sich auf den Sattel.

Seit knapp drei Jahren kümmerten die beiden sich regelmäßig um den weitläufigen, beinahe parkähnlichen Garten von Idris Tante mütterlicherseits.

Sally Peton war ein wenig sonderbar und wirkte immer leicht weltentrückt, aber sie hatte ein solch liebevolles Wesen, dass man sie einfach gern haben musste.

Durch das sehr große Erbe der Eltern hatten sie und ihre Schwester keine finanziellen Nöte zu befürchten, und da Idris' Mutter durch ihre Heirat bereits ein ansehnliches Haus ihr eigen nennen konnte, hatte Sally das elterliche Anwesen übernommen und es sich dort zusammen mit ihren fünf Katzen gemütlich gemacht.

Mittlerweile glich es eher einem verwunschenen kleinen Schlösschen, als einer Villa aus Vorkriegszeit.

Idris und Alec genossen die Stunden, die sie bei Sally verbringen konnten. Da wurde selbst die Gartenarbeit zum Vergnügen. Vor allem, wenn die ältere Frau sie mit Erzählungen aus ihrer Kindheit unterhielt und sie mit Kuchen und Getränken versorgte.

Ganz zu schweigen von dem Geld, was sie beide verdienten. Eindeutig zu viel, aber Sally wollte von einer Überbezahlung nichts hören. Junge Leute brauchten immer Geld, waren stets ihre Worte, wenn sie versuchten die großzügige Summe zu minimieren.

Die Strecke würde aus dem verschlafenen Ort hinausführen. Weniger Häuser, dafür mehr Felder. Da draußen gab es noch Natur pur.

Da weder Idris noch Alec besonders erpicht darauf waren, Großstadtluft zu schnuppern, genossen sie ihre friedliche Heimat. Hier kannte man sich, hier konnte man sich fast sicher sein, dass das größte Verbrechen ein Überqueren der Straße bei roter Ampel sein würde.

Viele ihrer Mitschüler würden gleich nach dem Schulabschluss von hier verschwinden, weil es ihnen zu langweilig war.

Eine einzige Schule für drei verschlafene Nester, die alle Klassen durch die gesamte Schulzeit führte. Dann gab es nur ein angesagtes Café in der Nähe des Schulgeländes und im nächsten Ort eine Disco. Wenn nicht bei irgendeinem Schüler eine Wochenendparty stattfand, war diese übersichtliche Abwechslungsauswahl recht lahm.

Da Idris' gesamte Familie weithin als sonderbar verschrien war, obwohl momentan nur seine Tante diesem Klischee Nahrung für neue Gerüchte und Vermutungen gab, gehörte er nicht gerade zu den beliebtesten Gästen bei den Hausfeten.

Er selbst konnte nicht einmal genau sagen, worum es bei den ständigen Tuschelein und schiefen Blicken eigentlich ging. Er war es von klein auf gewöhnt, ausgegrenzt zu werden. Ob nun wegen des Urgroßvaters, der es gewagt hatte eine Farbige zu heiraten, oder wegen ihrer Großmutter die tatsächlich zwei Männer zur gleichen Zeit in ihr Bett gelassen hatte, blieb stets offen.

Schande über Schande – und das alles in einer Familie.

Es war ihm egal. Seine Leute gaben so viel Liebe, dass dies seinen kargen Freundeskreis problemlos ausglich.

Außerdem hatte er Alec. Und der hatte sich nie von den bösen Zungen beeindrucken lassen.

Während sie beide auf den Marktplatz bogen und den sprudelnden Brunnen halb umrundeten, um in die nächste Straße einzubiegen, erinnerte sich Idris an ihre erste Begegnung in der ersten Klasse.

Der allererste Schultag, die ersten bösen Worte und Sticheleien.

Obwohl bereits aus dem Kindergarten gewohnt, hatte er noch gehofft es würde sich mit dem Wechsel ändern. Fehlanzeige.

Traurig hatte er allein an einem Tisch gesessen und sich sogar gefürchtet vor der so lang vor ihm liegenden Schulzeit.

Plötzlich hatte er sich neben ihn gesetzt. „Hey", war alles, was er zuerst gesagt hatte. Doch dieses strahlende, absolut ehrliche Lächeln hatte ihn verzaubert.

„Ich heiße Alec."

Idris hatte sofort seine ausgestreckte Hand ergriffen und sich vorgestellt.

Doch, als er ihn fragte, warum die Anderen so komisch zu ihm wären, wollte er am liebsten weglaufen. Er schien nicht zu wissen, wen er vor sich hatte und wenn er es schließlich wissen würde, würde dieses Lächeln augenblicklich verschwinden.

Natürlich waren sie belauscht worden und selbstverständlich hatten es andere übernommen Alec aufzuklären.

Nur zu gut erinnerte er sich daran, wie er mit hängenden Schultern auf die nächsten blöden Sprüche gewartet hatte.

„Dann würde ich doch sagen, willkommen in meinem Club."

Verständnislos hatte er Alec angesehen.

„Meiner Mom gehört seit dem Sommer der Schreibwarenladen. Kennst du den?"

Klar kannte er den neu eröffneten Laden. Dort hatte er zusammen mit seiner Mutter die Schulsachen gekauft.

Und dann traf ihn die Erkenntnis.

Auch wenn es nichts gewesen war, was ein Sechsjähriger hören sollte, hatte er doch besonders die Ohren aufgesperrt und gelauscht.

Das Geflüster der anderen Eltern, die ebenfalls an dem Tag dort waren, die schiefen Blicke, die diesmal nicht nur ihn getroffen hatten.

Idris hatte nicht gewusst, was unverheiratet oder alleinerziehend hieß, er hatte nur deutlich gespürt, dass es scheinbar genauso schlecht war wie die Geschichten seiner Familie.

Seine Mutter hatte ihn auf dem Heimweg aufgeklärt, nachdem er gefragt hatte.

„Ich finde das nicht schlimm."

Obwohl Alec nichts von seinen Gedanken wissen konnte, schien er ihn dennoch verstanden zu haben, denn seine Augen leuchteten kurz auf und sein Lächeln wurde sogar noch intensiver.

„Dann freue ich mich noch mehr, dich kennenzulernen."

Tja, damit fing alles an. Sie beide gegen den Rest der Klasse.

Die Außenseiter.

Diesen Stempel hatten sie auch jetzt in ihrem letzten Schuljahr noch immer.

Nur die Beleidigungen und bösartigen Hänseleien waren weniger geworden. Man ließ sie größtenteils in Ruhe, duldete sie gewissermaßen.

Beliebter geworden waren sie in all den Jahren nicht, obwohl die Kids zwischen ihnen Unterschiede machten. Idris konnten sie einfach nicht leiden, weshalb auch immer. Vor Alec aber hatten sie schlichtweg Angst, was der Blonde gar nicht nachvollziehen konnte. Jeder neue Schüler, der sich in diese Einöde hier tatsächlich mal hin verirrte, war spätestens nach vierundzwanzig Stunden aufgeklärt und vermied offiziell jeglichen Kontakt, um nicht selbst ausgegrenzt zu werden.

Ihre Freundschaft war in all den Jahren immer fester geworden und sie fühlten sich wie Brüder zueinander hingezogen. Bis auf eine einzige Krise vor einem knappen Jahr waren sie beide unzertrennlich gewesen.

Alec hob fragend eine der Augenbrauen über seine mit schwarzem Kajal geschminkten, blauen Augen, als er zum wiederholten Male einen Blick in seine Richtung schweifen ließ.

Leise lachend ließ Idris den Lenker los und drosselte etwas das Tempo. Er folgte seinem Beispiel und beide fuhren gemächlich die Landstraße entlang. Die kleine Stadt hatten sie hinter sich gelassen. Jetzt kamen nur noch drei Häuser, bevor sie Sallys Domizil erreichen würden.

„Ich musste gerade an unseren ersten Schultag denken."

Der Blauhaarige stöhnte verhalten auf. „Das ist Ewigkeiten her. Wo lässt du denn deine Gedanken hin schweifen?"

„Mir ist gerade klar geworden, dass ich die ganzen Jahre ohne dich bestimmt nicht so gut überstanden hätte. Du bist ein wirklich wichtiger Teil meines Lebens."

Sie fuhren an dem kleinen Häuschen mit dem weithin duftenden üppigen Rosengarten vorbei, grüßten mit knappen Winken die alte Miss Destel, die wie immer zwischen ihren geliebten Pflanzen herumwerkelte.

„Das wird dir erst jetzt klar, was du an mir hast?"

„Alec, du weißt genau, was ich meine! Manchmal kommt es mir immer noch wie ein Traum vor. Wir sind so grundverschieden. Es gibt so wenig, was wir beide wirklich gemeinsam mögen und dennoch hält unsere Freundschaft schon so lange."

„Vielleicht genau deswegen? Wir ergänzen uns. Du mit deiner Hilfsbereitschaft bringst mich dazu, dass ich etwas netter zu meinen Mitmenschen bin. Das beste Beispiel ist doch deine Tante. Glaubst du wirklich, ich wäre jemals hierher gefahren, um einem anderen seinen Garten zu pflegen?"

Idris kicherte vergnügt. „Ganz sicher nicht."

Alec war wahrlich nicht der Typ, der alten Leuten über die Straße half oder jemanden heruntergefallene Gegenstände aufsammelte.

„Na bitte. Im Gegenzug hab ich dir dabei geholfen, ein wenig mehr aus dir herauszukommen. Du lässt dir längst nicht mehr alles von anderen gefallen. Und manchmal hast du tatsächlich schon einen guten Spruch auf Lager. Wir sind also wie die zwei Seiten einer Medaille oder die beiden Pole eines Magneten. Ohne den anderen geht's nicht."

Mister Eldings Hühnerfarm kam in ihr Blickfeld. Das laute Federvieh tummelte sich auf den Wiesen und genoss die letzten warmen Sommertage.

Der Lärm und Geruch brachte Alec jedes Mal zum Aufstöhnen und zu heftigen Niesanfällen.

Einmal hatten sie versucht, eines der Hühner zu fangen. Mehr aus Spaß, als dass sie es wirklich hatten essen wollen. Mister Elding hatte sie tatsächlich mit einer Mistgabel quer über den Hof gejagt und musterte sie beide seitdem stets misstrauisch, wenn er sie in der Stadt traf, ganz so als befürchtete er, sie mit einer seiner Hennen unter dem Arm zu erwischen.

„Oh, hab ich dir schon erzählt, was meine Cousine für eine bahnbrechende Idee hatte? Vielleicht muss ich deshalb an unsere erste Begegnung denken."

„Na? Was kommt jetzt?" Alec kannte Idris' Verwandtschaft, schließlich gehörte er mittlerweile beinahe schon zur Familie. Die ein Jahr ältere Cousine Seline war ihnen die gesamte Ferienzeit auf die Nerven gegangen. Immer geschminkt, immer in knappen Röckchen, immer auf der Suche nach dem nächsten möglichen Freund. Sie kam aus der Großstadt und war in den Wochen hier beinahe durchgedreht wegen des Partyentzugs und der scheinbaren Trostlosigkeit.

Leider war sie nicht der Typ Mensch, der sich gemütlich mit einem guten Buch die Zeit vertreiben konnte und für sinnvolle Gespräche war sie ebenso wenig zu begeistern.

In ihrer Verzweiflung hatte sie sich dann sogar Alec an den Hals geworfen. Noch immer schüttelte es ihn, wenn er daran dachte, wie sie versucht hatte ihn zu küssen.

„Da du sie hast abblitzen lassen und sie natürlich das Gerede über deine Affären mitbekommen hat ist sie der festen Überzeugung gewesen, wir hätten was miteinander. Jetzt hat sie mit ihren Andeutungen dafür gesorgt, dass Mom mich gestern gefragt hat, ob wir wohl auch daran denken, bitte, bitte nur mit Kondom miteinander zu schlafen."

Fast hätte Alec Idris von seinem Fahrrad gefegt, als er heftig ins Trudeln kam.

Beide brauchten einige Meter, bis sie, wieder beide Hände an der Lenkstange, einigermaßen sicher geradeaus weiterfahren konnten.

„Sag mal, hat mein Outing wirklich dazu geführt, dass deine Mom uns als Pärchen sieht? Wir sind nur Freunde. Sie wüsste doch längst Bescheid, wäre da mehr."

„Du, ich hab sie das auch gefragt. Aber Seline scheint wohl sehr überzeugend gewesen zu sein. Mom jedenfalls kann es sich wirklich vorstellen, dass wir es zumindest mal versuchen könnten."

Alec pustete sich eine verirrte Haarsträhne aus dem Gesicht. „Den Versuch hatten wir bereits. Und mehr als küssen wird es niemals geben Süßer. Du bist mir in der Beziehung zu handzahm."

„Meine Worte. Ich hab Mom darüber aufgeklärt, dass du mir das Küssen beigebracht hast, aber dass wir mit Sicherheit nicht weiter gehen werden. Ich bin nicht einmal dein Typ. Sie fand diesen Einwand nicht besonders witzig."

„Deine Cousine hat wirklich nen Knall. Für sie gibt es nichts zwischen ‚Nicht kennen' und ‚Ab in die Kiste', oder?"

„Wohl nicht. Ich hoffe, Mom lässt das Thema schnell wieder fallen. Ich will bestimmt nicht, dass sie mir die nächsten Wochen mit irgendwelchen Aufklärungsbroschüren und Kondomvorratsschachteln hinterherrennt."

Alec schüttelte den Kopf. Gut, er war kein Lämmchen. Das Letzte, was er tat, war eindeutige Einladungen anderer abzulehnen, solange sie sich darauf beschränkten, dass er die Führung behielt. Denn trotz ihrer allgemeinen Angst zog Alec sie in seinen Bann. Es war ein offenes Geheimnis auf ihrer Schule, dass er dort schon so manchen besser kannte, als dessen Freunde ahnten. Wer war er denn, jemandem beim Ausprobieren der sexuellen Interessen nicht zu helfen? Da der Blauhaarige aber nichts von Prahlerei oder Verrat hielt, genoss er nur und schwieg.

Diese Haltung sorgte dafür, dass er bei so einigen noch den ein oder anderen Gefallen einlösen könnte.

Für ihn war Idris kein Junge, der für einen schnellen Quickie oder ein One-Night-Stand zu haben war. Da er zudem nicht einmal in sein Beuteschema passte, war der Blonde vor möglichen Avancen seinerseits absolut sicher.

Viel lieber half er ihm dabei mit seinem langsam erwachenden Interesse an Sex und Zärtlichkeit klarzukommen. Stundenlang konnten sie zwei darüber reden. Idris stieß Alecs wildes Liebesleben nicht im Geringsten ab. Es war schließlich seine Sache, wie er das handhabte. Aber er war natürlich neugierig und hörte oft den Erzählungen des Blauhaarigen zu. Selbstverständlich unter dem Siegel der Verschwiegenheit, denn auf den Ärger, den es geben würde, sollte Idris Namen ausplaudern konnte der Blonde verzichten. Und es würde mit Sicherheit nicht Alec sein, der wütend wäre.

Der Kussunterricht war tatsächlich die einzige, sexuell orientierte körperliche Aktivität gewesen, die sie beide geteilt hatten.

Sie erreichten die alte Villa, die seit Jahrzehnten leer stand. Die Fenster waren mit Holzleisten vernagelt und die Hausfassade teilweise von Efeu überwuchert. In dem verwilderten Garten hatten sie sich oft die Früchte von den Obstbäumen geholt.

Ins Haus selbst hatte sich keiner der beiden gewagt. Es wirkte düster und abweisend und Alec verspürte eine natürliche Abneigung bei diesem Gebäude, wobei er sich selbst gar nicht erklären konnte, woran das lag.

Obwohl es zur gleichen Zeit erbaut worden war wie Sallys Haus, war bei diesem hier die Atmosphäre beängstigend und kalt.

Idris wollte nur schnell daran vorbei, doch Alec bremste überraschend ab. Es dauerte einige Sekunden, bis er ebenfalls stoppte und sich zu ihm umdrehte.

„Sieh mal." Alec wies auf den ungepflegten großen Vorplatz.

Idris konnte die beiden schweren Maschinen nur anstarren, die dort vor der tatsächlich offenen Eingangstür in der Sonne glänzten.

Wieder sah er zu Alec, der auf seine unausgesprochene Frage nur mit den Schultern zuckte.

Die beiden Motorräder gehörten in die oberste Preisklasse, so was fuhr nicht jeder. Da er ein Faible für diese Zweiräder hatte, wäre er am liebsten näher herangegangen um sie sich genauer anzusehen, Abneigung hin oder her.

„Können wir weiter? Sally wartet. Vielleicht weiß sie schon was über mögliche neue Nachbarn."

Idris ahnte, was Alec wollte. Er konnte diesen gefährlichen Dingern noch nie etwas abgewinnen und hatte absolut keine Lust, länger als nötig in der Nähe dieses Hauses zu bleiben.

Alec wirkte trotz seiner Neugier wegen der Motorräder angespannt und äußerst wachsam. Seine Augen waren misstrauisch zusammengekniffen und er fixierte die Villa lange Minuten intensiv. Irgendetwas schien ihm ganz und gar nicht zu gefallen.

Endlich nickte er und sie setzten ihren Weg fort, nicht ohne das Alec noch einige Male zurücksah.

Rain stand im Schatten der Eingangstür. Mit angehaltenem Atem hatte sie die beiden Jugendlichen beobachtet.

Jetzt, wo die Anspannung nachließ, bemerkte sie erst, wie sich ihre langen Fingernägel in das Holz des Türrahmens gebohrt hatten.

Nervös biss sie sich auf die Unterlippe, dann drückte sie die knarrende Tür mit der abgesplitterten weißen Farblasur ins Schloss.

Sie wären nicht davon begeistert, wenn jemand sich dem Haus genähert hätte. Von ihrer Unachtsamkeit wegen der offenen Eingangstür und der Trödelei beim Wegstellen der Motorräder ganz zu schweigen.

Vielleicht sollte sie den Vorfall besser nicht erwähnen. Die Kids schienen sowieso mehr auf die Motorräder fixiert gewesen zu sein, als auf das Haus selbst.

Was sie nicht wussten, konnte sie auch nicht aufregen.

Zufrieden mit dieser Lösung ihrer Grübelei nickte Rain, während sie vorsichtig die ausgetretenen Stufen in den Keller hinunter tappte.

Kapitel 2

Sally erwartete die beiden Jungs bereits hinter dem Haus im Garten. Noch bevor sie auch nur ein welkes Blatt vom Rasen hätten aufsammeln können, waren sie von ihr zum hölzernen Terrassentisch gewunken und mit Kuchen und Saft bewirtet worden.

Idris' Tante trug eines ihrer Lieblingskleider. Ein bunt gemusterter leichter Stoff, der ihre zierliche Gestalt umschmeichelte. Dazu ein riesiger, heller Strohhut.

Der Blonde wusste immer, wenn er Sally sah, warum das Gerede um seine Familie nie ganz abklang. Doch es schien sie nicht zu stören, wenn man ihr sogar auf der Straße ‚Hexe' hinterherrief.

Während sich Alec das zweite Stück Obstkuchen genehmigte, beugte sich Idris interessiert leicht über den Tisch. „Und? Hast du deine neuen Nachbarn schon kennengelernt?"

Sally kraulte ihre grau getigerte Katze hinter den Ohren, die es sich auf ihrem Schoß bequem gemacht hatte.

„Ich habe ihre lauten Motorräder gehört. Auf mich wirkt es eher so, als sollte die Villa verkauft werden und das es sich um mögliche Interessenten handelt. Denn bisher fehlt von einem Umzugswagen jede Spur."

„Es würde mich wirklich brennend interessieren, wer sich für diese verfallene Hütte begeistern kann."

„Mit ein bisschen Pflege kann man daraus bestimmt wieder ein schönes Zuhause zaubern."

Alec und Idris tauschten einen amüsierten Blick. Ein bisschen Pflege? Wohl eher aufwendige Renovierungsarbeiten!

„Na ja, wer's schön findet. Wir sollten anfangen, sonst ackern wir noch im Dunkeln."

Idris ließ sich von Alec aus dem gemütlichen Korbstuhl ziehen und beide holten sich aus dem Schuppen das benötigte Werkzeug.

Bereits nach einer knappen halben Stunde konnten sie sehen, dass Sally auf ihrem Platz eingeschlafen war und leise vor sich hin schnarchte, mittlerweile von zwei weiteren ihrer Katzen umlagert.

Die Jungs ließen sie schlafen und versuchten nicht allzu laut zu sein.

Es war ihnen bekannt, dass Sally die meisten Nächte durchmachte. Sie sprach immer von den bösen Geistern, die nur darauf warteten, dass sie nachts einschlief. Nur zu bestimmten Mondzeiten und Sternenkonstellationen wagte sie einige kurze Nickerchen in der Dunkelheit.

Also übten sie sich beide abwechselnd im Abfragen über ihr Wissen für den anstehenden Test.

Überraschend schnell verflog die Zeit und es dämmerte bereits, als Sally sie zu einem deftigen Abendbrot rief.

Wann sie wieder erwacht war, konnten sie gar nicht sagen, aber sie wirkte munter und fröhlich wie immer, schnatterte über den jährlichen Jahrmarkt, der in drei Wochen auf dem Dorfplatz stattfinden würde.

Von ihr kam nicht die nervige Frage, ob einer von ihnen denn mit seiner Freundin hingehen würde. Erstens wusste sie, dass Alec schwul war und zweitens schien sie über Idris' Vorlieben besser Bescheid zu wissen als er selbst. Denn er konnte nicht sicher sagen ob er, wie sein bester Freund, auf das gleiche Geschlecht stand. Wenn man davon ausging, wie viele Freundinnen er schon gehabt hatte – nämlich gar keine – wäre es durchaus denkbar. Vielleicht lag es aber auch nur an dem spärlich gesäten Angebot an möglichen Kandidatinnen.

Wie immer hatte Sally einige Anekdoten zu berichten. Vor allem von Idris Mutter, die diese Abwechslung vom Alltag gern für Späße und kleine Ausreißer aus dem festgelegten Alltag der Eltern genutzt hatte.

Somit erfuhr Idris, dass seine Mom ihren ersten Kuss nicht von seinem Vater bekommen hatte, sondern von einem der Budenbesitzer, mit dem sie sogar hatte durchbrennen wollen.

Alecs funkelnde Augen und sein breites Grinsen zeigten deutlich, dass er sich mit dieser Info noch öfter beschäftigen musste.

Eine ihrer Lieblingsbeschäftigungen war es sich mit eigenen Patzern und solchen Geschichtchen aufzuziehen. Dass es dabei oft genug vorkam, dass lediglich ein Wort oder ein Blick ausreichte, um beide in Gelächter ausbrechen zu lassen, ohne das zufällig anwesende wussten, was eigentlich los war, war immer das Schönste daran.

In tiefster Finsternis machten sich Alec und Idris schließlich auf den Heimweg. Das hier war ihre Heimat, hier waren sie aufgewachsen. Wovor sollten sie also Angst haben?

Wie immer ermahnte Sally sie auf die roten Augen in den tiefsten Schatten achtzugeben.

Beide Jungs liebten die kleine Frau viel zu sehr, um sich über solche Aussprüche lustig zu machen. Sie nickten darauf nur höflich und versprachen ihr anzurufen, sobald sie zu Hause waren.

Die alte Villa, an der sie Minuten später vorbei kamen, lag im Dunkeln und auch von den Motorrädern fehlte jede Spur. Scheinbar hatte Sally tatsächlich recht mit ihrer Vermutung, dass es sich nicht um die neuen Besitzer, sondern lediglich um Kaufinteressenten gehandelt hatte.

Trotzdem setzte bei Alec erneut ein unangenehmes Kribbeln am Nacken ein. Dieses warnte ihn schon immer vor Gefahren und hatte sich bereits auf der Hinfahrt gezeigt. Er kam nur nicht dahinter, weshalb dieses alte Gemäuer plötzlich dieses Signal so deutlich auslösen sollte.

Der Unterricht zog sich am nächsten Vormittag wie Kaugummi. Idris erntete mehrere ermahnende Blicke seitens der Lehrer, weil er aus Langeweile mit seinem Kuli auf seinem Notizblock herumtrommelte. Seine wiederholten Seufzer, die ihm persönlich helfen sollten, wach zu bleiben, trugen auch nicht dazu bei, die Pädagogen freundlicher zu stimmen.

Er beneidete Alec wirklich darum, immer aufmerksam und hoch interessiert zu wirken. Obwohl, bei seinem besten Freund lag die Vermutung nahe, dass er diesen Zustand nicht einmal vortäuschte, sondern wirklich dem Unterricht folgte.

Endlich wurden sie von der Schulglocke erlöst und Idris schmiss eilig seine Unterlagen in die Schultasche.

„Komm, beeil dich. Ich will heute garantiert nicht länger als unbedingt nötig hier sein."

„Was ist denn los mit dir?"

„Ich brauche vermutlich Ferien."

Alec lachte leise, verschloss seine Mappe und schob den Stuhl ordentlich an den Tisch. „Mit Sicherheit. Die Sommerferien liegen ja auch schon sieben endlose Schultage weit hinter uns. Das ist eine Ewigkeit."

Idris stieß ihn mit der Schulter an, um sein lauter werdendes Lachen zu stoppen. Erfolglos, Alec amüsierte sich mal wieder bestens.

„Ich weiß ja, dass du von den Lehrern und dem Unterricht nicht genug bekommen kannst. Mir aber geht der ganze Quatsch im Moment nur auf die Nerven."

„Du hast bloß Schiss vor der Arbeit morgen."

Grummelnd drängelte Idris sich an einer laut quatschenden Schülergruppe vorbei, die gerade dabei war die Treppe zu blockieren.

Wieso musste Alec ihn nur so gut kennen?

„Die Arbeit wird eine Katastrophe. Und das bedeutet, dass ich wieder mal für den Rest des Schuljahres darum kämpfen muss, meine Note zu halten. Was sich für dieses Jahr wohl als noch schwieriger herausstellen wird, weil wir noch die Abschlussprüfungen vor uns haben."

Der Blauhaarige schloss neben ihm auf. „Rede dir doch nicht immer so was ein. Es lief doch gestern ganz gut mit der Lernerei. Du konntest doch eine Menge Fragen beantworten. Mach dich nicht vorher so fertig. Wenn du möchtest, hängen wir heute noch eine weitere Übungsrunde dran. Oder glaubst du allen Ernstes, ich lass dich hängen?"

„Nein. Aber die ganze Paukerei bringt nichts, wenn ich im entscheidenden Moment nichts mehr weiß. Ich habe das leere Blatt vor mir und jegliche Informationen scheinen aus meinem Kopf gelöscht zu werden."

„Überlegen wir uns einen Weg um dieses Problem endlich zu lösen. Komm, ich lade dich erst mal zu einer Cola ein und wir schalten ein wenig ab."

Sie ließen ihre Räder auf dem Schulgelände und steuerten das Café an der nächsten Straßenecke an. Später konnten sie die Drahtesel auch noch holen, der weitläufige Hof war bis in die Abendstunden geöffnet.

Im Café herrschten ein wildes Gedränge und eine ohrenbetäubende Lautstärke. Wie immer um diese Zeit drängten sich hier gerade an den heißen Sommertagen die Schüler nach Unterrichtsende.

Idris blieb draußen und ergatterte mit größter Mühe einen der wackligen, runden Tische und zwei Stühle, während sich Alec durch das Chaos im Innern des Cafés kämpfte.

„Hey."

Idris blinzelte mehrmals gegen die Sonne, bis er sein Gegenüber erkannte.

„Jonas?" Überrascht senkte er hastig den Kopf, warf einen scheuen Blick hinter den größeren Jungen zu dessen Clique, die ihn mit deutlicher Abneigung beobachtete.

„Hallo", brachte er recht kläglich hervor und wünschte sich, wie so oft, Alecs Selbstbewusstsein. Der hätte längst ein lockeres Gespräch in Gang gebracht und den Dunkelblonden mit seinem Charme eingewickelt oder ihn zum Teufel gejagt, da die Zwei sich nicht sonderlich mochten.

Schlagartig spürte Idris, wie sein Gesicht heiß wurde und er wusste, dass er jetzt mit einem Feuerlöscher konkurrieren konnte. Peinlich, wirklich peinlich.

Er wollte wirklich diesen Jungen beeindrucken? Wo kamen denn diese Gedanken her?

Bisher hatte er ihn lediglich aus der Ferne bewundert. Jonas gehörte zu den ganz Großen der Schule. Ein unangefochtener Mädchenschwarm und Mitglied der angesagtesten Clique.

Es war seit Jahren Idris' heimlicher Wunsch, mit diesem Jungen befreundet zu sein. Jetzt, wo er so nah bei ihm war, bemerkte er jedoch sehr deutlich, dass Freundschaft scheinbar nicht alles war, was er von ihm erhoffte.

Jonas setzte sich auf den freien Stuhl. „Schön, dass ich dich mal allein erwische. Ich wollte dich doch so gern zu meiner Geburtstagsfete am Wochenende einladen."

Idris öffnete noch den Mund, um darauf hinzuweisen, dass der Platz bereits besetzt war, schloss ihn jedoch wieder bei diesen Worten.

„Mich?", quiekte der Blonde.

„Klar doch. Man wird nur einmal achtzehn und ich habe mir für den Tag vorgenommen, all das zu tun, was ich mich bis dahin nicht getraut habe, aber unbedingt tun wollte. Dich ansprechen war eine dieser Punkte."

Idris brachte ein schiefes Lächeln zustande, bevor er sich nervös auf die Unterlippe biss. „Deine Freunde dürften nicht besonders begeistert davon sein, wenn ich da aufkreuze."

„Das ist meine Party. Somit sind es auch meine Gäste. Bitte. Ich verspreche dir auch, ich passe auf dich auf, sodass dich niemand blöd anmacht."

Idris zuckte heftig zusammen, als plötzlich zwei eisgekühlte Dosen Cola auf den Tisch gestellt wurden.

Jonas ließ sich jedoch nicht von Alecs auffordernden Blick verscheuchen. Abwartend behielt er sein Gegenüber im Auge, bis dieser ein sehr schwaches Nicken zustande brachte.

„Wunderbar. Du brauchst auch nichts mitzubringen. Deine Anwesenheit reicht völlig." Jonas stand endlich auf. „Alec.", grüßte er mit einem knappen Nicken, das ebenso kühl erwidert wurde.

„Jonas." Der Blauhaarige sah ihm nachdenklich nach, zog sich dann den Stuhl heran und schob Idris seine Cola näher. „Klärst du mich auf?"

„Er hat mich zu seiner Fete eingeladen. Ich hab zugesagt." Der Blonde ließ die Schultern hängen und umklammerte die kühle Dose. „Alec, ich glaube, mir ist bedauerlicherweise klar geworden, in wen ich mich verlieben könnte. Und leider habe ich das absolut ungute Gefühl, dass dies in einer Katastrophe endet."

Den restlichen Nachmittag verbrachte Alec damit seinem besten Freund nicht den nötigen Unterrichtsstoff für die Arbeit einzupauken, sondern ihn von seinen Selbstzweifeln wegzuholen.

Für Idris war alles zusammengebrochen.

Er hatte nicht einmal im Traum daran geglaubt, dass er tatsächlich genauso empfinden könnte wie Alec. Jetzt war er wie Butter in der Sonne dahin geschmolzen, als Jonas so nahe bei ihm gewesen war.

Dabei gingen sie in die gleiche Klasse. Da hätte er doch viel eher was merken müssen.

Klar, er fand ihn schon immer toll. Dieser Junge zählte zu den absoluten Lieblingen ihrer Schule.

So jemand bemerkte doch nicht einmal, dass es einen wie Idris überhaupt gab.

„Wieso habe ich nicht viel früher mitbekommen, dass ich Jonas mag?"

„Vielleicht, weil ihr euch nie unterhalten habt? Weil du wegen der gesamten vergangenen Jahre jeglichen Kontakt zu diesen Idioten vermieden hast? Vielleicht weil du zum ersten Mal freundliche Aufmerksamkeit von einem unserer Mitschüler bekommen hast?"

„Alec bitte. Er ist kein Idiot. Er ..." Idris unterbrach sich selbst und starrte Alec mit weit aufgerissenen Augen an, dann verkroch er sich unter seinem Kopfkissen. „Oh bitte nicht, nein, nein, nein."

Alecs Lachen machte es kaum besser. „Du bist verknallt!"

„Nein!"

„Und ob! Sonst würdest du ihn nicht verteidigen. Ein Versuch kann doch nicht schaden. Wir werden schließlich alle mal erwachsen. Kann doch gut sein, dass er diesen Kinderkram mit den ständigen Anfeindungen beenden möchte." Alec beugte sich dicht zu Idris hinunter und zog ihm das Kissen weg, um ihm in die zweifelnd schauenden Augen zu sehen. „Er könnte aber auch mehr von dir wollen. Warum sollte er dich nicht auch sehr nett finden?"

„Du vergisst, dass er mit fast allen Mädchen unseres Jahrgangs schon was gehabt haben soll", flüsterte Idris. „So einer wie Jonas ist mit Sicherheit nicht schwul. Und selbst wenn, dann bin ich ganz bestimmt nicht sein Typ."

„Es gibt nur eine Möglichkeit das herauszufinden."

„Oh Alec. Ich wünsche mir wirklich, ich wäre mehr wie du. Du würdest doch problemlos den Abend überstehen."

Der Blauhaarige strich einige der sonst so ordentlichen, nun zerzausten, blonden, kurzen Haarsträhnen aus dem Gesicht seines besten Freundes. „Du packst das schon. Und du kannst und darfst ein bisschen verwirrt sein. Genieß es einfach und schau, was daraus wird. Und du hast sogar endlich mal etwas vor mir geschafft."

Auf Idris nachdenklichen Blick hin lachte Alec wieder. „Du bist auf eine ihrer Partys eingeladen worden. So was kann ich nicht vorweisen."

„Du könntest mitkommen."

Entschieden schüttelte Alec den Kopf. „Vergiss es. Die Einladung galt dir. Jonas und ich kommen nicht allzu gut miteinander aus. Vielleicht, weil wir beide zu dominant sind, um, in unserer Nähe einen anderen Alpha zu dulden."

„Wie sich das anhört. Alpha! Was soll das überhaupt heißen?"

„Glaubst du wirklich, ich würde mich von jemandem flachlegen lassen? Derjenige müsste schon einiges drauf haben. Ebenso ordne ich mich niemandem unter, der mir nicht beweisen hat, dass er mir überlegen ist. Und Jonas zählt mit Sicherheit ebenso zu dieser Kategorie. Vor so jemanden neige ich den Kopf garantiert nicht."

Innerlich zitterte Idris bei dem Gedanken daran, was Alecs Worte bedeuteten. Wenn er tatsächlich seine erwachende Schwärmerei weiter verfolgte und Jonas Gefühle für ihn hegte, dann sollte er sich wohl schon jetzt darüber klar sein, welche Rolle er in einer möglichen Beziehung einnehmen würde.

Super. Er hatte gerade erst erkannt, dass er genauso schwul war wie sein bester Freund – wie blind war er eigentlich die ganze Zeit gewesen? – und dann musste er sich auch noch damit abfinden, dass er den passiven Part zu verkörpern schien.

„Meinst du damit, wir wären keine Freunde, wenn ich so wäre wie Jonas?"

Endlose Sekunden sahen sie sich in die Augen, bis Alec schließlich tief durchatmete. „Unsere Freundschaft wäre anders. Wahrscheinlich nicht so intensiv."

Wenigstens war er ehrlich. Auch wenn es ziemlich wehtat.

„Du bedeutest mir sehr viel, Idris. Gerade weil du nicht so ein Draufgänger wie ich bist und nicht meine große Klappe hast. Ich schätze das. Du holst mich immer wieder auf den Boden zurück. Wäre es dir lieber, wir würden jeden Tag aufs Neue miteinander konkurrieren? Unsere Kräfte messen und mit allem Protzen, was wir aufbringen können? Ich finde dieses Gehabe bei den anderen Jungs schon mehr als lächerlich und halte das für sehr anstrengend."

Idris schlang seine Arme um Alecs Hals und zog ihn dicht zu sich heran.

Nein, er konnte nicht böse sein. Dieser Chaot hatte recht. So wie ihre Freundschaft war, war sie genau richtig.

Vielleicht war es nur der Schock über seine Entdeckung gewesen, der ihn so verunsichert hatte.

Und je mehr er darüber nachdachte, desto weniger wollte er wie Alec oder Jonas ein Alpha sein, wie der Blauhaarige es bezeichnet hatte.

Viel lieber ließ er sich doch verwöhnen.

Den Rest der Woche überstand Idris mehr schlecht als recht. Die Arbeit wurde zwar kein totaler Reinfall, aber damit brüsten brauchte er sich auch nicht. Und ohne Alecs Hilfe hätte er ein weit miserableres Ergebnis abgeliefert.

In der Klasse herrschte eine seltsame Spannung. Wie ein Buschfeuer hatte sich die Nachricht ausgebreitet, wen Jonas auf seine Party eingeladen hatte. Dass sie Idris daraufhin nur mit Blicken zu ermorden drohten, anstatt ihn tatsächlich direkt anzugehen, war verwunderlich.

Dagegen bekam er von dem Dunkelblonden sehr oft ein Lächeln geschenkt und wurde sogar morgens von ihm gegrüßt, wenn er ins Klassenzimmer kam.

Jedes Mal machte sein Herz einen Sprung, raste danach noch minutenlang im Akkord und seine Hände zitterten.

Wenn Schwärmerei und mögliche Verliebtheit sich so anfühlte, konnte er kaum verstehen, warum alle so versessen darauf waren. Es war schrecklich für ihn, sosehr seine jahrelang mühsam aufgebaute Selbstkontrolle zu verlieren. Es gefiel dem Blonden überhaupt nicht, plötzlich wieder so angreifbar für seine Mitschüler zu sein.

Alec machte die ganze Sache auch nicht einfacher. Mit jeder vergangenen Stunde Unterricht, mit jedem verstrichenen Vormittag wurde sein Blick misstrauischer und sein Verhalten ihren Klassenkameraden gegenüber noch kälter als sonst.

Seiner Überzeugung nach planten sie was. Der Blauhaarige versuchte jedoch nur einmal, Idris davon abzubringen, auf diese Party zu gehen. Damit brachte er seinen Freund nur noch mehr durcheinander, also ließ er es sein, versicherte nur da zu sein, wenn irgendetwas vorfallen würde.

Wahrscheinlich war er einfach übervorsichtig und sah Gefahren, wo gar keine existierten.

Samstagnachmittag hockte Idris auf seinem Bett und starrte mit verzweifeltem Blick auf seinen offenen, halb leeren Schrank.

Klar dass er Alec angerufen hatte, nachdem jeder Versuch sich einigermaßen passabel für seine erste Fete zu kleiden komplett danebengegangen war.

War das nicht der beste Beweis, doch zu Hause zu bleiben? Wenn er nicht einmal fähig war, sich vernünftig anzuziehen. Er würde die Lachnummer des Abends werden.

Endlich unterbrach das Klopfen an der Tür seine Grübeleien.

Schmunzelnd sah Alec sich in dem Chaos um. „Ganze Arbeit würde ich sagen. Glaubst du nicht auch, ein Hemd und eine Hose reichen aus, um sich einzukleiden?"

„Sehr witzig! Ich weiß nicht, was ich tragen soll. Das ist alles langweilig, hässlich, untragbar, Prüde, alt."

Alec sammelte die ersten Sachen vom Boden auf und sortierte sie in den Schrank zurück. Eine der Jeans, schwarz und eng sitzend, warf er neben Idris aufs Bett. „Versuchs fürs Erste damit. Da drin kommt dein Arsch sehr gut zur Geltung."

Idris schälte sich aus seiner Haushose, die er sich übergezogen hatte, um nach der Dusche nicht völlig nackt im Zimmer herumzurennen.

„Wieso weißt du, wie mein Arsch in der Hose aussieht?"

Der Blauhaarige hob eine Augenbraue, musterte Idris drahtigen Körper von oben bis unten. „Glaubst du allen Ernstes, ich schaue dich nie an?"

Sofort färbten sich die Wangen den Blonden dunkelrot. „Alec!!!"

Hastig riss er die Jeans an sich. „Verdammt, ich brauch Unterwäsche. Seit wann tust du das? Oh Himmel, mein bester Freund holt sich wahrscheinlich einen dabei runter, wenn er an mich denkt."

Alecs lautes Lachen sorgte nicht dafür, dass Idris ruhiger wurde.

„Nein Süßer. Du bist nicht mein Typ. Aber Schauen wird ja wohl erlaubt sein. Außerdem hast du nichts, was du verstecken müsstest." Er beobachtete Idris' Versuche, sein bestes Stück vor ihm zu bedecken. „Und jetzt lass diesen Unsinn. Ich hab dich schon unzählige Male nackt gesehen. Lass die Unterwäsche weg. Sie ist unbequem und stört nur."

Idris kannte Alecs Vorliebe für bloße Haut. Er selbst hatte das einmal ausprobiert und konnte dem Ganzen gar nichts abgewinnen.

Endlich zog er passende Shorts aus der Schublade und schlüpfte eilig hinein.

An Alecs Gesichtsausdruck war deutlich zu erkennen, wie abtörnend er solche Kleidungsstücke fand, aber ihn wollte er ja auch nicht beeindrucken.

„Mach endlich weiter", versuchte er seinen Freund abzulenken. „Nur in Jeans kann ich nicht los."

Nach einer knappen Stunde hatten sie es dann doch geschafft, was Passendes in dem Kleiderchaos zu finden.

Zu der schwarzen Jeans trug Idris nun ein dunkelrotes Shirt, was ihm eigentlich schon eine Nummer zu klein war und bei jeder Bewegung seinen flachen Bauch hervor blitzen ließ. Darüber ein schwarzes Hemd mit roten Nähten. Offen natürlich, darauf hatte Alec bestanden und ihm schon drei Mal auf die Finger gehauen bei dem Versuch, das Shirt ein wenig in die Länge zu ziehen.

Jetzt hockte Idris wieder auf dem Bett, während der Blauhaarige mit Kamm, Haarspray und Gel bewaffnet ins Zimmer zurückkam.

„Du machst das aber nicht so wild wie bei dir, ja? Dir steht diese Sturmfrisur, ich sehe damit immer albern aus."

„Lass mich machen und halt den Mund."

Die nächsten zwanzig Minuten zupfte und wuschelte Alec ihm durch die frisch gewaschenen Haare, verteilte scheinbar Unmengen an Gel und drehte seinen Kopf immer wieder mal nach rechts, mal nach links.

Endlich trat er zufrieden zurück. „So kann man es lassen."

Zweifelnd sah Idris kurz zu ihm hoch, bevor er zögernd nach dem Handspiegel griff, den Alec ihm hinhielt.

Überrascht starrte er sekundenlang auf die reflektierende Fläche. „Das bin ich?"

„Denk ich doch. Wer soll es sonst sein?"

„Wow." Mehr brachte Idris nicht hervor. Das sah wirklich gut aus. Nein, das war fantastisch. Er wirkte mit diesen Haaren fast wild und rebellisch, nicht mehr so brav und folgsam wie sonst. „Danke."

„Für dich immer Süßer. Jetzt erlaube mir nur noch ein bisschen Kajal um deine Augen."

„Du weißt genau, wie ich zu Schminke stehe. Das ist ..."

„... was für Weiber und du willst nicht aussehen wie ein Clown. In welche Kategorie schiebst du mich?"

„Du bist kein Weib und kein Clown, aber dir steht das auch."

„Du hast es doch noch nie ausprobiert."

Seufzend gab Idris nach. Er hatte gerade absolut nicht die Kraft und die Nerven gegen Alec anzukämpfen. Der Sturkopf konnte so verdammt hartnäckig sein, wenn er etwas wollte. „Also schön. Probier es aus. Ich bin großzügig heute."

So schnell konnte er gar nicht schauen, wie Alec den Kajalstift aus seiner Hosentasche gezogen hatte. Er trug immer einen bei sich, falls er mal seine Augen nachschminken musste.

Wieder dauerte es einige Minuten, dann drückte ihm Alec erneut den Spiegel in die Hand.

„Jetzt wird mich Jonas gar nicht rein lassen, weil er mich nicht wiedererkennt", murmelte Idris, überrascht, wie fremd seine Augen mit der Farbe wirkten.

„Wenn der wirklich so an dir interessiert ist, wie du es erhoffst, dann wird er anfangen zu sabbern und dich gleich nach oben ziehen, statt weiterzufeiern."

„Ich will nicht ..."

„Idris! Das war ein kleiner Witz. Mach dir doch nicht immer einen solchen Kopf. Hab Spaß und genieße es. Los jetzt."

Cahil stocherte gelangweilt in dem großen Eisbecher herum, der vor ihm auf dem zerkratzten Tisch in dem winzigen Café stand. Das einzige Café in dieser Einöde, was die Leute hier doch tatsächlich als Stadt bezeichneten.

Als sein Löffel ins Leere stieß, sah er überrascht auf.

„Wenn ich dieses ganze Zeug schon essen soll, dann will ich bestimmt nicht kalte Suppe schlürfen", giftete Rain, während sie, entgegen ihrer Aussage, mit sichtlichem Genuss die Portion verputzte.

Cahil unterließ es, mit ihr zu streiten. Er akzeptierte das Mädchen nur in ihrer Nähe, weil sein Bruder sie angeschleppt hatte und zu ihrer beider Notreserve erklärte. Da er selbst sehr an Nadim hing, musste er sich wohl oder übel mit ihr arrangieren. Zudem hatte er auch nicht viel einzuwenden gegen einen schnellen Imbiss ohne den sonst üblichen vorherigen Aufwand.

Schön, manchmal war sie sogar nützlich. So wie jetzt. Um den Schein zu wahren, hatten sie alle drei etwas bestellt, doch nur Rain rührte die Getränke und die Eisbecher an.

Nadim lümmelte mit halb geschlossenen Augen auf der, mit Plastik bezogenen Sitzbank, verfolgte teils das Geplänkel am Tisch, teils die Bewegungen auf der Straße.

Dieses Nest hier war der absolute Tiefpunkt in ihrem Leben. Da sie jedoch von allen Clanmitgliedern die Tür gewiesen bekommen hatten, waren ihre Möglichkeiten recht begrenzt, wohin sie sich noch hatten wenden können.

Die Villa hier am Stadtrand war ideal, um sich fürs Erste zu verkriechen und ein wenig Gras über die Sache wachsen zu lassen.

Nadims Mundwinkel zuckten leicht, mehr wurde aber nicht von seinem Lächeln sichtbar. Er hatte ein wenig über die Stränge geschlagen, gut, wieder mal ein wenig über die Stränge geschlagen. Es war sogar für ihn verständlich, dass die Familie es für zu gefährlich hielt, ihn bei sich aufzunehmen. Wenn er allein wäre, hätte er auch absolut nichts gegen ihre Entscheidungen. Aber sie zogen

Cahil in die Sache mit hinein und dieser konnte nun wirklich nichts für die Fehler seines Bruders.

Cahils lautes Seufzen ließ ihn seine Aufmerksamkeit wieder auf den Jüngeren richten. „Du solltest wirklich nicht hier sein. Adalizia nimmt dich mit Kusshand bei sich auf, wenn du mich nicht hinter dir her in ihr Haus zerrst."

„Du weißt, dass ich dich nicht alleine lasse."

„Er ist nicht allein", warf Rain sofort dazwischen. „Wer bin ich? Ein bewegliches Bild, oder was?"

Cahil wollte ihr bereits eine passende Antwort zurückgeben, doch Nadim legte seine langen, blassen Finger über seine Lippen.

„Es reicht doch, wenn sich einer von uns hier langweilen muss. Fahr zurück und rede noch mal mit ihr."

Die leise Türglocke unterbrach ihre Unterhaltung. Automatisch sah jeder anwesende Gast zum Eingang, durch die zu dieser späten Stunde ein schlanker Junge mit wild frisierten, blauen Haaren trat.

Er grüßte die Bedienung mit einem freundlichen Lächeln und steuerte einen kleinen Tisch an der Fensterfront an, wo er sich aus seiner Jacke schälte und es sich auf dem Stuhl halbwegs bequem machte.

„Das Übliche?", fragte die rothaarige Kellnerin.

„Ja, danke."

Gleich darauf durchquerte sie mit wiegenden Hüften das Café und stellte eine Dose Cola auf die Tischplatte. „Wo ist deine zweite Hälfte?"

Leise lachend zog er ein recht lädiertes Buch aus seinem Hosenbund. „Zu einer Party eingeladen. Der Kleine wird flügge."

Sie lachte ebenfalls, wohl wissend, wie seine Bemerkung gemeint war.

Cahil zog Nadims Hand von seinem Gesicht, starrte den Neuankömmling wie hypnotisiert an. Sein Bruder spürte sofort deutlich, dass soeben jegliche Versuche, Cahil wegzuschicken, zum Scheitern verurteilt waren.

Er beugte sich noch näher zu ihm. „Beute oder Spielzeug?", flüsterte er.

Cahil strich sich eine seiner schwarzen Haarsträhnen hinters Ohr. „Spielzeug. Scheint doch noch ein interessanter Aufenthalt hier zu werden."

„Ich merke es. Du bist ja völlig entflammt."

„Verrate mir doch Brüderchen, wann hast du zum letzten Mal einen so heißen Typen gesehen?"

Nadim musste ihm mit einem Nicken zustimmen. Es war schon einige Zeit her, dass ihnen wirklich jemand hätte gefährlich werden können. Dieser Junge würde zumindest einen von Cahils wilden Trieben ein wenig besänftigen können. Hinter seiner Fassade schimmerte die gleiche Wildheit, die auch Nadims Bruder sein eigen nannte. Ungewöhnlich für einen Menschen, wie er fand.

Wieder war es Rain, die ihr Gespräch unterbrach. „Schon mal daran gedacht, dass nicht jeder schwul ist oder auf euch abfährt?" Es passte ihr überhaupt nicht, dass die beiden diesen Jungen so fixierten. Schon gar nicht, seit Rain entsetzlicherweise eingefallen war, warum ihr dieser blaue Haarschopf so bekannt vorkam.

„Meine Liebe, wenn wir es wollen, dann kann uns niemand widerstehen. Es ist unsere Natur andere anzulocken wie Licht die Motten. Du bist doch das beste Beispiel."

Nadim knurrte leise, doch Cahil hatte sich nicht mehr zurückhalten können. Diesen kleinen Seitenhieb musste er einfach loswerden.

„Was soll das heißen? Ich bin freiwillig bei Nadim."

„Sicher doch. Vielleicht jetzt, aber anfangs wohl eher nicht."

„Nadim?!"

„Danke Cahil.", knurrte der Ältere.

Der Jüngere hauchte ihm einen Kuss auf die Wange. „Ich hab dich auch lieb Brüderchen." Dann erhob er sich und schlenderte zu dem Jungen an den Tisch.

Idris war ganz froh gewesen, dass Alec ihn noch bis zu Jonas Elternhaus begleitet hatte. Jetzt jedoch stand er allein vor der Haustür, lauschte der dröhnenden Musik und kämpfte gegen seine ansteigende Unsicherheit.

Zum ersten Mal musste er sich allein gegen seine Mitschüler behaupten. Dazu kam noch, dass sie sich hier außerhalb des Schulgeländes gegenüberstanden. Alles in allem keine Voraussetzungen, die ihn beruhigen konnten.

Ganz tief in seinem Inneren wusste Idris, dass allein Alecs Anwesenheit ihn bisher vor körperlichen Übergriffen geschützt hatte. Obwohl er sich nicht erklären konnte, warum sie sich gerade ihn als Opfer hatten aussuchen müssen – allein an seiner Familie konnte es doch wirklich nicht liegen – er musste bedauerlicherweise mit ihnen leben.

Vielleicht war dieser Abend aber auch die Möglichkeit endlich Missverständnisse aus der Welt zu schaffen. Man konnte doch über alles reden. Wenn er jemanden zur falschen Zeit falsch angesehen hatte, würde er sich sogar dafür entschuldigen.

Noch einmal atmete der Blonde tief durch, dann drückte er auf die Klingel und schlug gleichzeitig mit der Faust gegen die Tür.

Es dauerte Ewigkeiten, bis endlich geöffnet wurde.

Mit einem breiten Grinsen trat Jonas zur Seite und ließ ihn herein.

„Schön, dass du wirklich gekommen bist."

Idris lächelte ihn vorsichtig an, bemerkte den bewundernden Blick, der über sein Erscheinungsbild glitt. Sofort dankte er Alec im Stillen für seine Hilfe.

Wie immer fiel ihm nichts ein, was er hätte sagen können. Alecs Fähigkeit, mit Worten umzugehen und stets das passende auszusprechen, wäre wirklich hilfreich gewesen.

„Komm, besorgen wir dir erst mal was zu trinken."

Er folgte dem Dunkelblonden durch das dichte Gedränge, was scheinbar im ganzen Haus zu herrschen schien. Aus allen Richtungen erscholl laute Musik, dazwischen drangen einzelne Wortfetzen an sein Ohr, manchmal ein Auflachen.

Sie erreichten die Küche, in der jede freie Abstellfläche von Flaschen mit allen Geschmacksrichtungen und Alkoholgehältern belegt war.

„Was willst du haben?"

„Eine Cola."

Jonas musterte ihn sekundenlang mit einer hochgezogenen Braue, bevor er achselzuckend eine der Colaflaschen ergriff und einen der Plastikbecher füllte.

Idris drehte sich überrascht zur Tür, als er hörte, wie eines seiner Lieblingslieder anspielte. Er hatte nicht gedacht, dass sein doch recht ungewöhnlicher Musikgeschmack von seinen Klassenkameraden auch gehört wurde.

„Kennst du den Song?" Jonas hielt ihm den vollen Becher entgegen.

„Ja. Ich mag gerade das Stück sehr gern." Mit leicht zitternder Hand nahm Idris ihm den Becher ab. „Danke."

Jonas mischte sich wieder ins Gedränge und Idris folgte ihm wie selbstverständlich. Über den ersten Schluck wunderte er sich noch, beim Zweiten war er sich jedoch ziemlich sicher, dass das nicht nur Cola war.

„Was ist da noch drin?"

Der Dunkelblonde schüttelte den Kopf und hob entschuldigend die Hände, um ihm zu signalisieren, dass er ihn wegen des Lärms nicht verstand.

Zuerst wollte Idris seine Worte wiederholen, schwieg aber dann. Wozu sich aufregen? Jonas wollte sicher nur, dass er sich entspannte und nicht mehr so ängstlich war.

Er würde halt aufpassen, wie viel er trank, damit er nicht betrunken wurde. Hieß es nicht, Alkohol machte locker? Vielleicht würde dann endlich seine anhaltende Nervosität nachlassen.

Entschlossen kippte er die Hälfte des Becherinhalts seine Kehle hinunter. So eklig schmeckte es gar nicht.

Jonas war mit einem Mal dicht bei ihm, nahm ihm das Getränk aus der Hand und stellte es achtlos zur Seite. Dann zog er ihn in seine Arme und bewegte sich leicht zur Musik. Idris bemerkte überrascht, dass gerade ein langsamer Schmusesong spielte. Sein Herz raste unkontrolliert und die Haut kribbelte dort, wo Jonas ihn berührte. Das hatte er wahrlich nicht erwartet.

Widerstandslos ließ er sich treiben, genoss die Nähe und Wärme des anderen, der keinerlei Scheu zu haben schien sich mit ihm so zu zeigen.

Als er spürte, wie seine Umgebung in leichten Wellenbewegungen um ihn herum schwappte, dachte er noch daran, dass er doch was hätte essen sollen, so wie Alec geraten hatte.

Jetzt war es dafür zu spät.

Ein Blick in Jonas grüne Augen ließen seine Gedanken zerplatzen wie Seifenblasen und Idris genoss einfach nur noch.

So hätte er ewig weitermachen können.

Ein plötzlicher Krach aus einem anderen Teil des Hauses, der sogar die Musik übertönte, brachte sie jedoch beide auseinander.

„Lauf nicht weg, ich bin gleich wieder da." Damit drängte sich Jonas durch die Menge, um der Störungsquelle auf den Grund zu gehen.

Idris fühlte sich sofort verloren. Eilig wich er zu einer der Zimmerwände aus, um diese zumindest als Schutz im Rücken zu haben.

„Du hast tatsächlich dafür gesorgt, dass ich meine Wette verloren hab."

Idris sah mit aufgerissen Augen nach rechts, wo sich Chris neben ihm aufgebaut hatte. Er stand so nah, dass er den alkoholgeschwängerten Atem des Größeren riechen konnte.

Unangenehm berührt wich der Blonde aus, stieß aber sofort gegen einen weiteren Körper. Mit Schrecken erkannte er Tim.

Beide waren sie Klassenkameraden, beide hassten sie ihn, beide gehörten sie zu den Typen, die lieber erst zuschlugen als nachzudenken, um dann vielleicht das Gespräch zu suchen, sollte danach noch Interesse bestehen.

„Ich weiß nicht, wovon du redest." Hilflos sah er in die Richtung, in der Jonas verschwunden war, doch von diesem fehlte jede Spur.

Chris packte ihn fest am Oberarm und zog ihn mit sich. Idris' Versuche, sich aus dem Griff zu befreien, wurden von Tim vereitelt, der seinen anderen Arm packte und ihm somit jegliche Fluchtmöglichkeit nahm.

Panik stieg in dem Blonden hoch. Was hatten sie nur vor?

Chris öffnete die Glastür, die auf die Terrasse und in den Garten führte. Grob stieß er Idris zu einem der gepolsterten Gartenstühle, während er die Tür wieder zuschob und den Lärm ein wenig dämmte, sodass man zumindest nicht mehr schreien musste, um sich zu unterhalten.

Doch Idris war nicht nach einer Unterhaltung. Auf jeden Fall nicht mit den beiden. Er sprang auf, fing sich jedoch bloß einen Stoß gegen die Brust von Tim ein, der ihn wieder auf die Polster beförderte.

„Ich habe keinem von euch beiden etwas getan. Also lasst mich in Ruhe! Wenn du ein Problem mit mir hast, klär das zu einem anderen Zeitpunkt. Heute will ich mich nicht mit dir auseinandersetzen."

Idris war ganz zufrieden mit seinen Worten. Es klang zwar nicht ganz so selbstbewusst und eisig wie bei Alec, aber wenigstens hatte er überhaupt etwas raus bekommen.

Chris' Auflachen aber ließ ihn zusammenzucken. Der schien nicht im Geringsten beeindruckt zu sein.

„Große Klappe, he? Du bist mir schon immer ein Dorn im Auge gewesen. Und du bist mit dem Falschen befreundet. Alec ist wirklich nichts für dich. Keine Ahnung, warum er sich mit einem Loser wie dir überhaupt abgibt."

Idris runzelte leicht die Stirn. Darum ging es? Um seine Freundschaft mit Alec?

„Können wir darüber nicht ein anderes Mal reden?"

„Schnauze!" Chris kam näher, beugte sich zu ihm und umfasste schmerzhaft sein Kinn. „Ich will endlich herausfinden, was er so an dir findet. Außerdem schuldest du mir noch was, wegen der verlorenen Wette."

Idris starrte ihn nur ängstlich an, unfähig sich zu wehren. Eine erschreckende Lähmung hatte von seinem Körper Besitz ergriffen, sein Gehirn war nicht in der Lage, einen klaren Gedanken zu fassen oder einen Befehl auszusenden.

Tims Lachen lenkte Chris kurz ab, sodass er zumindest den Blickkontakt abbrach. „Schon mal daran gedacht, dass er für Alec nur der Pausenfüller ist, bis der wieder einen anderen erobert hat? Du kennst seinen Ruf doch. Der vögelt alles, was zum männlichen Geschlecht gehört und was bei drei nicht auf den Bäumen ist. Vielleicht haben wir es ja tatsächlich mit Alecs Notfallbetthäschen zu tun."

Chris sah Idris wieder an, der völlig fassungslos über diese Gedankengänge zu Tim schielte.

„Ist es das? Du bist nicht mehr als seine Hure? Das ganze Gequatsche und Getue von der ach so großen Freundschaft ist nichts weiter als eine Lüge?"

„Nein! Das ist Blödsinn!" Endlich schaffte Idris es sich gegen Chris zu wehren, wenn auch mit kläglichem Ergebnis. Dessen Griff lockerte sich keinen Millimeter.

„Alec ist mein bester Freund. Wir haben nichts miteinander."

Chris kniete sich auf den Stuhl, mit einem Knie zwischen Idris' Beinen, sodass dieses sich schmerzhaft gegen seinen Schritt drückte.

Der Blonde wimmerte leise auf, versuchte wenigstens seine Hand wegzuschlagen, die noch immer sein Kinn festhielt.

„Hör auf. Frag doch Alec, wenn du mir nicht glaubst. Das ist völliger Schwachsinn."

Der Griff des Größeren verstärkte sich so sehr, dass er Idris die Kiefer zusammenpresste und somit am Weitersprechen hinderte.

„Hast du Jonas nicht auch heute Abend angemacht? Da sind deine Worte wohl wenig glaubhaft." Die blauen Augen glitzerten gefährlich. „Lass es uns doch mal ausprobieren, wie gut du bist. Du musst ja einiges zu bieten haben, wenn Alec dich so lange behält."

Idris' Augen weiteten sich vor Entsetzten, als sein Verstand endlich begriffen hatte, was Chris gerade andeutete und vorhatte in die Tat umzusetzen.

Seine Gegenwehr wurde panisch, blind schlug er um sich. Chris ließ sein Kinn los, um seine Hände einzufangen, konnte aber nicht verhindern, dass Idris ihm ins Gesicht kratzte.

Abgelenkt durch den Schmerz wich er zurück und der Blonde befreite sich von seinem Gewicht. Er stieß Tim in die Rosenbüsche, die um die Terrasse gepflanzt waren, als dieser versuchte, ihn aufzuhalten.

Mit tränenverschleierten Augen floh er in den dunklen Garten und rannte ums Haus. Irgendwo würde es schon einen Weg geben, um zur Straße zu gelangen.

Erst auf der Auffahrt, absichtlich außerhalb des Lichtkegels der Straßenlaterne, hielt er heftig atmend inne und wagte einen Blick zurück.

Sie verfolgten ihn zum Glück nicht. Vielleicht weil er die Mühe nicht wert war oder auch, weil sie bereits zu viel gebechert hatten um zu rennen.

Idris presste eine Hand gegen seine Lippen, um ein lautes Aufschluchzen zu verhindern und sackte auf die niedrige Grundstücksmauer. Seine Beine zitterten heftig, sodass er spürte, dass er keinen Schritt weiter konnte.

Sie hatten wirklich vorgehabt, ihn zu vergewaltigen. Hergelockt, weil Jonas irgendeine Wette gewinnen wollte und dann weitergereicht wie irgendein überflüssiger Gegenstand.

Diese Gedanken waren wie ein Schlag ins Gesicht und Idris begann nun, wirklich zu heulen.

Alec! Er musste Alec anrufen und ihn bitten, ihn hier wegzuholen.

Allein würde er in seiner momentanen Verfassung nirgendwo hinkommen.

Alec strich langsam mit den Fingern über die aufgeschlagenen Buchseiten, während er immer wieder einen Blick zu dem Tisch riskierte, an dem die drei Fremden saßen.

Zumindest konnte er sich nicht erinnern, einen von ihnen schon mal gesehen zu haben.

Er erkannte eindeutige Signale, sobald er sie sah. Und einer der Jungen sendete sie so direkt, wie Alec es bisher nur selten erlebt hatte.

Leise schnurrte er auf und beobachtete den Schwarzhaarigen mit halb geschlossenen Augen genießerisch, als dieser sich erhob und auf ihn zukam.

Ihre Blicke tauchten für Sekunden ineinander, Fingerspitzen strichen über die Tischplatte, dann war er auch schon vorbei und verschwand durch die Hintertür zu den Toiletten.

Alec griff nach seiner Cola, trank einen großen Schluck und klappte das Buch zu. Diese Herausforderung würde er annehmen. Er wäre ja blöd, wenn er sich ein solches Sahnetörtchen durch die Finger rinnen ließ.

Alles, was in dieser Stadt geschah, schien früher oder später jeder zu wissen. So war Alecs sexuelle Neigung durchaus bekannt, ebenso wie die Tatsache, dass er scheinbar nicht für feste Beziehungen zu haben war, sondern sich lieber vom Abenteuer reizen ließ, egal, an welchen Orten diese letztendlich stattfanden.

Maggies Blick war richtig böse, als er aufstand. Sie wusste ganz genau, was er vorhatte und zu einer anderen Uhrzeit hätte sie ihn allein für den Gedanken rausgeworfen. Jetzt jedoch schob er ihr ein großzügiges Trinkgeld über den Tresen, was sie mit einem angedeuteten Nicken entgegennahm. „Große Schweinereien machst du sauber."

Alec lachte leise, verbiss sich aber jeglichen Kommentar. Es ging sie auch gar nichts an, dass er nicht vorhatte, sich mit einer billigen Handarbeit zufriedenzugeben und die Kacheln zu verschönern.

Auf dem Männerklo angekommen, lehnte der Fremde an dem einzigen Waschbecken im Raum, die Türen der beiden Kabinen standen offen. Niemand sonst war also anwesend.

Die quietschende Tür war noch nicht ganz ins Schloss zurückgefallen, da fand sich Alec schon gegen die Wand gepresst wieder, spürte den schlanken Körper an sich. Hände, die über seine Brust glitten.

„Du gefällst mir."

Die heisere Stimme wehte an seinem rechten Ohr vorbei, dann wurde seine Wange von kühlen Lippen berührt.

„Ich wäre nicht hier, wenn ich das nicht zurückgeben könnte."

Alec ließ den etwas Größeren noch einige Sekunden agieren, bis er seine Finger um die dünnen Handgelenke legte, die Arme an den Körper presste und ihn von sich wegdrückte. Schwungvoll drehte er sich, keilte den Schwarzhaarigen zwischen sich und der Wand ein und schob dessen Arme an den Kacheln entlang über seinen Kopf.

Ihre Blicke bohrten sich wieder ineinander, führten einen stummen Kampf aus, der sekundenlang keine Seite als Sieger hervorgehen ließ. Alec knurrte leise, beugte sich noch näher und presste seinen Mund auf die leicht geöffneten Lippen seines Gegenübers, ohne ihr Blickduell zu unterbrechen.

Die Spannung zwischen beiden stieg an, ihr Machtkampf war deutlich spürbar. Immer wieder versuchte der Fremde Alec von sich zu drücken, vergebens. Es hing in der Schwebe, wer von beiden als Erstes aufgeben würde.

Alec knabberte an seinen Lippen, hauchte wiederholt leichte Küsse darauf und wartete ab. Die Entscheidung sich ihm zu unterwerfen, musste sein Gegenüber ganz allein treffen. Er jedenfalls würde nicht nachgeben.

Die bernsteinfarbenen Augen des Schwarzhaarigen flackerten, bevor sich die Lider darüber senkten. Noch einmal bäumte er sich gegen ihn auf, nur um schließlich doch nachzugeben und Alec die Führung zu überlassen.

Darauf hatte dieser nur gewartet. Seine Zunge schnellte hervor, tauchte in die fremde Mundhöhle und forderte den dort wartenden Wächter zu einem weiteren Kampf heraus, den der Andere mit einem lauten Stöhnen aufnahm.

Alecs Hände ließen seine Arme los, glitten hinab über die Rippenbögen und öffneten eilig die eng sitzende Jeans.

Keuchend unterbrach er ihren Kuss, knabberte sich den Hals entlang, leckte über die heftig pochende Ader.

Dünne Finger krallten sich in seine blauen Haarsträhnen, zogen daran.

Hitze peitschte durch seinen Körper, er spürte deutlich, wie gierig sein inneres Wesen danach war diesen Jungen zu beherrschen. In einem versteckten Winkel seines Verstandes meldete sich ein leises Stimmchen, das andeutete, dass hier irgendetwas anders war wie sonst, doch er ignorierte es. Jetzt wollte er nur genießen. Alles andere kam später.

Wieder trennte er sich von dem Schwarzhaarigen, zerrte die Hose über dessen knackigen Hintern und drehte ihn mit dem Gesicht zur Wand.

Sofort stützte dieser sich mit den Händen an den Kacheln ab, legte den Kopf in den Nacken und rekelte sich aufreizend in Alecs erneuerter Umarmung.

„Mach endlich!"

Scheinbar hielt er ebenso wenig von einem langen Vorspiel wie Alec selbst.

Seine Hände strichen fahrig über die kantigen Hüftknochen, streichelten kurz die Oberschenkel und griffen dann das hart aufgerichtete Glied seines Gegenübers.

Das neuerliche Aufstöhnen war Musik in seinen Ohren. Mit einer Hand glitt er über die samtene Haut, verteilte dabei die ersten Lusttropfen, mit der anderen Hand befreite er seine eigene eisenharte Latte.

Das Blau seiner Augen wurde heller, er drückte sich dicht an den vor Erregung bebenden, Hitze verströmenden Körper.

„Öffne dich für mich, mein Schöner." Er ließ dessen nasses Glied los, schob beide Hände unter das schwarze Hemd und krallte seine Fingernägel in die Haut über der Hüfte.

Ohne weitere Vorwarnung versenkte er sich mit einem gezielten Stoß tief in der heißen Enge. Sein dunkles Aufstöhnen vermischte sich mit dem heiseren Schrei des Schwarzhaarigen.

Dessen gesamter Körper verspannte sich augenblicklich, abgehackte Atemlaute waren zu hören.

Alec hielt inne, ließ seine Hände den zitternden Rücken hinauf wandern.

„Du hättest was sagen sollen", murrte er leicht wütend über die Dummheit des Anderen. Nichts an seinem Verhalten hatte darauf hingedeutet, dass er keinerlei Erfahrung in dieser Position hatte. Alec wollte nun wirklich niemandem sein erstes Mal so erleben lassen.

Seine Lippen berührten den schweißfeuchten Nacken, seine Zunge leckte über die Haut. Alles in ihm schrie danach, diesen Fremden zu markieren. Jetzt sofort. So biss er zu. Die Zähne gruben sich in die empfindlichen Nerven, ließen den Schwarzhaarigen wieder aufschreien. Gleichzeitig spürte er die erhoffte Reaktion. Augenblicklich wurde der andere weicher, die gesamte Anspannung verschwand und Alec begann, sich langsam in ihm zu bewegen.

Wieder gruben sich seine Nägel in die blasse Haut, hinterließen lange, blutige Kratzer auf dem Rücken, der nun vor ansteigender, erneuter Erregung bebte.

Endlich kam er dem Blauhaarigen entgegen, stöhnte auf, als Alec den inneren Punkt traf, der ihn Sterne sehen ließ.

Sie steigerten das Tempo, ihre Körper klatschten aneinander, erzeugten eine ganz eigene Hintergrundmusik, die sich mit dem Keuchen und Stöhnen vermischte.

Alec zog seine Hände unter dem Hemd hervor, löste seinen Nackenbiss und packte den Jungen grob in die schulterlangen feuchten Haare. Er drehte seinen Kopf zu sich, bis sich ihre Lippen wieder trafen und ihre Zungen zum nächsten Kampf übergingen.

Kurz konnte er durch die halb geschlossenen Lider fast gelb glühende Augen erkennen. Ein scharfer Schmerz seiner Zunge lenkte ihn jedoch ab.

Das Biest hatte ihn tatsächlich zurückgebissen!

Alec fasste mit einer Hand nach vorn in den Schritt des Schwarzhaarigen und rieb dessen Glied im Rhythmus seiner anhaltenden Stöße.

Der Kleinere spürte, wie sich der Kopf des Fremden in den Nacken legte und auf seiner Schulter zur Ruhe kam.

Sein Innerstes ließ sich nun nicht mehr länger unter Kontrolle halten. Und Alec entschied, dass es nun nicht mehr schaden konnte, die Zügel fallen zu lassen.

Dies hier war so anders als alle sexuellen Kontakte zuvor. Zum ersten Mal spürte und wusste er, dass seine Kraft keinen Schaden anrichten würde. Der Junge hielt weitaus mehr aus, als es zu Beginn den Anschein hatte.

Doch das ‚Warum' näher zu ergründen hatte er nun wahrlich keine Lust.

Noch einmal erhöhte er das Tempo, spürte, wie der erlösende Orgasmus näher kam, ebenso wie er deutlich merkte, dass sein Partner auch kurz davor stand.

Einige Stöße später zogen sich dessen Muskeln fest um seinen Penis zusammen, ließen ihn aufkeuchen, während der Andere seinen Höhepunkt hinausschrie.

Alec selbst brauchte nur noch zwei leichte Bewegungen in diese atemberaubende Enge, um ebenfalls zu kommen und sein Erbe tief in dem Jungen zu verströmen.

Einige zitternde Atemzüge lang standen sie nur da, ließen ihre Orgasmen ausklingen und versuchten wieder zu Kräften zu kommen.

Unbewusst hielt Alec den Schwarzhaarigen an der Taille fest, damit dieser nicht zusammensackte. Langsam löste er ihre Verbindung, trat einen Schritt zurück und begann seine Kleidung zu richten.

Bernsteinfarbene Augen musterten ihn. Der Fremde lehnte sich mit einer Schulter an die Wand.

Alec lächelte leicht. „Ich muss wirklich zugeben, so gehen lassen konnte ich mich schon lange nicht mehr. Respekt. Du hältst was aus."

Der Schwarzhaarige leckte sich leicht über die Lippen, an denen noch immer etwas von Alecs Blut klebte. „Ich hatte nicht erwartet wirklich jemanden zu treffen, der mich in die Knie zwingt. Verrat mir deinen Namen?"

„Alec." Er kam noch einmal näher, strich eine der Haarsträhnen aus dem blassen Gesicht. „Und dein Name?"

„Cahil."

Die Hand des Blauhaarigen wanderte kurz zu Cahils Nacken. Die Fingerspitzen waren rot, als er sie zurückzog. Betont langsam leckte er das noch warme Blut ab.

„Ich hoffe, wir sehen uns wieder Cahil. Du bist mehr als eine Sünde wert."

Alec verließ mit einem letzten lüsternen Lächeln den Raum.

Es dauerte recht lange, bis Cahil sich endlich halbwegs wieder hergerichtet hatte. Hunderte von Fragen jagten durch seinen Kopf.

Er fühlte sich seltsam. Irgendetwas an dem Anderen war sehr komisch gewesen. Er spürte eine innere Unruhe, die er sich nicht erklären konnte.

Einerseits fühlte Cahil sich rundum befriedigt und gut, andererseits aber war er angespannt und aufgewühlt als hätte er ein entscheidendes Detail übersehen.

Sein Nacken schmerzte und pochte, sein Rücken brannte, sein Arsch puckerte.

Es fühlte sich an, als hätte man ihn in tausend Stücke zerschlagen und ein wenig falsch wieder zusammengesetzt. So ausgelaugt hatte er sich schon lange nicht mehr gefühlt.

Als er schließlich die Toilette verließ und zurück in den Gastraum kam, bemerkte er nicht einmal die teils neugierigen, teils amüsierten Blicke der anderen Gäste.

Ihm fiel nur auf, dass Alecs Tisch leer war, während er daran vorbeiging und sich langsam neben seinen Bruder setzte.

Nadims bohrender Blick wurde zunehmend unangenehmer.

„Was ist?" fauchte Cahil genervt.

„Was ist? Das würde ich gern von dir wissen. Was ist vorgefallen? Der Junge jedenfalls sah nicht so aus, als wäre er durch deine Hände gegangen."

„Außerdem stinkst du noch immer nach Sex", murrte Rain, zog ihre Nase kraus.

Cahil lehnte sich zurück, musterte den Rotblonden einige Sekunden, während er Rain ignorierte. „Er hat den Spieß umgedreht."

Der Blick seines Bruders zeigte deutlich, dass er diese Aussage für einen Scherz hielt.

„Ich meine das ernst. Er hat mich an die Wand genagelt. Im wahrsten Sinne des Wortes. Und ganz ehrlich, er war verdammt gut."

Nadim schüttelte den Kopf. „Hast du dir den Verstand rausvögeln lassen? Du hättest ihm mit einer Handbewegung das Genick brechen können. Wieso lässt du dich dann ..."

„Nein!" Cahil beugte sich dichter zu ihm, senkte die Stimme zu einem Flüstern. „Genau das versuche ich doch zu erklären. Ich konnte gar nichts tun. Er reagierte nicht auf meine Gedankenmanipulation, ich konnte ihn nicht eine Sekunde lang lenken. Genauso war ich ihm körperlich völlig unterlegen. Man, diese Kraft hat mich fast umgehauen."

Sie wurden von der Kellnerin unterbrochen. „Wollt ihr noch was bestellen?"

Sofort verneinte Nadim. „Wir zahlen." Er zog einige Scheine aus der Tasche, drückte sie ihr in die Hand und dirigierte Cahil und Rain dann aus dem Cafe.

Problemlos hätte er dafür sorgen können, dass sie ohne Bezahlung gegangen wären, doch im Moment brachte selbst ihn die Aussage seines Bruders durcheinander, er diese Möglichkeit gar nicht in Betracht zog.

Wer oder was sollte es denn wohl mit ihnen aufnehmen können?

Bei ihren Maschinen angekommen, die sie in einer Seitenstraße abgestellt hatten, schwang sich Cahil auf sein Bike.

Leise murrend bewegte er seine Schultern, um die Muskeln zu lockern. „Man, wie fest hat er eigentlich zugebissen?"

Nadim hatte die leisen Worte genau gehört. Erst jetzt erschollen sämtliche Alarmglocken. Sofort war er neben dem Jüngeren, schob eilig die Haare zur Seite, nur um gleich darauf das Hemd den Rücken hinauf zu schieben.

„Sag mal!" Cahil schüttelte mit schmerzverzehrtem Gesicht seine Hände ab, wunderte sich noch immer darüber, warum die Wunden nicht wie sonst problemlos und schnell heilten. „Was soll das?" Wütend drehte er sich zu Nadim um, doch dessen entsetzter Blick ließ jedes Wort verstummen.

Eine solche Panik kannte er nicht von ihm. Vielmehr sorgte sein Bruder sonst dafür, dass andere solch einen Gesichtsausdruck zur Schau trugen. Das seltsame Gefühl, das er seit Alecs Verschwinden spürte, verstärkte sich.

„Wir haben ein Problem. Du steckst in verdammt großen Schwierigkeiten."

„Nadim! Rede Klartext!"

„Werwölfe, Brüderchen. Dein kleines Abenteuer war ein Werwolf, der dich gerade als seinen Gefährten gekennzeichnet hat."

Kapitel 3

Alec hatte eigentlich noch länger im Café bleiben wollen. Allein der überraschte, noch dazu recht fassungslose Blick des anderen Jungen an Cahils Tisch war sehr amüsant gewesen.

Das Klingeln seines Handys jedoch änderte seine Pläne schlagartig.

Zuerst hörte er nur heftiges Schniefen und ersticktes Schluchzen, bis endlich leise sein Name genannt wurde.

Doch da war Alec längst bei seinem Rad vor dem Café angekommen und hatte das Schloss entriegelt.

„Wo bist du jetzt, Idris?"

„N ... noch im ... immer v ... v ... vor dem Ha ... Haus."

„Rühr dich nicht vom Fleck. Ich bin auf dem Weg."

Er verstaute das Handy in seiner Jackentasche und trat kräftig in die Pedale. Im halsbrecherischen Tempo jagte der Blauhaarige die schwach beleuchteten Straßen entlang, schlitterte um die Kurven und überfuhr zwei rote Ampeln.

Mit jedem zurückgelegten Meter stieg seine Wut weiter an.

Niemand sollte es wagen, Idris etwas anzutun.

Niemand rührte jemanden seiner Familie an und dazu zählte er den Jüngeren ohne Wenn und Aber.

Diese unausgesprochene Drohung in seinen blauen Augen hatte bisher stets dafür gesorgt, dass sich jeder an diese Regel hielt, dass es nie über die allgemeinen Beleidigungen hinaus gegangen war.

Jetzt hatte es irgendjemand gewagt.

Wer immer das war, er würde bezahlen, teuer dafür bezahlen.

Endlich bog Alec in die Straße ein, in der Jonas wohnte. Obwohl noch einige Häuser zwischen ihm und dem Partyort lagen, konnte er bereits die dröhnende Musik hören.

Die Nachbarn waren mit Sicherheit begeistert darüber.

Vor dem anvisierten Grundstück hockte eine zusammengesunkene Gestalt auf dem niedrigen Gartenmäuerchen.

Alec bremste direkt vor Idris ab. Noch bevor sein Rad auf dem Boden aufschlug, schlangen sich die Arme des Blonden um seinen Hals und der Junge klammerte sich zitternd an ihm fest.

Alec drückte ihn an sich, strich ihm automatisch mit den Händen den Rücken rauf und runter.

„Beruhige dich bitte. Sie können dir jetzt nichts mehr tun Süßer. Ich bin hier, ich beschütze dich."

Seine blauen Augen leuchteten hell auf, als er an Idris Kopf vorbei zum erleuchteten Haus sah. In seinem Innersten begann sein Wesen zu toben, wollte augenblicklich Blut sehen.

Alec senkte die Lider, verkrampfte seine Hände zu Fäusten und atmete mehrmals tief ein und aus.

Es dauerte endlose Minuten, bis Idris Schluchzen leiser wurde und er sich wieder einigermaßen gefangen hatte.

„Kannst du mir sagen, was passiert ist?"
Idris sackte wieder auf die Mauer. Mit hängenden Schultern betrachtete er seine in der Jeans verkrallten Finger.
„Es ... alles ist ... sie haben ..."
Der Blauhaarige kniete sich vor ihn, streichelte beruhigend über seine Hände. „Lass dir Zeit."
Wütend erkannte er trotz der spärlichen Beleuchtung die dunklen Flecke in Idris Gesicht, die von grober Gewaltanwendung zeugten.
Idris umklammerte Alecs Hände. „Kann ... kann ich heu ... heute bei dir schlafen?"
„Natürlich." Alec entzog ihm sanft seine Finger, strich dem Blonden übers Haar und küsste ihn sanft auf die Stirn. „Ich bin immer für dich da, das weißt du doch."
„Sie wollten wis ... wissen, warum du mit mir be ... befreundet bist. Sie hat ... hatten die fixe Idee, dass du mein Lieb ... Liebhaber bist."
Alec stöhnte. „Schon wieder? Langsam nervt das wirklich."
„Sie wollten heraus fin ... finden, ob ich denn wirklich so gut bin, dass du mich so lan ... lange schon behältst."
Die Augen des Blauhaarigen wurden heller. Idris kannte das schon. Immer wenn Alecs Wut ins Unbeschreibbare anstieg wurde dieses Phänomen sichtbar. Sie schienen von innen her zu leuchten. Für ihn gehörte das zu seinem Freund ebenso, wie die Vorliebe für ständig wechselnde Haarfarben.
„Bitte", flüsterte er. „Ich will nur noch hier weg. Du musst dich doch nicht jetzt noch mit ihnen an ... anlegen."
Alecs Blick ruhte auf dem Haus hinter Idris. Seine Kiefermuskeln arbeiteten und der Blonde konnte beobachten, dass er einen ziemlichen heftigen Kampf führte, nicht die Beherrschung zu verlieren.
„Okay."
Erleichtert atmete Idris auf. Zwar hatte er Alec noch nie wirklich ausrasten sehen, doch alles, was er jedes Mal spürte, wenn der Blauhaarige sehr wütend war, zeigte, dass dann nicht mit ihm zu spaßen wäre. Dann könnte Alec wirklich gefährlich werden und Idris wollte in seinem ganzen Leben nicht diese Wut gegen sich gerichtet haben.
Alec erhob sich, zog Idris mit sich hoch und richtete auch sein Rad wieder auf.
In dem Moment öffnete sich die Haustür und Jonas kam den Kiesweg entlang auf sie zugelaufen. „Idris."
Alec drückte dem Jüngeren das Rad in die Hände und sprang leicht über das Mäuerchen, schnitt Jonas den Weg ab und stieß ihn grob zu Boden.
„Wage es nicht!"
Der Dunkelblonde wollte sofort aufstehen, den wesentlich Kleineren anschnauzen, doch Alecs eisige Augen ließen ihn innehalten.

Ein unangenehmes Kribbeln in seinem Nacken warnte ihn vor der tödlichen Gefahr, in der er sich gerade befand. Sein Verstand begriff dies gar nicht, aber er fügte sich instinktiv den Signalen seines Körpers und rührte sich nicht.

Alec ging neben ihm in die Knie, seine Augen verengten sich zu hell leuchtenden Schlitzen.

Halb geschockt, halb fasziniert starrte Jonas ihn an. Nie zuvor hatte er so etwas bei einem Menschen gesehen. Nur einmal hatte er eine solche Beobachtung gemacht. Als der Nachbarhund nachts durch die Gärten der Umgebung gestromert war und seine Augen von dem Licht der Taschenlampen angestrahlt wurden, die den nächtlichen Ruhestörer gesucht hatten.

Idris zerrte Alec heftig am Shirt auf die Beine. „Er hat nichts damit zu tun." Fast hoffnungsvoll sah er den Dunkelblonden an. „Stimmt doch?"

Jonas blinzelte mehrmals, um seine innere Starre loszuwerden. „Womit zu tun? Du warst plötzlich verschwunden. Ich hab dich im gesamten Haus gesucht. Tim meinte, ich sollte mal draußen nachsehen, du wärst schwer beschäftigt."

Alec sah zum Haus hinüber, wo er einige Schaulustige im hell erleuchteten Türrahmen stehen sah. Leider erkannte er nur deren Silhouetten und keine Gesichter.

„Tim und Chris also. Eigentlich logisch."

„Bitte Alec. Lass es für heute gut sein. Ich bin müde. Mir dröhnt der Kopf. Ich will hier nur noch weg."

Jonas schlug alle Warnungen seiner Instinkte in den Wind und sprang auf.

„Wovon redest du?", schrie er. Tims Andeutungen hatten seine Eifersucht angestachelt. Denn eigentlich war er fest davon überzeugt gewesen, dass Idris momentan mit niemandem zusammen war und er deshalb möglicherweise gute Chancen bei ihm hatte. Einem kleinen Vergnügen war er nie abgeneigt. Warum nicht mal mit einem männlichen Partner?

Zu hören, dass er sich doch mit jemand anderem vergnügte, war nicht sehr aufbauend gewesen, nachdem er Idris erfolglos im ganzen Haus gesucht hatte. Seinen Plänen widersetzte man sich nicht.

„Chris sprach von einer Wette, die er durch mich verloren hat. Weißt du was darüber?"

„Klar doch. Er war fest davon überzeugt, dass du nicht kommen würdest. Hat ihn nen Hunderter gekostet."

Alec legte Idris einen Arm um die Schultern und wandte sich zum Gehen.

„Du solltest dich mal mit deinen ach so guten Freunden unterhalten", knurrte er. „Am besten, bevor ich mich mit ihnen befasse."

Idris ließ sich widerstandslos mitnehmen. Jegliche Freude über Jonas anscheinendes Interesse an ihm war momentan verflogen. Ihm war nur noch zum Heulen zumute. Himmel, er fühlte sich wirklich mies, benutzt und hintergangen.

Dass Jonas ihnen noch lange nachsah, bekam Idris gar nicht mit. Er hatte seinen Kopf an Alecs Schulter gelehnt und die Augen geschlossen, ließ sich ganz von ihm führen.

Alec saß im Schneidersitz auf seinem Bett, Idris Kopf in seinem Schoß. Es war Stunden her, dass sie bei ihm angekommen waren, doch der Jüngere war erst vor wenigen Minuten richtig eingeschlafen. Immer noch erbebte der schmale Körper von Zeit zu Zeit wegen der nachhallenden Schluchzer.

Er hatte sich kaum beruhigen können, ununterbrochen geweint. Der Schock darüber, wie knapp er einer Vergewaltigung entkommen war, saß tief.

Müde strich der Blauhaarige sich übers Gesicht, sah zum Fenster, durch das die ersten Sonnenstrahlen krochen.

So hatte er den Tag sicher nicht ausklingen lassen wollen. Dabei war der Abend doch so verdammt gut gewesen.

Seine Gedanken wanderten zu Cahil. Der war so manche Sünde wert, das musste er zugeben. Genau sein Typ. Er besaß eine Kraft, die er bisher immer nur gesucht, doch nie gefunden hatte und er hielt was aus. Beachtenswert.

Das wog doch das unangenehme Gefühl auf, was er in seiner Nähe anfangs gespürt hatte. Sein inneres Wesen war zuerst überhaupt nicht mit seiner Wahl einverstanden gewesen. Dass es dann doch so schnell nachgegeben hatte, konnte Alec nur darauf schieben, dass auch dieser Teil angetan davon war, endlich einen ebenbürtigen Partner gefunden zu haben.

Nichts hatte er dagegen unternehmen können, als es seine Markierung hinterlassen hatte. Obwohl er sonst immer sehr wütend darüber war, wenn er einen inneren Kampf um die Vorherrschaft verlor, musste er jetzt zugeben, dass die Handlung richtig gewesen war.

Er konnte nun nur hoffen, Cahil möglichst bald wiederzusehen, um diese Verbindung noch zu festigen.

Alec lehnte sich gegen das Kopfteil seines Bettes, stopfte sich noch ein Kissen in den Rücken und verlagerte etwas seine Beine, darauf bedacht, Idris nicht zu wecken.

Selbst wenn Cahil nur auf der Durchreise war, er würde fürs Erste nicht wegkommen. Etwas würde ihn hier halten und an diesem Gefühl musste er anbauen.

Wenn die erste Markierung abheilte und die Wirkung der eingesetzten Pheromone nachließ, konnte sich das ganz schnell wieder ändern.

Langsam leckte der Blauhaarige sich mit der Zunge über die Lippen, hielt überrascht inne, da er noch immer einen leichten Schmerz spürte.

Vorsichtig bewegte er seine Zunge gegen den Gaumen, hob eine Augenbraue, als ein erneuter leichter Stich zu spüren war.

Wieso war die Verletzung noch immer nicht verheilt? Jede Wunde schloss sich innerhalb von Sekunden, war spätestens, je nach Schwere und Größe, nach einer Stunde völlig verschwunden.

Der Zungenbiss jedoch war noch da.

Der Tag war anstrengend gewesen. Idris drohte immer wieder einzuknicken und zusammenzubrechen. Obwohl er es nicht aussprach, hatte Chris Angriff ihn völlig aus der Bahn geworfen. Der Blonde gehörte bedauerlicherweise zu den Menschen, die nichts Böses in anderen sahen. Wenn dann doch jemand zeigte, wie grausam ihre Spezies sein konnte, erschütterte es sein gesamtes Weltbild.

Alec wusste darüber Bescheid. Schon die täglichen Anfeindungen hatten seinem Freund oftmals heftig zugesetzt. Da war es kaum verwunderlich, dass er jetzt total den Boden unter den Füßen verlor.

Also redete er, lenkte ihn mit belanglosen Stadtgerüchten und unwichtigen Themen ab. Er wusste, dass es Idris eigentlich nicht im Geringsten interessierte, wer angeblich mit wem wann was gemacht hatte, aber es half.

Für jedes noch so flüchtige Lächeln war der Blauhaarige überaus dankbar. Zeigte es ihm doch, dass der Jüngere zuhörte und nicht seinen eigenen dunklen Gedanken nachhing.

Er musste zwar zu seinem eigenen Schrecken feststellen, wie viel er von diesem Unsinn seiner Mitmenschen tatsächlich behielt, auch wenn er selbst geglaubt hatte, seiner Mutter nie genau zuzuhören, wenn sie sich darüber beim Abendessen ausließ, dennoch gingen ihm am frühen Nachmittag endgültig die Geschichten aus.

Idris musterte ihn kurz, als Alec überraschend schwieg. „Da ist noch mehr, ich spüre das."

Belustigt hob Alec eine Augenbraue. „Ach wirklich? Du versteckst dich in deinem Wolkenkuckucksheim und glaubst dennoch, ich würde etwas verschweigen. Klasse."

Grinsend richtete der Blonde sich von seinem Kuschelplatz zwischen Alecs Kissen auf. Seine Neugierde war in diesem Moment größer als die lauernde Erinnerung an seine erste, völlig ins Wasser gefallene Party. „Das hat mit gestern Abend zu tun, hab ich recht? Was hast du so getrieben?"

Alec stand schwungvoll vom Bett auf und trat ans Fenster. Getrieben war wirklich das richtige Wort, musste er zugeben. „Ich möchte dich daran erinnern, dass momentan wohl nicht der rechte Zeitpunkt ist, dass ich dich mit meinen kleinen Abenteuern behellige."

Idris spürte seine Neugier weiter ansteigen. Gleichzeitig verblassten zum ersten Mal an diesem Tag seine ständig kreisenden Gedanken um den Vorabend vollkommen. „Sieht aber so aus, als wäre das kein kleines Abenteuer gewesen. Komm schon. Sonst kriege ich auch nicht sofort mit, wann du mit wem vögelst. Wenn ich das nun merke, scheint es anders gewesen zu sein."

Alec lehnte sich gegen das Fensterbrett, verschränkte die Arme vor der Brust und musterte Idris mit nachdenklichem Blick. „Er scheint nicht von hier zu sein. Jedenfalls ist er mir bisher nicht aufgefallen und glaub mir, das wäre er mit Sicherheit."

Er setzte sich wieder neben Idris, ließ sich dann auf den Rücken fallen und starrte zur Zimmerdecke. „Ich kann dir gar nicht sagen, was ihn so ungewöhnlich macht. Er hat eine seltsame Ausstrahlung, die ich nicht greifen kann. Da ist etwas im Verborgenen und ein Teil von mir ist fest davon überzeugt, dass dieses etwas verdammt bedeutend ist. Aber andererseits ist es mir auch egal, was es ist. Er hebt sich von den anderen ab, die ich bisher hatte."

„Hast du vielleicht endlich mal einen ebenbürtigen Gegner gefunden? Jemanden, der dir wirklich die Stirn bieten kann?"

„Scheint so. Jedenfalls musste ich ziemlich um die Vorherrschaft kämpfen."

Idris kannte Alecs Vorlieben und wusste von seiner stark ausgeprägten dominanten Seite. Dies war auch der Hauptgrund, warum nie etwas zwischen ihnen laufen würde. Idris hatte Angst vor dieser Dominanz. Sie war ihm zu groß, zu wild, zu urgewaltig. Sie war ihm nicht einmal einen einzigen Versuch wert.

Ebenso wusste er, dass Alec einen Teil seines Lebens eisern vor ihm verbarg. Als diese Ahnung vor einiger Zeit zur Gewissheit geworden war, hatte es ihn sehr verletzt, dass sein bester Freund so wenig Vertrauen zu ihm zu haben schien, um darüber zu reden.

Das hatte zu einem ziemlichen Knacks in ihrer Freundschaft geführt, unter der sie beide gelitten hatten. Bis Idris Alec direkt darauf angesprochen hatte. Doch Alec hatte weiterhin geschwiegen, tatsächlich ihre Freundschaft riskiert, statt ihm zu sagen, was er so hartnäckig behütete.

Allein Idris' weiches Herz hatte ihn nachgeben lassen und sie mieden seither beide diesen Punkt.

Jetzt schwebte genau dieser wieder über ihnen. Alles in dem Blonden schrie danach, dass es mit exakt diesem Geheimnis zu tun hatte, dass Alec so auf den Fremden reagierte.

Ihre Blicke trafen sich kurz und Idris sah in Alecs blauen Augen einen Sturm toben, spürte, dass er kurz davor stand, darüber zu reden.

Ruckartig stand Alec wieder auf und tigerte unruhig durchs Zimmer. „Ich sollte dich fürs Erste nach Hause bringen. Deine Eltern dürften sich schon genug sorgen."

Leise schnaufend nickte Idris nur. Wieder mal hatte der Blauhaarige den Kopf aus der Schlinge gezogen.

Den gesamten Weg zu seinem Zuhause schwiegen sie. An der Auffahrt hielt Alec sein Rad an und Idris lehnte seinen Drahtesel gegen den Gartenzaun.

„Irgendwann musst du es mir doch erzählen. Warum nicht jetzt? Glaubst du wirklich, ich würde dir die Freundschaft kündigen?"

„Irgendwann Idris, irgendwann. Aber gerade jetzt bist du gar nicht in der Verfassung, so etwas zu hören."

„Es macht mich wütend. Du weißt alles von mir. Ich vertraue dir wie niemandem sonst."

„Ich weiß das alles." Alec umarmte den anderen kurz. „Vielleicht, wenn du dich wieder gefangen hast."

„Ich hab ..."

„Nein! Hast du nicht. Wir sehen uns morgen."

Idris sah ihm lange nach. Diese Andeutungen hörten sich an, als wäre Alec ein Schwerverbrecher. Er hatte doch keinen umgebracht oder wagte es, auch nur ansatzweise jemanden das antun zu wollen, was Chris und Tim vorgehabt hatten. Warum also ein solches Versteckspiel?

Wenigstens hatte er es nicht mehr rigoros abgelehnt, darüber zu reden. Das war zumindest ein Anfang.

Alec bog an der einzigen Kirche der Kleinstadt nach rechts, anstatt links herum den Heimweg anzusteuern.

Schnell ließ er die Häuser hinter sich und folgte der Landstraße zu dem See und dem darum liegenden Wäldchen, in dem er oft laufen ging, um einen klaren Kopf zu bekommen.

Noch immer forderte sein inneres Wesen Rache an den Jungs, die sein Familienmitglied angegriffen hatten.

Da er aber Idris versprochen hatte, sich vorerst von den beiden fernzuhalten, durfte er diesem Drang nicht nachgeben.

An den ersten Bäumen angekommen verließ er die geteerte Straße und kettete sein Rad an einem der Stämme an.

Seine dünne Jacke klemmte er auf dem Gepäckträger fest und streifte seine Schuhe von den Füßen. Alec liebte es, barfuß über den rauen, urtümlichen Waldboden zu laufen. Der Natur so nah wie möglich zu sein. Tief durchatmend sog er den Geruch nach feuchter Erde, Moos und Wildkräutern ein, lauschte den kaum für menschliche Ohren hörbaren Geräuschen der kleinen und großen Tiere im Unterholz.

Es dämmerte bereits und zwischen dem dichten Gestrüpp war es schon sehr düster, doch das schreckte ihn nicht. Im Gegenteil, es lockte viel eher, in diesem Zwielicht seine Sinne auszufahren und seinen Instinkten für kurze Zeit die Führung zu überlassen.

Im lockeren Tempo lief er los, spürte bereits nach wenigen Schritten, wie alles in ihm sich streckte, erwachte und aufmerksam die Umgebung scannte.

Aus Erfahrung wusste Alec, dass er eine knappe Stunde brauchte, um den See einmal zu umrunden. Genau die richtige Zeit, wieder Ordnung in seine Gedanken zu bekommen und sich zu beruhigen.

Die halbe Strecke hatte er bereits hinter sich, als plötzlich alles in ihm auf den Alarmmodus umsprang. Sofort hechtete Alec von dem Trampelpfad weg in die Büsche und tauchte tief in die Dunkelheit.

Seine Augen leuchteten hell auf, passten sich innerhalb von Sekunden an das schwache Licht im Unterholz an. Mit angehaltenem Atem lauschte er auf die Geräusche seines Umfelds.

Das übliche Rascheln von Mäusen und Schlangen. Das beinahe lautlose Vorübergleiten einer Eule auf Beuteflug.

In einiger Entfernung nahm er schließlich etwas Größeres wahr. Eines der ansässigen Rehe stakste durchs Unterholz.

Schon wollte Alec seine Deckung verlassen. Er schien sich geirrt zu haben, was die Gefahr betraf. Eigentlich ein Ding der Unmöglichkeit.

Dann spürte er es wieder, diesmal wesentlich näher. Ein leises Knurren entschlüpfte seiner Kehle, eine eindeutige Drohung für den unsichtbaren Feind.

Seine Sinne waren in alle Richtungen ausgestreckt. In seinen Fingern zuckte es. Doch noch hielt er sein inneres Wesen zurück. Viel zu anstrengend es freizulassen, wenn es unnötig war.

Endlich sah er eine Gestalt auf dem Pfad, dem er selbst noch vor einigen Minuten gefolgt war. Fast hätte Alec die Gefahr gar nicht erkannt und beinahe zu spät bemerkte er seinen Irrtum.

Das war kein Mensch.

Sehr schnell kam die Gestalt plötzlich auf ihn zu, schien genau zu wissen, wo er sich versteckte.

Alec spürte ein Beben durch seinen Körper rollen.

Immer schneller näherte sich der fremde Gegner, ein lauter werdendes Fauchen drang an seine empfindlichen Ohren.

Jetzt erst ließ der Blauhaarige seine Mauern fallen und wandelte sich in Sekundenbruchteilen.

Mit einem wütenden Knurren sprang er aus der Deckung. Kräftige, krallenbesetzte Pfoten gruben sich in den Waldboden. Ein übergroßer brauner Wolf stellte sich dem Unbekannten entgegen, der mitten in seinem Lauf innehielt und in die Knie sackte, so wenig Angriffsfläche wie möglich bietend.

Alecs helle Augen fingen die leuchtend roten des Anderen ein, das einzige was er deutlich im schwachen Licht des Mondes erkennen konnte. Sie starrten sich sekundenlang an, wägten ihre Stärken und Schwächen ab, nur um festzustellen, dass keiner von ihnen bereit war, nachzugeben.

Erneut tief knurrend stellte der Wolf sein Nackenfell auf und fletschte seine langen Zähne.

Sein Gegenüber antwortete mit einem lauten Fauchen, zeigte seine spitzen Eckzähne.

Diese offene Kampfansage ließ Alec mit Sicherheit nicht durchgehen.

Das war sein Revier.

Hier wilderte niemand!

Nicht einmal ein Vampir der sich ebenso wie Alec selbst als Alpha sah. Der die Frechheit besaß, sich in einem fremden Gebiet nicht dem ansässigen Inhaber unterzuordnen.

Mit einem gewaltigen Satz sprang er auf die immer noch kniende Gestalt zu, hechtete durch Gestrüpp und öffnete seine Schnauze, bereit für den tödlichen Biss.

Seine Zähne schlugen krachend aufeinander, etwas Ledriges wischte knapp an seinem Kiefer vorbei und flatterte mit schrillen Klickern in die Höhe.

Sofort stemmte der Werwolf sein ganzes Gewicht auf die Hinterbeine und schnellte hinter der auffliegenden Fledermaus her.

Wieder schnappte sein Maul nur eine Briefmarkendicke an den Flügeln vorbei.

Glühend rote Augen trafen auf hell leuchtende, blaue, bevor das schwere Geschöpf von der Schwerkraft auf den Boden zurückgezogen wurde.

Ein lang gezogenes warnendes Heulen verfolgte den fliehenden Vampir.

Nadim fiel wie ein nasser Mehlsack auf den Holzboden des Zimmers, was er sich in der alten Villa ausgesucht und von Rain auf Vordermann hatte bringen lassen.

Die Möbel existierten schließlich seit dem Auszug des letzten Bewohners noch, mussten lediglich von den Tüchern befreit und etwas abgestaubt werden.

Froh darüber, dass niemand seine unelegante Landung beobachtet hatte, richtete er sich mühsam auf.

Nur Sekunden später wurde die Tür aufgerissen und Cahil stürmte, dicht gefolgt von Rain in den Raum.

Ein kühler Windzug entstand und das Mädchen verschloss eilig das weit geöffnete Fenster.

„Du siehst furchtbar aus. Wo kommst du her?" Cahil kniete sich neben ihn, musterte besorgt die noch immer blutenden Kratzer am rechten Arm seines Bruders.

Nadims dunkelrote, fast schwarze Augen fixierten ihn. „Deine Bestie hat mich angegriffen", fauchte er gereizt.

„Wovon redest du?"

„Schon vergessen, mit wem du letzte Nacht rumvögeln musstest?"

„Wir hatten uns darauf geeinigt, dass es nur eine Vermutung von dir ist, dass Alec ein Werwolf ..."

„Irrtum. Jetzt ist es eine Tatsache. Der Mistkerl hat mir meinen Beutezug versaut. Dabei hatte ich das knutschende Pärchen an dem See schon so gut wie sicher. Bis er aufgetaucht ist."

„Ihr seid gesehen worden?", stöhnte Cahil auf, fürchtete, dass sie ihren neu erwählten Rückzugsort bereits wieder aufgeben mussten.

„Quatsch! Hältst du mich für einen Anfänger? Wir waren weit genug weg. Die haben sowieso nichts um sich herum wahrgenommen." Nadim stand auf, fuhr sich mit allen zehn Fingern durchs Haar. „Der wollte mich wirklich alle machen. Ohne Zögern."

Cahil setzte sich auf einen alten Ohrensessel. Zwar bemühte er sich darum, konnte aber ein leichtes Grinsen nicht verhindern.

„Ist das witzig?" Die Stimme seines Bruders wurde schrill.

„Nun ja. Er war zuerst hier. Das ist somit vermutlich sein Revier." Nadim kniff seine Augen zu schmalen Schlitzen zusammen, verschränkte die Arme vor der Brust. „Und?"

„Du bist doch bloß so wütend, weil er dich tatsächlich erwischt hat. Jetzt wissen wir wenigstens, warum der Clan so verdächtig freundlich und hilfsbereit war, diesen alten Stammsitz wieder zu beziehen."

„Sie wussten von seiner Anwesenheit", flüsterte Nadim. Seine Augen weiteten sich bei dieser Erkenntnis fassungslos.

„Da bin ich mir sicher, ja. Und eine bessere Möglichkeit uns beide loszuwerden, ohne sich selbst die Finger schmutzig zu machen und sich großen Ärger mit dem Vampirrat einzuhandeln, findet sich bestimmt nicht."

„Toll. Futter für meinen Erzfeind. Ich hatte ja schon immer den Eindruck, unsere Familie hat einen Knall. Warum überrascht es mich trotzdem, festzustellen, dass ich damit recht hatte?"

Nachdenklich biss sich Cahil auf die Unterlippe, hörte nicht genau zu, was Nadim vor sich hinmurmelte.

„Früher oder später würden wir uns gegenseitig wirklich umbringen."

„Meine Worte, kleiner Bruder."

„Sag mal Nadim, die Fehde zwischen unseren beiden Arten existiert schon seit Jahrhunderten, richtig?"

„Soweit ich weiß."

„Was immer auch der Grund dafür ist, dass weder Alec noch ich erkannt haben, wem wir da gegenüberstehen. Es könnte doch ein Vorteil sein."

„Ach ja?" Misstrauen blitzte in seinen Augen auf.

„Du hast doch gesagt, dass er mich als Gefährten markiert hat. Vielleicht sollten wir mal austesten, was das wirklich bedeutet. Ob er mich wohl genauso angreift?"

Kehlig lachte Nadim auf. „Klar doch. Und wenn du mit aufgerissener Kehle vor mir liegst, sag ich ‚Pech gehabt' oder was? Vergiss nicht, Wunden von anderen Schattenwesen heilen nicht so schnell. Du kannst tatsächlich durch diesen Werwolf getötet werden."

„Oder wir holen uns einen verdammt mächtigen Verbündeten an unsere Seite. Nicht schlecht, wenn unsere eigenen Leute uns tot sehen wollen. Mit ihm bräuchten wir heimtückische Mordversuche, die es eventuell gibt, nicht fürchten."

Zögernd nickte der Ältere. „Lass mich darüber nachdenken, bevor ich mich endgültig entscheide. Du scheinst nämlich zu vergessen, dass Werwölfe sich von niemandem, außer ihrem Rudelführer, kontrollieren lassen."

Kapitel 4

Das Klingeln an der Haustür ignorierte Alec. Er war mit wesentlich Wichtigerem beschäftigt.

Ein für ihn größter Nachteil bei der Wandlung zum Werwolf war die ärgerliche Tatsache, dass nicht nur seine Klamotten dabei zerfetzt wurden, sondern auch seine sorgfältig gefärbten Haarsträhnen ihre Ursprungsfarbe annahmen.

Gut, ein blaufelliger Wolf sah sicherlich etwas dämlich aus, aber es war jedes Mal verdammt mühsam, die langen Haare wieder neu einzufärben.

Da seine Mutter an diesem Sonntag ebenfalls zu Hause war, vertraute er darauf, dass sie die Tür öffnen würde.

Das Gepolter auf der Treppe hinauf zu seinem Reich bestätigte die Vermutung, ebenso wie seine Ahnung, wer vor der Tür gestanden hatte.

„Alec?"

„Im Bad."

„Hoffentlich nicht nackt." Idris stieß die angelehnte Tür auf.

„Hey Süßer."

Der Blonde nickte nur. Wenigstens trug Alec eine Jeans, wenn sie auch ruhig zwei Nummern größer hätte sein können, so eng, wie sie saß. Wie war er da überhaupt reingekommen?

„Rot? Was ist mit Blau? Hast du den Farbton schon wieder satt?"

„So in etwa."

Während sich Idris auf den Wannenrand hockte, verteilte Alec weiter die schmierige Farbe. „Manchmal wünsche ich mir wirklich, ich könnte hexen."

„Klar. Dann wüsste ich aber Besseres, als mir eine andere Haarfarbe zu zaubern."

Blaue Augen musterten den Blonden durch den großen Spiegel über dem Waschbecken. „Glaubst du's nicht? Es gibt Hexen."

„Natürlich. Genau wie Drachen, Werwölfe, Vampire, Einhörner und Kobolde. Alec, ich bin keine Sechs mehr. Hör auf mit dem Unsinn. Weißt du, wer mich heute Morgen angerufen hat?" wechselte Idris das Thema. Alec ließ es darauf beruhen. Zeitpunkt verpasst, zu früh gewählt. Sein unschuldiger Freund war noch nicht so weit.

„Na, soll ich raten? Jonas?"

„Ja. Woher?"

„Naheliegende Möglichkeit. Was hatte er denn Wichtiges zu sagen?"

„Er hat sich entschuldigt für das Verhalten von Chris und Tim. Sie haben ihm wohl alles gestanden. Jonas hofft, dass wir die Angelegenheit vorerst nicht weiter aufwühlen. Du sollst dich da nicht einmischen."

„Pah! Was soll das?" Alec drehte sich wütend zu Idris um. „Willst du das wirklich unter den Teppich kehren? Diese neu entdeckten

Gefühle in dir machen dich blind. Sie wollten dich vergewaltigen, das ist eine Straftat. Sie sind gefährlich, unberechenbar."

„Sie haben ihm wohl versprochen, mich in Ruhe zu lassen."

„Schön. Und wenn sie ihre aufgestaute Aggressivität an einem anderen auslassen, schaust du weg?"

Idris senkte betreten den Kopf. „Ich möchte es mir doch nicht mit Jonas verscherzen. Er scheint wirklich Interesse an mir zu haben. Wir sind für morgen Nachmittag sogar verabredet. Wenn ich seine Freunde jetzt anzeige, dann ...."

„... sollte er diesen Schritt unterstützen oder sich zum Teufel scheren. Schöner Anfang für eine Beziehung. Mit Erpressung beginnt es, womit soll es enden? Wir gehen zur Polizei. Wenn ihm das nicht gefällt, führe ich gerne ein Vieraugengespräch mit ihm."

„Und danach redet er kein einziges Wort mehr mit mir. Lass es Alec." Idris seufzte tief auf. „Du hast ja recht. Aber das Gefühl ist schön, jemandem zu gefallen."

„Wenn er sich wirklich wieder von dir abwendet, war er es nicht wert. Du findest bestimmt noch einen anderen. Ist ja nicht so, dass da draußen keine anderen Jungs rumlaufen."

„Deinen Optimismus möchte ich haben."

Alec widmete sich wieder seinen Haaren. „Du tust gerade so, als wärst du bereits siebzig und kurz vor dem Sprung in die Kiste."

„Das ist eine Kleinstadt, schon vergessen? Allzu viel Auswahl gibt es hier nicht."

„Bisher hast du auch nicht allzu großes Interesse gezeigt jemanden kennenzulernen. Alle anderen müssen auch erst mal herausfinden, in welche Richtung du deine Fühler ausstreckst. Glaub mir, es gibt einige, die wesentlich besser zu dir passen würden."

Er konnte sehen, dass Idris Zeit brauchte, um über seine Worte nachzudenken. Etwas, was Alec bereits seit dem Vorabend zur Genüge getan hatte.

Zum ersten Mal in seinem Leben hatte er ein anderes Schattenwesen gesehen. Und dann musste es auch noch ein Vampir sein.

Ein wenig freute es ihn ja, dass er diesen Blutsauger erwischt, wenn auch nur leicht verletzt hatte. Dennoch ließ ihn das Gefühl nicht los, dass diese Begegnung nicht die Einzige bleiben würde.

Was ihn an der Sache aber besonders irritierte, war, dass sein Wolf im ersten Moment auf den Vampir reagiert hatte, ganz so, als glaubte er, ihn wieder zu erkennen. Dieses Gefühl lag jedoch im Dunkeln, genau wie das genaue Aussehen des Blutsaugers. Irgendwo hatte er ihn schon gesehen. Aber wo? Es wollte ihm nicht einfallen, vielleicht auch, weil er ihn nur kurz gesehen hatte, bevor dieser sich verwandelte.

Ein bisschen hatte er selbst geglaubt, Cahil in der Nähe zu spüren, der war aber weit und breit nicht zu sehen gewesen. Dabei war seine Signatur zum Greifen nahe.

Unmöglich!

Wenn Alec etwas hasste, dann waren es Rätsel. Klare Linien, direkte Aussagen, mit so was konnte er umgehen. Aber dieser Wirrwarr sorgte nur für Kopfschmerzen.

Sein Blick fiel wieder auf Idris, der noch immer recht blass auf dem Wannenrand hockte. Seinen besten Freund kannte er in und auswendig. Somit wusste er auch jetzt, dass er sich entschieden hatte.

„Ich begleite dich zur Polizei. Du musst das nicht alleine machen."

Ein schwaches Lächeln huschte über Idris' Lippen. „Danke."

„Dafür sind Freunde da."

Leider behielt Alec recht.

Gleich nach dem Unterricht waren Idris und er bei der Polizeistation vorbeigegangen. Sie kannten den Sheriff – wer kannte die fünf Beamten auch nicht, die in ihrer Stadt für Ordnung sorgten? – und dieser war sichtlich bestürzt über den Vorfall. Er versprach, sich persönlich darum zu kümmern und nahm Alecs Hinweis, die beiden Jungs könnten auch andere auf diese Art angreifen, sehr ernst.

Vor dem Gebäude wartete Jonas bereits. Sein wütender Blick sagte mehr als tausend Worte. Idris wäre am liebsten davongelaufen.

„Wir hatten gestern doch besprochen, dass wir die Sache auf sich beruhen lassen." Die Stimme des Dunkelblonden war kalt und schneidend.

Erbost baute sich Alec vor ihm auf, nicht im Mindesten beeindruckt davon, dass der andere ihn um einen ganzen Kopf überragte.

„Nennst du diese Scheusale wirklich deine Freunde? Dann solltest du dich von Idris fernhalten. Er muss ja Angst haben, dass du ihnen noch den Weg ebnest, ihre dreckige Tat zu Ende zu bringen, wenn er sich mit dir einlässt."

„Was mischt du dich eigentlich ein? Das ist eine Sache zwischen mir und Idris", zischte Jonas, fixierte Alec mit zusammengekniffenen Augen.

„Glaubst du allen Ernstes, ich sehe tatenlos dabei zu, wie du ihn fertigmachst?" Der Rothaarige beugte sich näher heran, kniff ebenfalls seine Augen bedrohlich zusammen. „Du wusstest es", flüsterte er plötzlich. „Du wusstest, was sie vorhatten."

Idris Augen weiteten sich bei Alecs Worten. „Nein." Heftig schüttelte er den Kopf, sah flehend zu Jonas, nur um feststellen zu müssen, dass sein bester Freund die Wahrheit herausgefunden hatte.

Fassungslos wankte der Blonde einige Schritte nach hinten. Unruhig hetzte sein Blick hin und her, Panik schnürte ihm die Luft ab.

Langsam lichtete sich der Nebel um den Vorfall und ihm wurde immer kälter, als er begriff, dass vermutlich jeder auf der Party gewusst hatte, was die Jungs geplant hatten.

Sein Magen drehte sich um. Würgend taumelte er an den Straßenrand, sackte auf die Knie und übergab sich in den Rinnstein.

Alecs Augen flammten auf. Er gab seinem Wolf so viel Zügelfreiheit, dass einige der übermenschlichen Kräfte freigesetzt wurden. Als er dann dem Größeren ein kaltes Lächeln schenkte, blitzten scharfe, gebogene Eckzähne auf.

Jonas blinzelte, glaubte an eine Sinnestäuschung.

Der Schlag ins Gesicht, der Sekunden später folgte, war jedoch keine Täuschung.

Der Rothaarige brach ihm problemlos die Nase und ließ ihn unglaubliche drei Meter über den Asphalt schlittern, bis Jonas nach Luft ringend liegen blieb.

Da erst der harte Aufprall des Dunkelblonden die Aufmerksamkeit anderer Passanten erregte, konnte Alec unbemerkt seine langen Krallen einziehen und zu unauffälligen Fingernägeln zurückformen.

„Nähere dich Idris noch ein einziges Mal, dann ist ein Nasenbeinbruch das geringste Übel, was du zu erwarten hast."

Den langsam ansteigenden menschlichen Wirbel, der um Idris entstand, nahm dieser kaum wahr. Alec hatte ihn auf die Holzbank an der gegenüberliegenden Bushaltestelle gebracht, ihm mit einem Taschentuch das Gesicht abgewischt und strich ihm immer wieder beruhigend über die Arme.

Einmal glaubte der Blonde, den Sheriff erkannt zu haben. Zwar sagte er etwas, doch er verstand kein Wort. Es schien egal zu sein. Alec kümmerte sich auch darum.

Teilnahmslos verfolgten seine Augen, wie Jonas Eltern anrauschten, im Polizeirevier verschwanden, nur um wenig später ihren Sohn ins Auto zu verfrachten und zum nächsten Krankenhaus zu bringen.

Es wunderte Idris ein bisschen, dass ein Streifenwagen ihnen folgte, aber er fragte nicht nach.

Egal!

Er wusste es!

Er hatte gewusst, was sie geplant hatten.

Vielleicht war es sogar seine Idee gewesen.

Endlich spürte Alec, wie die Schockstarre sich löste und Idris in seinen Armen zusammensackte. Er zog ihn fester an sich, ließ ihn ein weiteres Mal in diesen Tagen heulen.

„Ich hätte meinen Instinkten vertrauen und dich besser schützen müssen. Es tut mir leid", flüsterte er niedergeschlagen.

Als dann Idris Eltern kamen, wusste er, dass es anstrengend werden würde. Bisher hatten sie es vermieden, die Erwachsenen da mit hineinzuziehen. Jetzt war es unvermeidbar. Und vor allem Idris Mutter sah nicht so aus, als würde sie sich mit Halbwahrheiten abgeben.

Das leise Rauschen der Blätter in den alten Bäumen und die Düfte der verschiedenen Blumen waren sehr beruhigend und entspannten Idris, wie immer, wenn er sich hier aufhielt.

Sally hatte gerade frisch gepressten Orangensaft auf die Terrasse gebracht, war dann aber wieder ins Haus gegangen.

Irgendwie schien seine Tante immer zu wissen, wann ihre Anwesenheit erwünscht war und wann Worte eher überflüssig waren.

„Es tut mir leid."

„Was?" Alec rekelte sich genüsslich auf der gut gepolsterten Liege.

„Die letzten fünf Tage waren alles andere als angenehm. Ich weiß gar nicht, warum sie dich auch noch so in die Sache mit reinziehen mussten."

Alec wusste es umso besser. Er hatte seine Kraft ein wenig unterschätzt und musste feststellen, dass er auch ohne komplette Wandlung verdammt hart zuschlagen konnte.

Jonas war nicht nur mit einem Nasenbeinbruch davon gekommen, sondern gleich mit einer Gehirnerschütterung im Krankenhaus geblieben.

Seitdem schoben sich die beteiligten Eltern gegenseitig die Schuld zu. Keiner wollte nachgeben, keiner verantwortlich sein für das Verhalten des eigenen Sohnes.

Der Rothaarige wüsste schon, wem er diese Bürde aufhalsen würde, doch Chris und Tim schienen tatsächlich am besten aus der ganzen Angelegenheit rauszukommen. Die beiden wurden schlichtweg übersehen, während man abwechselnd Jonas und Alec verurteilte.

Der eine wegen seines nachgewiesenen Plans, Idris auf diese abscheuliche Art fertigzumachen.

Der andere, weil er so sehr die Beherrschung verloren hatte und einen anderen Menschen schwer verletzte.

Ein wenig brodelte diese Ungerechtigkeit in dem Rothaarigen. Aber er konnte warten. Die Zwei würden noch bezahlen. Jetzt mehr als zuvor, da sie auch noch die Frechheit und Dummheit besaßen, mit ihrem Glück zu prahlen und versuchten, Idris mit weiteren Andeutungen und Anzüglichkeiten niederzumachen.

Um wenigstens für einige Stunden Ruhe zu haben, hatten sie beschlossen, den Freitagnachmittag bei Sally zu verbringen.

„Hast du deine neueste Eroberung eigentlich wiedergesehen?"

„Bisher noch nicht." Sofort bei Idris Frage fiel ihm sein zweites Problem ein. Nicht nur, dass er sich um seinen besten Freund kümmern musste, er musste auch Cahil unbedingt wiederfinden. Die Woche hatte wohl gereicht, dass seine Markierung langsam ihre Wirkung verlor.

Wenn der Junge erst mal aus seinem Bannkreis heraus war, konnten sie bei einer erneuten Begegnung wieder ganz von vorne anfangen.

Obwohl Alec ja nichts gegen gelegentliche Machtkämpfe als Vorspiel hatte, ahnte er, dass er dieses Mal nicht so leicht davonkommen würde. Jetzt war Cahil vorbereitet und sicherlich nicht so leicht zu beherrschen.

Ärgerlich.

Wieso mussten seine Pläne eigentlich immer von irgendwem durchkreuzt werden? Nur weil ein paar dumme Schüler glaubten, sich an einem Mitglied seines Rudels vergreifen zu dürfen, konnte er sich nicht auf sein Liebeswerben konzentrieren.

Die Folge war verdammt schlechte Laune, die er nur vor Idris zu unterdrücken versuchte.

Sein Wolf drängte ihn, den auserkorenen Gefährten zu suchen und sich nicht mit diesen lächerlich mickrigen Menschen abzugeben.

Doch wenn er diesem Drang nachgab, würde von Chris und Tim nicht allzu viel übrig bleiben. Dann hätte er als Erstes seine Mutter gegen sich, dicht gefolgt von dem Rest seiner weit verstreuten Familie, die in diese Stadt einfallen würden.

Inakzeptabel!

Leises Lachen holte ihn aus den düsteren Grübeleien. Ein wenig verpeilt blickte er zu Idris, der ihn amüsiert musterte.

„Endlich wieder anwesend? Ich hab dich schon dreimal angesprochen. Deine Miene wurde immer finsterer. Woran hast du gedacht?"

„Lange Geschichte und der falsche Zeitpunkt, sie zu erzählen."

Idris Blick zeigte deutlich, dass ihm diese Antwort nicht passte.

„Ich wollte langsam wieder nach Hause."

„Klar." Alec stand schneller als nötig auf. Jede Art der Ablenkung ergreifend um den Blonden daran zu hindern weitere Fragen zu stellen.

Sie verabschiedeten sich von Sally, die ihnen beiden noch einmal versicherte, dass sie jederzeit wieder vorbeikommen könnten.

Schweigend nebeneinander fahrend bemerkte Idris als Erster die Lichter hinter den Fenstern der alten Villa.

„Die Hütte hat tatsächlich einen Käufer gefunden?", fragte er überrascht.

Alec jedoch hatte ganz andere Probleme. Sein Wolf hatte Witterung aufgenommen und ließ sich kaum noch unter Kontrolle halten. Mühsam hielt der Rothaarige das Gleichgewicht auf seinem Rad. Der Kampf gegen den tobenden Wolf war fast aussichtslos. Immer wieder wurde ihm schwarz vor Augen. All seine Sinne richteten sich auf das Haus, zogen ihn dorthin.

In dem Moment, als ihm klar wurde, was das Verhalten seines Wolfes bedeutete, war es bereits zu spät.

Laut scheppernd schlug das Rad auf dem Asphalt auf, während der große braune Werwolf auf die Villa zu sprintete.

Die Tür zerbarst unter dem Gewicht des Tieres und er schlitterte über den glatten Parkettboden.

Leuchtende Augen durchsuchten den, nur durch das flackernde Licht des Kaminfeuers erhellten Raum mit den antiken Möbeln, bis er das gesuchte Ziel erkannt hatte.

Cahil gab einen erstickten Laut von sich, als er Sekunden später zu Boden geworfen wurde und sich der Werwolf leise knurrend über ihm aufbaute.

Die kühle, trockene Nase rieb über den blassen Hals des Schwarzhaarigen, erschnüffelte seinen Geruch, hüllte seine Sinne damit ein.

Cahil hielt still, spürte, wie die Wildheit des Wolfes langsam nachließ.

Als sich das riesige Tier dann auf allen Vieren niederließ und ihn mit seinem schweren Körper dabei unter sich begrub, war er überaus froh, nicht menschlich zu sein, ansonsten hätte er mit Sicherheit mehr als nur blaue Flecke davongetragen.

Aus den Augenwinkeln nahm er seinen Bruder wahr, der zum Angriff bereit, näher gekommen war. Mit einiger Mühe befreite er einen Arm unter dem dichten weichen Fell und hob abwehrend die Hand.

Blaue Augen fixierten ihn intensiv. Da Cahil keine Ahnung hatte, inwieweit der Wolf mit dem Geist von Alec verbunden war, überlegte er sich jede Bewegung ganz genau und hielt einfach nur still. Sein Vampir schließlich gab ihm den Impuls, den Blick abzuwenden.

Es schien das Richtige gewesen zu sein, denn die Schnauze rieb sanft über seine Wange.

„Hallo Alec.", sprach er den Werwolf leise an, spürte sofort, wie die lange, buschige Rute über den Boden wedelte.

„Interessant. Du verstehst mich also? Vielleicht könntest du dich dann auch dafür entscheiden, wieder von mir runter zu gehen. Ich stehe zwar auf außergewöhnliche Orte beim Sex, aber ich glaube nicht, dass das im Moment auf unserer Ausführungsliste steht. Und nur zum Rumliegen ist mir der Boden dann doch zu unbequem."

Die blauen Augen blitzten auf, Cahil hätte darauf getippt, dass der Rüde sich über seine Worte amüsierte.

Endlich von der schweren Last befreit, richtete er sich in eine sitzende Position auf.

Er konnte Alec nur bewundernd mustern. Ihm waren schon einige Werwölfe über den Weg gelaufen – verwunderlich, dass er diesen nicht gleich erkannt hatte – aber keiner von ihnen kam an Alecs Größe und Schönheit heran. Die Kraft, die er ausstrahlte, konnte einem den Atem rauben. Jetzt verstand er auch, warum Nadim tatsächlich Gefahr gelaufen war, von ihm vernichtet zu werden.

Wieder trafen sich ihre Blicke, diesmal waren sie bei Alec fragend, nachdenklich.

Cahil ahnte, dass sie gerade wohl in dieselbe Richtung gedacht hatten und dann musste der Werwolf wissen, was Nadim und somit auch Cahil waren.

Er schloss kurz die Augen, löste die Fesseln, mit denen er sein inneres Wesen kontrollierte. Der Vampir streckte sich, ließ seine erwachenden, feineren Sinne schweifen, öffnete die gelb leuchtenden Augen. Die Gesichtszüge waren ausgeprägter, kantiger. Doch die sichtbarsten Zeichen seiner Art waren die langen, leicht gebogenen Eckzähne, die deutlich aus dem Oberkiefer herausgewachsen waren und aus der ansonsten perfekt ebenmäßigen Zahnreihe hervorstachen.

Cahil konnte deutlich spüren, wie sein Vampir die verschiedensten Möglichkeiten abwog, nur um sich dann ein weiteres Mal für die Kapitulation zu entscheiden. Er neigte den Kopf zur Seite, bot dem Werwolf so offen seine Kehle dar und senkte den Blick.

Mit einem hörbar zufriedenen Grummeln kam Alec näher, leckte über die blasse Haut und vergrub seine Schnauze zwischen Cahils Haaren im Nacken.

Der Vampir spürte eine heiße Welle tiefster Erregung durch seinen Körper jagen. Die Wunde war fast abgeheilt, dennoch hatte diese kaum spürbare Berührung dort dafür gesorgt, dass er weiche Knie bekam und sich Alec am liebsten sofort dargeboten hätte.

Plötzlich jedoch wich Alec zurück. Sekunden danach wandelte er sich in seine menschliche Gestalt, bei der sogar Nadim angetan eine Braue hob und Rain endlich wieder einen Ton von sich gab.

Durch den Umgang mit den Vampiren war sie ja einiges gewohnt, dennoch hatte das Auftauchen des Werwolfs sie ziemlich überrumpelt. Ihn jetzt aber nackt im Zimmer stehen zu sehen, war noch wesentlich aufregender. Der Typ sah wirklich heiß aus.

„Ich hab Idris vergessen." Alec wollte sofort nach draußen, doch Cahil hielt ihn am Arm fest. „So? Warte noch kurz. Rain!"

Sie sah ihn wütend an. Er durfte sie doch nicht herumkommandieren! Nadim aber zog sie von der Couch hoch und schubste sie durch den Raum. Anscheinend durfte er es doch.

Leise vor sich hin meckernd lief sie die Treppe hinauf zu dem Zimmer, das sich Cahil als sein Reich auserkoren hatte.

Unruhig wartete Alec auf ihre Rückkehr. Es schien ihn überhaupt nicht zu stören, sich so nackt zu präsentieren.

Die beiden Vampire nutzten die Gelegenheit für eine ausführliche Musterung, wobei es Cahil weit weniger gefiel, dass sein Bruder den Blick nicht abwandte. Ihn ging Alecs Aussehen doch eigentlich gar nichts an.

Seinen Vampir hatte er wieder dazu gebracht, sich zurückzuziehen, was aber nicht verhinderte, dass auch dieser Teil von ihm sehr angetan war, von dem, was er da so zu sehen bekam.

Kaum hatte Rain wieder den Raum betreten, als Alec ihr schon die Jeans aus den Händen gerissen hatte. Das mitgebrachte Hemd ignorierte er, zog sich die Hose über, die ihm eindeutig zu groß war. Achselzuckend tat er dieses Problem ab. Dafür hatte er nicht auch noch die Zeit, sich Gedanken zu machen. Mittlerweile war er es gewohnt, fast überall körperlich der Kleinste zu sein.

Alec lief nach draußen zu der Stelle, an der er sein Rad hatte fallen lassen.

Es war noch dort, genauso wie Idris, der zusammengesunken auf dem Boden lag.

„Hey Süßer." Alec kniete sich neben ihn, berührte vorsichtig seine Wange. „Idris?"

Cahil hielt neben ihnen, musterte den Bewusstlosen kurz. Sofort hatte sein Vampir automatisch abgecheckt, ob alles in Ordnung war und festgestellt, dass dem Blonden körperlich soweit nichts fehlte.

„Bring ihn rein."

Alec hob seinen besten Freund ohne Schwierigkeiten auf die Arme und trug ihn zur Villa. Cahil sammelte die beiden Fahrräder auf und schob sie hinter ihm her.

Leise knackend barst eines der Holzscheite in dem großen Kamin und eine Funkenfontäne stob hervor, nur um gleich darauf wieder ins flackernde Feuer zurückzufallen.

Die Haustür war von Nadim durch eine fast identische ersetzt worden, die dieser im Keller gefunden hatte. Ihre Vorfahren schienen schon früher Vorsorge getroffen zu haben für den Fall, dass durch eigene, sowie eventuell fremde dämonische Kräfte einiges zu Bruch ging.

Rain saß mit angezogenen Knien in einem der Sessel und beobachtete die vier Jungs. Alec hatte es sich auf dem Sofa bequem gemacht, den Kopf seines Freundes auf seinem Schoß gebettet. Der Blonde war noch immer bewusstlos. Neben dem Werwolf saß Cahil, seitlich angelehnt an die Rückenlehne schien er tief darin versunken zu sein, Alec zu betrachten, der diesen Blick von Zeit zu Zeit erwiderte, bevor er seine Aufmerksamkeit wieder dem fremden Jungen widmete.

Nadim saß quer in dem zweiten Sessel. Über eine Lehne ließ er seine langen Beine baumeln, auf der Zweiten stützte er seinen Oberkörper mit den Ellbogen ab.

Seine fast geschlossenen Augen ließen nicht einmal erahnen wen er, wenn überhaupt, im Visier hatte.

Sie alle warteten darauf, dass Idris wieder zu sich kam.

Gelangweilt studierte Rain ihre Armbanduhr, nur um gleich aufzustöhnen. Sie hockten jetzt schon eine halbe Stunde hier rum. Draußen war es mittlerweile stockdunkel. Es war langweilig.

„Weck ihn doch einfach auf."

Alecs blaue Augen richteten sich auf sie, langsam hellte sich dessen Farbe auf, bis sie unnatürlich strahlten und ein bedrohliches Gefühl in ihr erzeugten.

Der Blick eines Raubtiers – eines gereizten Raubtiers!

„Entschuldige", murmelte sie schüchtern, eine recht untypische Eigenschaft, von der sie selbst nicht einmal gewusst hatte, dass sie solch eine Seite überhaupt besaß.

Idris bewegte sich leicht. Kurz öffnete er seine Augen, nur um sie sofort wieder zu schließen und eine Hand über die Lider zu legen. „Was ist passiert?" Er stöhnte leise auf. „Man dröhnt mir der Kopf. Ich ..."

Ruckartig fuhr er hoch, wandte sich zu Alec um und starrte ihn sekundenlang sprachlos an. Dann sprang er fluchtartig von der Couch hoch.

„Was ...?" Er stolperte rückwärts, bis er gegen Nadims Sessel stieß und ins Taumeln kam. Der Rotblonde hielt seine Hände hoch, um ihn notfalls aufzufangen, sollte er wirklich stürzen.

Idris Blick hetzte durch den Raum, nahm jeden Anwesenden kurz in Augenschein, schließlich blieb er wieder bei Alec hängen.

„Was bist du?", krächzte er.

„Ein Werwolf. Oder Lykaner, such es dir aus."

„Wie ... wie bitte?"

„Ich bin ein geborener Werwolf. Das ist ein großer Unterschied zu den erschaffenen."

Idris berührte mit den Fingerspitzen seine Stirn, hinter der es heftig pochte. Manchmal waren diese widerlichen Kopfschmerzen, die er von Zeit zu Zeit hatte, wirklich nervend.

„Was redest du da? Es gibt keine Werwölfe. Das sind Märchen."

Alec legte seinen Kopf etwas schräg und lächelte Idris entschuldigend an. „Wärst du wirklich umgekippt, wenn das ein Märchen wäre? Dann hätte ich mich nicht vor deinen Augen verwandeln können."

Wieder glitt der Blick des Blonden zu den Anderen.

„Darf ich dir Cahil vorstellen? Du erinnerst dich vielleicht noch, ich hab dir von ihm erzählt."

Klar erinnerte er sich. Wenn auch kein Name gefallen war. Alecs Stimme hatte gerade wieder den neuartigen Klang angenommen, der sich beinahe zärtlich, bewundernd anhörte. Genauso hatte er sich angehört, als er von ihrem ersten Zusammentreffen gesprochen hatte. In Idris Kopf jagten die Gedanken durcheinander. Diese Normalität, die Alecs Vorstellung ausstrahlte, machte die ganze Situation noch bizarrer.

„Sie sind auch ..."

„Nein!" Alecs Blick huschte kurz zu Nadim und Cahil, dann fixierte er seinen besten Freund wieder. „Sie sind Vampire."

Idris gab nur einen kratzigen, abgehackten Laut von sich. Seine Lider flatterten heftig. Halt suchend umklammerten seine Finger das weiche Polster des Sessels neben ihm. Sekundenlang starrte er danach Nadim an, bevor er seine Hände zurückriss, so als hätte er sich verbrannt.

Unsicher trat er wieder einen Schritt zurück. Die Kopfschmerzen stiegen noch weiter an, machten es beinahe unmöglich, einen klaren Gedanken zu fassen.

In dem Moment knurrte Alec warnend. „Hör auf damit!", herrschte er den Rotblonden an, der fragend von Idris zu Alec sah, bis er verstand, dass der Wolf tatsächlich gespürt hatte, wie er versuchte, den Jungen mit Gedankenmanipulation zu lenken.

„Es hat doch sowieso nicht funktioniert. Ich versteh ja warum Cahil bei dir keinen Erfolg hatte. Aber er müsste wenigstens darauf ansprechen."

„Du sollst ihn in Ruhe lassen. Ist mir egal, ob du etwas hättest erreichen können oder nicht. In Idris Geist wirst du nicht herumpfuschen."

„Aber du darfst ihm so ohne Weiteres verraten, was wir sind, ja?"

Abwehrend hob der Blonde seine Hände, unterbrach mit dieser Geste die beiden Kampfhähne. „Ich habe nicht vor, mit jemandem darüber zu reden. Ich genieße meine Freiheit. Wenn ich das irgendwem erzähle, lande ich in der nächsten Klapse." Seine blauen Augen wurden unendlich traurig, als er Alec wieder direkt ansah. „Halt dich von mir fern", flüsterte er. Tränen verschleierten seinen Blick. „Komm mir nicht mehr zu nahe."

„Idris. Ich wollte nicht, dass du es so erfährst. Bitte ..."

„Nicht! Das ist schlimmer als die ganze letzte Woche. Du weißt alles von mir, alles! Aber du hältst es nicht für nötig, mir so etwas Wichtiges zu sagen."

„Es gab nie den passenden Moment. Wie hätte ich es dir sagen sollen?"

Heftig schüttelte Idris den Kopf, hob abwehrend die Hände.

„Bleib einfach weg. Ich will nichts mehr hören, ich will dich nicht mehr sehen." Leicht schwankend mit unsicheren Schritten verließ Idris das Haus, krallte sich sein Rad und trat kräftig in die Pedale.

Der Schmerz in seinem Herzen war beinahe unerträglich. Doch er konnte nicht einmal genau sagen, was so wehtat. Die Tatsache, dass Alec ihm diesen Teil seines Lebens verschwiegen hatte? Der Schock, es überhaupt auf diese Art und Weise zu erfahren? Oder etwa die leise Stimme, die ihm in den letzten Minuten immer wieder zuflüsterte, dass es wieder jemanden gab, der etwas hatte, zu dem er niemals Zutritt haben würde?

Er war in keiner der Cliquen. Er war nicht beliebt und umschwärmt. Sein kläglicher Versuch, vielleicht doch dazuzugehören und auf einer der Partys zu strahlen, endete in einem Desaster. Und jetzt das! Sein bester Freund lebte zum Teil in einer vollkommen anderen Welt, die er bisher nur für reine Fantasie gehalten hatte.

Nirgendwo durfte er dazugehören, einen Platz ergattern. Sein Leben war erbärmlich.

Wütend sprang Idris vom Fahrrad, ließ es zu Boden fallen und sackte am Straßenrand zusammen.

Die Tränen nicht mehr zurückhaltend, versuchte er sich den ganzen Frust von der Seele zu heulen, spürte jedoch bald, dass er dafür kaum noch Kraft hatte. Er fühlte sich müde und ausgelaugt, abgekämpft.

Schon jetzt begann er, Alec zu vermissen. Er hätte sich in seiner Umarmung verkriechen können, mit der Gewissheit, dass dieser ihn niemals für seine Schwäche auslachen würde. Ihn nicht mit dummen Fragen nerven würde.

Idris ließ sich einfach zur Seite kippen, spürte den noch warmen Asphalt an seiner nassen Wange. Nur verschwommen konnte er die glitzernden Sterne am Himmel sehen.

So sehr er sich Alec her wünschte, sein Stolz verbot es ihm, umzukehren.

Er war ein Monster. Er war ein Killer. Er war gefährlich.

So einen Freund wollte er nicht. Oder?

Schluchzend wischte der Blonde sich mit einer Hand über die Augen.

Doch, genau so einen Freund, seinen besten Freund, brauchte er.

„Alec."

Kapitel 5

Unruhig wartete Alec vor dem Schulgebäude. Passend zu seiner niedergeschlagenen Stimmung hatte es das gesamte Wochenende geregnet und auch jetzt nieselte es.

Mehrmals hatte er versucht, Idris telefonisch zu erreichen, mit dem Ergebnis, dass dieser sich verleugnen ließ. Natürlich führte das dazu, sich unangenehmen Fragen seiner Mutter stellen zu müssen. Idris Mom konnte hartnäckig sein, wenn es darum ging, etwas in Erfahrung zu bringen, was sie für wichtig hielt.

Nun wusste sie von ihrem Streit, wenn auch nicht, worum es dabei gegangen war. Da ihr Sohn in ihren Augen schon genug mit der katastrophalen Party zu kämpfen hatte, war sie über diesen Streit nicht allzu begeistert. Die Vorwürfe, die zwischen ihren allgemein gehaltenen Worten hervorstachen, ließen Alecs Schuldgefühle nur noch ansteigen.

Als dann auch noch seine eigene Mutter misstrauisch mit bohrenden Fragen nervte, war er am Sonntagabend zu Cahil geflüchtet.

Sein Wolf hätte gern dafür gesorgt, ihre beginnende Beziehung zu festigen und ihn als Gefährten deutlicher zu markieren, doch Alec hatte diesem Drang nicht nachgegeben.

Die schlechte Laune des Werwesens hatte sich auf sein Gemüt übertragen und dies hatte er dann an Nadim ausgelassen.

Der, angestachelt durch Alecs bloße Anwesenheit, war nur allzu gern darauf eingegangen, sich mit ihm zu streiten. Beide schenkten sich mit ihren gegenseitigen Sticheleien nichts. Es war ein Kampf um die Vorherrschaft, die allein durch Cahils Anwesenheit nicht in einen körperlichen Angriff ausartete.

Alles in allem war das Wochenende scheußlich abgelaufen.

Alec wollte nicht, dass sich das noch auf die gesamten nächsten Tage ausdehnte.

Als er Idris zwischen den anderen ins Gebäude strömenden Schülern ausmachte, verließ er seinen Unterstellplatz und ging ihm entgegen.

„Hey."

Idris wandte schweigend den Kopf ab, versuchte ihm auszuweichen. Alec hielt ihn am Arm fest, den der Blonde sofort ruckartig wegzog.

„Es tut mir leid."

Hartnäckig vermied Idris es weiterhin, ihn anzusehen.

„Bitte, Süßer. Lass uns reden, ja? Du fehlst mir."

Abweisend verschränkte der Größere seine Arme vor der Brust.

Alec atmete tief durch, nickte langsam. „Schon verstanden. Das war's, ja? Du schmeißt zehn Jahre Freundschaft einfach weg?" Er trat einen Schritt zurück. „Vielleicht verrätst du mir irgendwann einmal, wie und vor allem wann du es mir gesagt hättest, wenn du an meiner Stelle wärst. Würde mich wirklich interessieren."

Idris sah Alec mit brennenden Augen nach. Alles in ihm schrie danach, ihm hinterherzurennen, doch sein Stolz war stärker. Noch.

Sollte er ruhig noch ein wenig leiden. Alec hatte schließlich auch ihm verdammt wehgetan. Von wegen, er würde ihre Freundschaft wegwerfen! Alec etwa nicht?

Wieder siegte seine Wut über seine Sehnsucht. Er ließ den Unterricht sausen und machte auf dem Absatz kehrt. Jetzt irgendeinen aus der Klasse zu ertragen kam gar nicht infrage. Wahrscheinlich noch dumme Fragen beantworten müssen.

Im Leben nicht!

Der Tag war zäh wie Kaugummi an Alec vorbeigezogen. Seine Laune lag abends am Boden und Cahil hatte wirklich Mühe, ihn wieder aufzumuntern.

Beide lümmelten auf der Couch. Im Kamin prasselte wieder ein Feuer, draußen trommelte der Regen gegen die Scheiben.

Alec hatte seinen Kopf auf Cahils Beine gelegt. Dieser strich mit seinen kühlen Fingern langsam durch die hellbraunen Haare.

„Ich muss sie wieder färben", murrte Alec plötzlich. „Das Einzige, was ich bei der Verwandlung hasse."

„Wieso färben? Deine Naturfarbe steht dir doch."

„Vergiss es. Langweilig. Wahrscheinlich würde mich gar keiner mehr erkennen, wenn ich plötzlich ohne schrille Haare auftauche."

Ein leises Schnauben vom Sessel ließ Alec kurz den Kopf verrenken.

„Wolltest du was sagen?"

„Besten Dank. Ich verzichte."

Nadim tat sich noch immer schwer mit der Anwesenheit des Werwolfes. Sie schlichen beide umeinander, warteten auf den kleinsten Fehler, die winzigste Unachtsamkeit des Anderen. Cahil hatte schnell akzeptiert, dass Alec ihm überlegen war. Nadim würde dies bis zum letzten Schlag noch klären. Nicht umsonst zogen es sogar die Oberhäupter der Vampirclans vor, ihm aus dem Weg zu gehen. Sie wussten, eine direkte Konfrontation mit Nadim könnten sie tatsächlich verlieren. Nur deshalb hatte man ihm bisher so viel durchgehen lassen. Und nur darum hatten sie ihn hierher vertrieben. Alec sollte wohl das erledigen, wofür sie zu feige waren.

Es würde interessant werden. Das letzte was Nadim tun würde, war den Wolf zu unterschätzen. Sich mit Alec zu messen sah er als echte Herausforderung. Endlich ein ebenbürtiger Gegner.

Er griff nach dem Handgelenk seiner Geberin, die schweigend auf der Armlehne seines Sessels hockte und desinteressiert in einer Zeitung blätterte.

Nur kurz sah sie auf, widmete sich dann wieder den Artikeln. Sie war es nach den drei Jahren, die sie schon an der Seite der beiden Vampire verbracht hatte, gewohnt, dass sich Nadim ab und zu einige Schlucke Blut von ihr holte. Es war nicht genug um ihn wirklich zu sättigen, er verglich es eher damit, als würde sie einige Stücke Schokolade naschen.

Nicht unbedingt nötig, aber schön, wenn man es bekam.

Mitten in der Bewegung hielt er inne, seine Augen färbten sich leuchtend rot. „Verdammt."

Auch Cahil schien angestrengt zu lauschen. „Carice' Signatur."

„Ja. Was will die hier?"

„Überprüfen, wie wir uns so alleine machen und dann Bericht erstatten."

Leise fluchend ließ der Rotblonde Rains Hand los und stand auf. „Du solltest ihn raus schaffen. Wenn sie ihn hier sieht, gibt's nur noch mehr Chaos."

Alec wollte bereits widersprechen – so leicht warf ihn niemand vor die Tür – da hatte Cahil ihn bereits vom Sofa hochgezogen und verließ eilig das Zimmer.

Mit einem letzten vernichtenden Blick, der Nadim klar machte, dass Alec diese Behandlung nicht so einfach hinnehmen würde, folgte er dem Schwarzhaarigen.

Ihre Schritte waren auf der knarrenden Treppe gerade verklungen, als Carice unaufgefordert die Haustür öffnete und herein rauschte.

Vergnügt kicherte Cahil leise, als er seine Zimmertür hinter sich ins Schloss drückte, um sich dann dagegen zu lehnen. „Geschieht meinem Bruder ganz recht, dass er sich jetzt mal mit unseren nervigen Verwandten rumschlagen muss." Seine Augen verdunkelten sich genießerisch, während er Alec dabei beobachtete, wie der sich auf das breite, angenehm weiche Himmelbett fallen ließ.

Anders als es so oft in Horrorgeschichten und Gruselerzählungen vorkam, bevorzugte der Schwarzhaarige die Annehmlichkeit eines richtigen Bettes gegenüber von einem beengten, stickigen Sarg.

Solange der Raum genügend gegen das direkte Sonnenlicht abgedunkelt war, konnten Vampire schlafen, wie sie wollten.

Nadim zum Beispiel liebte es, in seiner Wandlungsgestalt vom Lampenschirm zu hängen. Es kam selbst bei ihrer Familie noch vor, dass er dadurch einfach übersehen wurde.

Cahils Augen verengten sich beim Anblick, der sich ihm jetzt bot. Alec streifte seine Schuhe ab, rückte weiter auf das Bett und öffnete sein blaues Seidenhemd, was im matten Licht der Deckenbeleuchtung fast schwarz schimmerte.

„Bist du zu beschäftigt damit, die Tür festzuhalten, oder kann ich dich dazu bewegen, mir Gesellschaft zu leisten?", schnurrte er leise.

„Was hast du denn Interessantes vor?"

Alecs Lächeln war beinahe teuflisch. Langsam schob er eine Hand vorn in seinen Hosenbund. „Ich weiß nicht. Selbstbefriedigung vielleicht? Mich macht es regelmäßig heiß, mich zu vergnügen, während nur wenige Meter entfernt Ahnungslose über Nichtigkeiten quatschen."

Betont lässig schlenderte Cahil auf ihn zu, strich mit den Fingerspitzen über das graue Shirt hinab zu seiner Jeans. „Hast du solche Gedanken nur in deiner Fantasie oder diese schon mal in die Tat umgesetzt?"

„Was denkst du? Ich gehöre nicht zu denen, die lange darüber nachdenken, wie schön es wohl wäre, dies oder jenes zu tun. Ich tue es einfach."

Der Vampir kletterte aufs Bett, spreizte ein Bein über Alecs Schoß rüber und setzte sich auf seine Oberschenkel. „So richtig versaut, mh?"

Alec streckte eine Hand aus, packte Cahil am Shirt und zog ihn zu sich hinunter. „Klar. Vor allem mein Wolf liebt es wild und zügellos."

Blasse Finger vergruben sich in braune Haarsträhnen, als sie sich küssten. Gierig stieß Alec seine Zunge in Cahils Mund, streifte den dort wartenden Wächter und verführte ihn zu einem leidenschaftlichen Kampf.

Seine Hände blieben nicht untätig, sie schoben sich unter den dünnen Stoff des Shirts und strichen über kühle, glatte Haut den Rücken hinunter, glitten tiefer in die Hose, packten Cahils Hintern fester und sorgte kurz dafür, dass sich ihre beider Erregungen durch die Kleidung hindurch aneinander rieben.

Ein tiefes Stöhnen war ihm fürs Erste Antwort genug. Er umarmte ihn und drehte sich um, sodass Cahil unter ihm zu liegen kam.

„So willig heute?", keuchte er ihm heiser ins Gesicht.

Leise schnurrend sah der Vampir ihn mit leuchtenden gelben Augen an. „Warum kämpfen, wenn wir die Rangordnung längst geklärt haben? Zeig mir lieber, ob du so gut bist, wie du tust, oder ob du doch nur eine Eintagsfliege bist."

„Eintagsfliege?" Alec strich mit dem rechten Daumen über Cahils gerötete Lippen, ließ dessen ausgefahrene Fangzähne hervor blitzen. Der Vampir war also erwacht.

Nun ließ auch er fast alle Barrieren fallen und gab seinem Wolf mehr Spielraum. Seine Augen erhellten sich augenblicklich und seine Reißzähne verlängerten sich.

Es gab nicht viele Werwölfe, die diese Fähigkeit beherrschten sichtbar werden zu lassen, was sie von ihrem inneren Wesen zeigen wollten. Normalerweise galt die Devise, alles oder nichts.

In manch stillen Stunden hatte Alec eisern trainiert und konnte nun mit dem Ergebnis zufrieden sein.

Fasziniert musterte Cahil die wenigen Veränderungen. „Du siehst so noch wesentlich gefährlicher aus, als wenn du dich ganz verwandeln würdest. Halt dich bloß nicht zurück. Ich will diese Wildheit wieder spüren."

„Alles, was du willst, kleiner Blutsauger."

Wieder küssten sie sich, setzten ihre spitzen Zähne dazu ein, sich gegenseitig zu zwicken und zu beißen. Cahils Vampir labte sich an den wenigen Blutstropfen, Alecs Wolf trieb der intensive Geruch seines Gefährten immer mehr an.

Eilig rissen sie sich die Klamotten von ihren Körpern, nicht daran interessiert, ob diese bei der Behandlung kaputt gingen. Mehrmals drehten und wandten sie sich auf dem Bett hin und her.

Scharfe Fingernägel kratzten über Alecs nackte Brust, hinterließen blutige Striemen, die Cahil genießerisch mit der Zungenspitze nachzeichnete.

Alec stöhnte leise bei den leichten Schmerzwellen, die durch seinen Körper jagten.

Genau das hatte er gesucht. Diese absolute Hingabe, die totale Einigkeit.

Mit wenigen Körperbewegungen hatte er den Schwarzhaarigen wieder unter sich. Bäuchlings rekelte der sich auf den Laken, spreizte die Beine.

„Komm schon", krächzte er. „Ich will dich endlich spüren."

Das reichte. Alec beugte sich mit einem tief vibrierenden Knurren über ihn, vergrub seine Zähne tief in Cahils Nacken. Heftig aufkeuchend entspannte er sich sofort und Alec glitt mit einer Bewegung tief in den willigen Körper. Diesmal gab es keinerlei Widerstand mehr. Stark erregt durch das Vorspiel erwartete der Vampir in bereitwillig, lockte ihn mit leichten Bewegungen nicht stillzuhalten, sondern gleich weiterzumachen.

Nur zu gern kam der Werwolf dieser Aufforderung nach und stieß wieder und wieder in die heiße Enge.

Mit geschlossenen Augen genoss der Schwarzhaarige jede Bewegung. Der Schmerz, der einmal durch seinen gesamten Körper hinauf und hinunter geschossen war, war längst abgeklungen und in einem Strudel aus purer Lust ertrunken.

Genau so brauchte er es. Dieses Gefühl wollte er spüren und genießen. Die absolute Beherrschung durch einen anderen. Sich völlig fallen lassen können mit der Gewissheit, rechtzeitig aufgefangen zu werden. Endlich einmal nicht daran erinnert zu werden, was er war und wie er sich demzufolge zu verhalten hatte, um seinem Gegenüber keinen Schaden zuzufügen.

Sein abgehacktes Stöhnen wurde lauter, wechselte in kurze Schreie. Eine Hand griff nach hinten, seine Nägel bohrten sich in Alecs Haut an der Hüfte. Er richtete sich auf, bis sie beide auf der Matratze knieten. In dieser Stellung schien der Werwolf noch tiefer in seinen willigen Leib stoßen zu können. Cahil ließ seinen Kopf nach hinten sinken und starrte mit blickleeren Augen zur Decke, fühlte nur noch.

Alec löste den Nackenbiss, fuhr mit den Händen über Cahils Taille nach vorn, streichelte flüchtig über seine hart abstehende Erregung, entlockte ihm einen erneuten Lustschrei.

Betont langsam erhöhte er das Tempo, ließ es wieder abklingen, um dann wieder schneller sein Glied zwischen Cahils Pobacken verschwinden zu lassen.

Vor, zurück. Vor, zurück. Immer wieder. Dazu die Ausrufe des Vampirs, die für seinen Wolf wie Musik klangen.

Kurz bevor er seinen Orgasmus herannahen spürte, verhielt Cahil plötzlich, erbebte heftig und verkrampfte seine Muskeln noch fester um sein Glied.

Alec gab erleichtert nach und fühlte die erlösende Welle über sich zusammenbrechen.

Heftig atmend ließen sie sich aufs Bett fallen und Cahil griff mit sichtlicher Mühe nach der Wolldecke am Fußende.

„Bleib ja da, wo du jetzt bist!", flüsterte er, nachdem sie beide ihre noch immer leicht zitternden Körper bedeckt hatten.

„Wie du möchtest." Da es ein recht angenehmes Gefühl war, noch immer mit Cahil verbunden zu sein, hatte Alec nicht vor, etwas daran zu ändern, wenn es nicht unbedingt nötig war.

Überraschend sanft küsste er den Schwarzhaarigen auf die Schulter, schloss müde die Augen. Ein leichtes Lächeln umspielte Cahils Lippen. Er hatte nicht wirklich damit gerechnet, dass Alec eine Kuschelrunde zuließ. Umso erfreulicher war es, dass er so problemlos zugestimmt hatte.

Vollkommen zufrieden und befriedigt ließ er sich zum ersten Mal seit fast zweihundert Jahren richtig fallen und fühlte sich in den Armen des Werwolfs sicher und geborgen – zu Hause.

„Hallo Tantchen. Lange nicht gesehen."

„Lass das." Ein missbilligender Blick traf Rain, die sich verzweifelt wünschte, im Sesselbezug zu verschwinden. „Wo ist Cahil?"

„Oh." Nadim spürte die Welle heftiger Erregung, die er von seinem Bruder empfing. Auch Carice runzelte irritiert die Stirn.

„Der dürfte gerade sehr viel Spaß haben." Er schenkte der hochgewachsenen blonden Frau ein kühles Lächeln und beobachtete, wie sie aufgrund der Zweideutigkeit seiner Worte etwas die Fassung verlor und unruhig ihre Finger ineinander verflocht.

Sie hasste die Neigungen ihrer Neffen. Mit jeder Faser ihres Körpers. Und sie ließ keine Gelegenheit aus, dies beide auch spüren zu lassen.

Ihre Schultern straffend reckte sie ihr Kinn vor, verengte ihre braunen Augen zu schmalen Schlitzen und fixierte Nadim. Dieser erwiderte ihren Blick abwartend kühl. Sie war nun wirklich niemand, von dem er sich einschüchtern ließ, auch wenn sie einige Jahrhunderte mehr erlebt hatte.

„Eigentlich bin ich nur hier, um zu sehen, wie ihr euch schon eingelebt habt." Der Klang ihrer Stimme war lauernd, als erwarte sie bereits die ersten Meldungen über einen Zusammenstoß mit dem Werwolf.

Nadim schenkte ihr ein breites Grinsen. „Hervorragend", flötete er absichtlich fröhlich. „Besser könnte es gar nicht laufen. Interessante kleine Stadt, nette Menschen. Wirklich, eure Idee, uns hierher zu schicken war klasse."

Für den Bruchteil einer Sekunde flackerte ihre Fassade und der Rotblonde sah reine Fassungslosigkeit in ihren Gesichtszügen. Schwer kämpfte er gegen ein Auflachen an. Es war immer wieder herrlich, seine Verwandtschaft zu schocken. Und es klappte stets perfekt.

„Wirklich?" Carice' Stimme vibrierte leicht, das Einzige, was noch zeigte, wie sehr seine Antwort sie aus der Bahn geworfen hatte. Für das menschliche Ohr war es gar nicht feststellbar, doch Nadims Sinne warteten nur auf solche Zeichen. „Das freut mich. Dann kann ich eure Mutter ja beruhigen. Sie hat sich schreckliche Sorgen gemacht."

„Natürlich." Gerade mit ihr würde Carice freiwillig kein einziges Wort wechseln. Ihre Worte waren genauso falsch wie seine eigene Freundlichkeit. Am liebsten hätte Nadim sie direkt vor die Tür gesetzt.

Carice wandte sich zum Gehen. Länger als nötig wollte sie bestimmt nicht bleiben. Im Türrahmen jedoch stoppte sie. „Mit wem ist Cahil oben?"

„Warum?"

Ihre Augen zeigten Verwirrung. „Ich spüre eine fremde Präsenz. Nicht menschlich. Aber ich kann sie nicht zuordnen."

Innerlich verfluchte Nadim ihre hervorragenden Sinne für andere Schattenwesen. „Ich weiß nicht. Einen Menschen, was sonst. Möglicherweise schleichen ja draußen ein paar Kreaturen herum. Noch haben wir die Gegend nicht vollständig ausgekundschaftet. Ist doch denkbar, dass sich hier jemand niedergelassen hat. Unsere Familie hat dieses Gebiet ja ziemlich vernachlässigt."

Langsam nickend strebte sie zum Ausgang. „Du könntest recht haben. Die Signatur ist sehr schwach, sie kann also gar nicht innerhalb dieser Mauern sein." Sie konnte wahrlich gut verbergen, dass sie über den Werwolf in dieser Gegend Bescheid wusste.

„Grüß Janko."

Ein verächtliches Schnauben war die einzige Antwort, die er noch erhielt. Carice wusste genau, was sie von dieser Bitte halten sollte.

Befreit aufatmend bewegte Nadim leicht den Kopf, lockerte seine angespannten Nackenmuskeln.

Er hasste unangemeldete Überraschungsbesucher, vor allem, wenn sie zu seiner Familie zählten.

Rain trat hinter ihn, massierte seinen Nacken mit ihren Fingern. „Sie wird mir mit jeder Begegnung unsympathischer."

„Das scheint auf Gegenseitigkeit zu beruhen. Sie kann dich auch nicht leiden."

Das Mädchen kicherte leise. „Was mir völlig egal ist. Glaubst du, sie hat Alec wirklich gespürt?"

„Sicher. Mich wundert es nur, dass sie ihn so schwach wahrgenommen hat. Ich hätte wesentlich eher mit einer Reaktion von ihr gerechnet, vor allem aber eine heftigere. Seine Signatur ist stark, ich hab sie eigentlich schon die Treppe hochstürmen sehen, um den Feind zu stellen, der sich auf unserem Grund und Boden breitmacht. Merkwürdig."

„Nun. Hast du nicht gesagt, ihr könnt euch für andere Schattenwesen unsichtbar machen? Eure Signatur verbergen?"

„Für eine gewisse Zeit schon. Aber das gelingt auch nur mit sehr viel Übung und nur den wirklich starken Vampiren. Keine Ahnung, ob Werwölfe das auch können."

„Sieht so aus, als wenn sie diese Fähigkeit besitzen, mh?"

Nadim drehte sich zu Rain um und sah sie nachdenklich an. „Dann ist er wirklich sehr stark, denn bei der Ablenkung, die sie da oben hatten, hätte selbst ich meine Signatur vor niemandem verbergen können."

Fragend hob Rain ihre Augenbrauen.

„Schwer beschäftigt, die Zwei."

„Oh." Die Schwarzhaarige wurde tatsächlich rot, als klar wurde, was der Vampir da andeutete.

„Okay meine Schöne. Ich werde noch ein bisschen die Nacht genießen gehen. Pass bitte auf dich auf und halte dich von den beiden fern. Ich weiß schließlich genau, wie gut du dich mit Cahil verstehst. Und wenn ihr euch beide wieder anzickt, kann ich nicht garantieren, dass Alec das stillschweigend mit ansieht oder dir gar zu Hilfe kommt. Er ist immer noch gefährlich. Werwölfe reizt man nicht, wenn man sich nicht gegen sie behaupten kann."

„Schon klar. Viel Vergnügen." Rain wusste nach der langen Zeit, die sie mit den Vampirbrüdern verbracht hatte, sehr genau, was Nadim vorhatte.

Der unerwartete Besuch ihrer Tante hatte in ihm wieder den Zorn auf seine Familie entfacht. Jetzt wollte er Blut sehen. Wenn auch nicht von den eigentlich Verantwortlichen für seine üble Laune. Irgendjemand würde heute Nacht sein Leben aushauchen.

Es störte sie längst nicht mehr. Man gewöhnte sich an einiges, wenn man täglich damit zu tun hatte. Vor allem aber, wenn man genau wusste, dass weder Nadim noch Cahil wahllos ihre Nahrungsquellen suchten. Mit ihrem feinen Gespür fanden sie stets diejenigen, die für ihre eigenen schlechten Taten sowieso ins Gefängnis gehörten. Wozu sich also darüber aufregen, wenn durch das Eingreifen der beiden

Blutsauger verhindert wurde, dass solche Leute weiter quälen, vergewaltigen oder morden konnten.

Nachdenklich schob der Blonde die drei leeren Gläser vor sich auf dem Tisch hin und her. Das schabende Geräusch dabei nahm er kaum wahr. Dafür taten es die anderen Gäste des Cafés.

Schließlich stellte die Kellnerin Idris eine weitere Cola vor die Nase und räumte die leeren Gläser entschlossen ab. „Geh nach Hause. Es ist spät. Ihr habt doch morgen Schule."

„Bist du meine Mutter?"

Sie lachte leise auf. „Nein. Zum Glück nicht. Dann würde ich dir nämlich ein paar Takte erzählen, mitten in der Woche nach Mitternacht noch draußen rumzuschleichen."

Seufzend gab er nach. „Schon gut." Umständlich fischte er sein Portemonnaie aus der Hosentasche und bezahlte die Getränke. „Ich bin gleich weg."

Sie zögerte noch, bevor sie sich entschlossen zu ihm runter beugte. „Rede mit ihm. Egal was passiert ist, ihr seid Freunde. So was setzt man nicht wegen Nichtigkeiten aufs Spiel."

„Wenn es nur eine Nichtigkeit wäre, würde ich nicht hier sitzen, sondern längst mit ihm drüber lachen."

„Vergiss nicht, nichts wird so heiß gegessen, wie es gekocht wird. Vielleicht siehst du es als totale Katastrophe, während er darüber ganz anders denkt."

Idris schenkte ihr einen kurzen Blick, starrte dann wieder in die dunkle Flüssigkeit in seinem Glas. „Wenn du wüsstest ..."

„Hat er jemanden umgebracht?"

„Nein!"

„Er hat dich gegen diese Idioten von der Party verteidigt. Das ist noch immer Gesprächsthema Nummer eins. Wäre er zu solch einer Tat fähig?"

„Du meinst Vergewaltigung? Niemals!"

„Was kann es dann sein? Habt ihr euch in die gleiche Person verliebt? Idris, wenn nichts davon zutrifft, dann solltest du wirklich noch mal mit ihm reden. Schon mal daran gedacht, dass es ihm im Moment ebenso mies geht wie dir? Vielleicht ist es etwas, was er schon lange mit dir bereden wollte, nur gab es nie die passende Gelegenheit. Manches kann man nun mal nicht so einfach zwischen Tür und Angel erzählen."

„Du machst mir Angst. Weißt du, wie nah du dem Ganzen bist? Wirklich unheimlich."

„Reine Beobachtungsgabe. Also, ab nach Hause und klär das morgen mit Alec."

„Klar doch, Mom."

Lachend wuschelte Maggie ihm durch die Haare, trippelte dann wieder hinter ihre Theke.

Minuten später verließ Idris das Café, entsicherte sein Fahrrad und machte sich auf den Heimweg. Kurz dachte er daran, bei Alec vorbeizufahren, verwarf diese Idee aber gleich wieder. Erstens war es tatsächlich schon viel zu spät für solch einen Spontanbesuch und zweitens war er mit großer Wahrscheinlichkeit gar nicht zu Hause. Dieser Cahil war scheinbar mehr als nur ein einmaliges Abenteuer.

Die schwach beleuchteten Straßen lagen verlassen vor ihm, das einzige Geräusch war das Sirren seiner Fahrradbeleuchtung.

Ein seltsames Kribbeln im Nacken ließ ihn anhalten.

Nervös sah er sich nach allen Seiten um.

Verdammt! Er hatte noch nie Angst im Dunkeln gehabt.

Jetzt war eine Woche vergangen, in dem wirklich alles, woran er geglaubt hatte, infrage gestellt worden war und schon mutierte er zum zitternden Mäuschen.

Wütend straffte er die Schultern. „Jonas? Wenn du das bist, verpiss dich! Ich will weder mit dir noch mit deinen dämlichen Speichelleckern was zu tun haben."

Ein leises Rascheln zwischen den Hecken eines der Häuser sorgte dafür, dass sich seine Finger fester um den Lenker krallten. Warum musste auch das Licht ausgehen, wenn man nicht fuhr? Der Blonde hätte jetzt eine Menge für bessere Beleuchtung gegeben.

„Alec?" Seine Stimme klang nicht mehr ganz so sicher, wie er vorgab zu sein.

„Nicht ganz", erklang es direkt rechts von ihm.

Aufschreiend sprang Idris vom Rad, eine dumme Reaktion, wie er gleich darauf feststellen musste. Mit dem Drahtesel war eine Flucht wesentlich leichter als zu Fuß.

Er verhedderte sich mit dem Fuß in dem Metallgestell und landete unsanft auf dem Asphalt.

Nadim stand mit verschränkten Armen auf dem Bürgersteig und beobachtete seinen akrobatischen Stunt.

„Was gefunden?"

Idris kickte das Rad wütend von seinen Beinen herunter. „Witzig! Musst du mich so erschrecken?"

„Nein. Muss ich nicht." Nadim lachte heiser auf. „Aber es macht immer wieder Spaß."

Er trat näher zu dem Jungen heran. „Ich helfe dir." Auffordernd streckte er ihm eine Hand entgegen.

Eigentlich wollte Idris sie auch sofort greifen, hielt dann jedoch inne und starrte leicht panisch zu dem Rotblonden hoch. Ihm fielen erst jetzt Alecs Worte wieder ein: ‚Sie sind Vampire'. Unsicher musterte er Nadim.

Dessen Lächeln wurde breiter, ganz so als las er Idris Gedanken. „Du wärst längst tot, wenn ich scharf auf dein Blut gewesen wäre. Gehört nicht zu meinem Jagdverhalten, mich meiner Beute zu zeigen."

„Besten Dank. Äußerst beruhigend", giftete Idris zynisch, rappelte sich allein auf die Füße. Wieso konnte er eigentlich mit diesem Jungen so reden? Bei Jonas und seinen Freunden bekam er kaum den Mund auf und bei Nadim? Dabei war dieser wohl weitaus gefährlicher. Kurz musterte er den Rotblonden, der diesen Blick beinahe unschuldig erwiderte.

„Glaub mir, ich würde dir kein Haar krümmen. Sich mit einem rasenden Werwolf anzulegen, grenzt schon an Selbstmord. Und ich hänge wirklich sehr an meinem Leben."

„Liest du etwa meine Gedanken?" Idris spürte wieder diese nervigen Kopfschmerzen.

„Nein. Überraschenderweise ist das bei dir nicht möglich. Aber ich kann in deinem Gesicht lesen wie in einem Buch. Du zeigst deine Gefühle ziemlich offen."

„Einer meiner größten Fehler."

„Quatsch. Ich find's süß."

Idris Augen weiteten sich. ,Süß'? „Ich sollte wirklich nach Hause", versuchte er eilig das Thema zu wechseln. Ganz sicher wollte er als Allerletztes irgendwelche Gefühle bei einem Vampir erwecken. Ihm reichten seine momentanen Probleme vollkommen.

„Ich begleite dich."

Zweifelnd hob Idris sein Rad auf. „Wieso? Mir passiert schon nichts. Die einzig gefährlichen Kreaturen hier bist du, dieser Cahil und Alec."

Kurz huschte ein Schatten über Nadims Gesicht. Es schien ihn wirklich verletzt zu haben. „Ich glaube kaum, dass Alec dir je etwas tun würde. Und wie gesagt, ich habe nicht vor einen Werwolf unnötig zu reizen. Mein Bruder wohl noch weniger. Nach allem, was man hier so mitbekommt, gibt es durchaus ein paar Jungs, die dir Ärger machen könnten."

Längst bereute Idris seine Worte. Klar, Jonas konnte ihm tatsächlich große Probleme machen. Vor allem jetzt, wo er wegen der Anzeige und der Prügelei mit Alec auf Rache aus war. „Tut mir leid."

Nadim winkte ab. „Schon gut. Es zeigt mir nur, dass du den Umgang mit Schattenwesen überhaupt nicht gewohnt bist. Alec muss seinen Wolf wirklich perfekt vor dir getarnt haben. Alle Achtung."

Idris setzte seinen Heimweg fort, schob dabei sein Fahrrad und Nadim lief entspannt neben ihm her.

So seltsam es dem Blonden auch vorkam, er fühlte sich in seiner Gegenwart sicher und beschützt. Vielleicht gerade weil er eines der tödlichsten Wesen von dem je irgendwelche Geschichten erzählt wurden an seiner Seite hatte.

Langsam erwachte wieder seine Neugierde. „Erzählst du mir etwas von dir? Was sind Schattenwesen?"

„Solltest du nicht eher mit Alec darüber reden?"

„Er ist nicht hier, oder? Aber wenn du nicht willst. Ich möchte nicht aufdringlich sein."

Nadim lachte nur. „Schattenwesen ist ein Überbegriff für all die Kreaturen, die sich außerhalb eurer menschlich geordneten Weltanschauung bewegen. Vor Jahrhunderten gab es noch viele Menschen, die an uns glaubten, uns verehrten, uns achteten. Nach und nach ist das alles verschwunden. Ich glaube, den radikalsten Schnitt gab es zur Zeit der Hexenverfolgung. Eure Kirche hat mit eiserner Hand dafür gesorgt, dass jeder Angst haben musste zu sterben, der an seinem Glauben an uns und seiner Überzeugung bezüglich unserer Existenz festhielt. Verschrien als Ungläubige, Ketzer, Heiden. Wenn ihr etwas vorhabt, dann lasst ihr euch durch nichts davon abbringen. Damals wurden so viele Unschuldige gerichtet, aber leider auch sehr viele von uns. Das war das Zeichen, dass wir uns zurückzogen, unseren Einfluss radikal reduzierten und nur noch aus dem Dunkeln heraus agierten."

„Also gibt es noch mehr als Vampire und Werwölfe?"

„Viel mehr. Such dir ein Wesen aus, über das du Mythen und Legenden gehört hast. Diese Geschichten kommen nicht von ungefähr. Zwar haben wir unsere Tarnung in all der Zeit bis zur Perfektion ausgefeilt, aber ab und zu gibt es doch den einen oder anderen Bruch. Oder einen freiwilligen Kontakt, um zu helfen."

„Wow!" Einige Meter schwiegen sie. Idris konnte sein Elternhaus bereits in der Dunkelheit erkennen. „Ich habe so viele Fragen und von Minute zu Minute steigt die Zahl. Vielleicht sollte ich wirklich noch einmal mit Alec reden."

„Bestimmt sogar. Eure Freundschaft dauert schon recht lange, soweit ich das mitbekommen habe. Glaub mir, Werwölfe binden sich normalerweise nicht an Menschen. Sie meiden eher jeglichen Kontakt mit Schwächeren. Und eure Spezies ist im Vergleich hilflos wie Kleinkinder."

Idris blieb an der Gartenpforte stehen. Das Licht in der Küche zeigte ihm, das zumindest ein Elternteil noch auf war und wohl auf sein Heimkommen wartete. Nicht gut. Das roch nach einer saftigen Strafpredigt.

„Danke für deine Begleitung." Er lächelte den Vampir schüchtern an.

„Vielleicht kannst du Alec sagen, dass ich gern mit ihm reden möchte. Ich glaube, mein Verhalten heute wird ihn so schnell nicht wieder in meine Nähe bringen."

„Ich kann es versuchen, ja." Nadim musterte Idris eindringlich. „Du solltest öfter lächeln. Es lässt deine Augen leuchten."

Idris Wangen färbten sich dunkelrot. Hastig wich er einen Schritt nach hinten und öffnete umständlich die Pforte.

Flirtete dieser Vampir etwa mit ihm?

In so was war er nie gut. Weder darin, solche Zeichen richtig zu erkennen, noch darauf einzugehen.

Wieder einmal wünschte er sich Alec her. Der hätte das sofort erkannt. Lag das etwa auch daran, was er war?

„Gute Nacht", piepste er nervös und flüchtete eilig zum Haus.

Nadim grinste breit. Der Junge hatte etwas an sich, was ihm durchaus gefallen könnte. Außerdem löste er in ihm einen starken Beschützerinstinkt aus, etwas, was er zuvor nie so intensiv gespürt hatte, vor allem nicht bei einem Menschen.

„Wir sehen uns ganz sicher wieder, Kleiner. Du machst mich neugierig", murmelte er, bevor er sich in seine Fledermausgestalt wandelte und davon flatterte.

Grummelnd schlich er die Treppe hinunter.

War er doch tatsächlich eingeschlafen. Seine Mutter würde ihm sprichwörtlich das Fell über die Ohren ziehen. Man, es ging bereits auf zwei Uhr zu.

Gerne hätte er Cahil geweckt um den kleinen Vampir noch einmal zu verwöhnen, doch dann hätte er wirklich sein Testament schreiben können.

Gerade bei den festgelegten Uhrzeiten, wann er in der Woche und an den Wochenenden zu Hause zu sein hatte, verstand seine Mutter keinen Spaß.

Tatsächlich akzeptierte sie sein Fernbleiben über Nacht nur, wenn er bei Idris übernachtet hatte.

Apropos Idris!

Alec wollte gerade die Haustür öffnen, als ihm der unverkennbare Geruch seines besten Freundes schwach in die feine Nase stieg.

Irritiert näherte er sich dem Wohnzimmer. Seine Augen hatten sich längst problemlos an die spärlichen Lichtverhältnisse gewöhnt, sodass er die Gestalt in Sessel sofort erspähte.

„Nadim?!" Seine blauen Augen leuchteten augenblicklich auf, als er erkannte, wo der Geruch herkam.

„Was hast du mit Idris zu schaffen?", fauchte er, spürte, wie sein Wolf sich gegen ihn wehrte, freikommen wollte.

Nadim spürte die Gefahr, die von Alec ausging, sehr genau. Eigentlich hatte er gehofft, dass dieser nichts bemerkte, doch schon, als er an der Haustür zögerte, war klar gewesen, dass sich seine Hoffnung nicht erfüllen würde.

Kurz überlegte er ob er kleinbeigeben, den sichtlich aufgebrachten Werwolf beruhigen sollte, doch sein Vampir sträubte sich gegen diesen Gedanken.

Wenn, dann würde es sich jetzt entscheiden. Warum auch nicht? Früher oder später mussten sie aneinandergeraten. Das war hier immer noch sein Haus. Cahil konnte sich ja stillschweigend fügen. Er aber würde keinem Werwolf kampflos das Feld überlassen.

„Ich hab deinen kleinen Freund nur nach Hause begleitet, damit ihm nichts passiert. Schleicht zu so später Stunde noch allein durch die Straßen. Wirklich gefährlich."

„Wer's glaubt!"

„Ist mir egal, ob du es glaubst. Es ist die Wahrheit." Langsam richtete er sich auf, ließ seine Eckzähne wachsen.

Alec fühlte es mit all seinen Sinnen, dass sich etwas im Raum änderte. Er war nicht dumm. Er wusste, dass er vielleicht Cahil besiegt hatte, nicht aber seinen Bruder. Und das Nadim ein weitaus gefährlicherer Gegner war. Ihn zu unterschätzen konnte tödlich enden.

Aber dies war sein Revier, kampflos gab er dem Vampir davon nicht einen Zentimeter.

„Du willst es jetzt klären?"

„Wenn du gerade nichts anderes vorhast."

„Dafür nehme ich mir mit Sicherheit Zeit. Ich kann riechen, dass du sogar ungefragt in meinem Revier wilderst."

„Nur die wirklich schlechten Menschen. Also kein besonders großer Verlust."

„Aber eine Gefahr."

Alec zog sich die Kleidung aus. Es war nicht nötig, sich die Sachen zu zerstören, wenn er genügend Vorbereitungszeit hatte.

Die schwarzroten Augen von Nadim glimmten jetzt hellrot. Er löste alle Sperren und ließ seinen Vampir frei, der dies sofort nutzte und direkt auf Alec losging.

Sein Sprung kam schnell, präzise und krachend schlug er gegen den Türrahmen. Fauchend sah er sich im Zimmer um, entdeckte den kräftigen Werwolf rechts von sich, der ihn mit höhnischem Blick kalt anstarrte.

Knurrend zeigte er dem Vampir seine scharfen Zähne und wagte nun ebenfalls einen Angriff. Nadim federte sich vom Boden ab und Alec rutschte über das Parkett unter ihm durch, schlitterte in eines der Bücherregale, das bedrohlich unter dem Aufprall wackelte und protestierend knirschte.

Vielleicht wäre es besser gewesen, sie hätten ihren Kampf nach draußen in den Garten verlegt.

Beide waren gereizt wegen der fehlgeschlagenen Attacken. Mit Drohgebärden und lauten Fauch- und Knurrlauten umkreisten sie sich.

Nadim wagte es erneut. Diesmal aber wich Alec nicht aus, sondern ging ihn direkt an, sodass sie beide aufeinandertrafen. Krallen kratzten über Haut, gruben sich in Fell, Zähne schnappten nach der Kehle des Gegners.

Dicht neben Nadims linkem Ohr krachten die Zähne des Werwolfs aufeinander, der heiße Atem strich über seinen Nacken. Wirklich erbost darüber, dass dieses Vieh tatsächlich seine Deckung durchbrochen hatte, schlug der Vampir seine zu Krallen geformten Fingernägel in die Schnauze und versuchte auch seine Augen zu treffen.

Mit einem schmerzhaften Aufjaulen wich der braune Wolf zurück, nur um gleich wieder auf den Vampir loszustürmen.

Diesmal rissen die Zähne das Hemd an seiner Schulter auf, hinterließen blutende tiefe Risse in der Haut. Nadim fühlte, wie sein linker Arm taub wurde. Anders als bei einem menschlichen Angriff würden diese Wunden einige Tage brauchen, um abzuheilen und behinderten ihn nun im Kampf.

Er wurde wirklich wütend. Da lebte er fast dreihundert Jahre, um sich von einem halbstarken Werwolf vernichten zu lassen? Mit Sicherheit nicht!

Wieder ein Angriff, doch Nadim ließ ihn kommen, riskierte eine weitere Verletzung, diesmal kratzen die großen Pfoten über seine Rippen, zerfetzten das Hemd endgültig.

Der Vampir packte den Wolf an dem aufgestellten Nackenfell, schwang sich auf den breiten Rücken und biss zu.

Zuerst in den Nacken, dann in eines der Ohren, wieder in den Hals, in beide Schultern.

Auch Alec konnte, genau wie er selbst an einem hohen Blutverlust sterben. Noch dazu, wenn die Wunden von einem anderen Schattenwesen verursacht wurden und somit nicht in Sekundenbruchteilen heilten.

Alec schüttelte sich heftig, versuchte so den wild gewordenen Vampir loszuwerden. Als dies nichts brachte, rannte er panisch durch den Raum. Sehr gut wusste er, was passieren konnte wenn er Nadim nicht schnell genug loswurde.

Mit einem dunklen Aufknurren warf er sich gegen eine der Wände, klemmte den Vampir zwischen sich und der Holzvertäfelung ein. Menschliche Knochen wären bei dieser Wucht zersplittert, bei Nadim hinterließ es lediglich Blutergüsse.

Dennoch schaffte er es für Sekunden, dass sich Nadims Griff in sein Fell lockerte, doch schon wenige Herzschläge später setzten die Bissattacken wieder ein.

Dem Rotblonden war klar, dass ihm gerade einige wirklich schmerzhafte Verletzungen zugefügt worden waren.

Da ihm diese Verletzungen aber durch das in den Adern peitschende Adrenalin nicht so viel ausmachten, fing er erneut an Alec mit seinen Bissen zu schwächen.

Ließ er jetzt nach, war er toter als tot. Wenn er dem Werwolf noch eine einzige Chance gab, würde der ihn zerfleischen. Und das überlebte nicht einmal ein Vampir.

Nadim spürte, wie Alec unter der Anstrengung bebte, fühlte das erneute Aufbäumen des Alphawolfes. Dafür zollte er ihm Respekt.

Aufgeben würde dieser Werwolf nie, wenn er noch den Funken einer Möglichkeit zum Siegen sah.

Diesmal ließ Alec sich auf den Rücken fallen, begrub den Vampir unter sich und hätte somit jedem anderen das Rückgrat gebrochen.

Das Aufstehen aber war mühsam, Schwäche ließ seine Beine zittern.

Er versuchte es ein weiteres Mal, doch keine der vier Pfoten wollte gehorchen.

Er spürte Nadim von seinem Rücken gleiten.

Scharfe Krallen, die sich durch das Fell an seine Kehle legten, ließen ihn dann innehalten.

„Ich will dich nicht töten." Nadims Stimme war heiser vor Anstrengung. „Du bist viel zu wertvoll um dich zu vernichten. Gib auf, ordne dich mir unter."

Alec zog seine Lefzen hoch, knurrte tief. Ihre Blicke hielten einander fest.

„Komm schon. Akzeptier, dass ich stärker bin. Ich hab wesentlich mehr Erfahrung im Kampf als du."

Die hellen blauen Augen glimmten noch einmal erbost auf, dann senkte der Werwolf wirklich den Blick, hob seinen Kopf etwas an, um Nadim regelrecht seine Kehle darzubieten.

Der Vampir lachte leise, beugte sich dicht zu dem spitzen Ohr.

„Vampire zeigen ihren Sieg auf eine recht angenehme Art.", flüsterte er. „Wandle dich zurück und ich zeig es dir." Langsam lösten sich seine Krallen aus dem dichten Fell. „Schon mal bestiegen worden?"

Alec wandelte sich wieder in seine menschliche Gestalt, ließ aber einige Werwolfwaffen bestehen. Scharfe Krallen statt stumpfer Fingernägel und lange Reißzähne.

„Die Methode jemanden wirklich zu zeigen, dass er besiegt ist, ist mir durchaus bekannt. Was glaubst du denn, warum Werwölfe sich lieber gegenseitig töten? Glaub nur nicht, dass das zur Gewohnheit wird."

„Kein Interesse. Ich bin mir sicher, dafür müsste ich jedes Mal mit einem solchen Kampf rechnen. Besten Dank aber ich mag Sex wesentlich ruhiger. Cahil steht auf die harte Tour."

„Fang schon an."

Es wurde ein schneller Akt ohne Gefühle, ohne Zärtlichkeit.

Nadim packte Alec fest am Nacken, drückte seinen Oberkörper auf den Boden.

Schnell hatte er seine Hose halb geöffnet und sich positioniert.

Diese Art der Machtdemonstration lag ihm selbst nicht besonders, sein Vampir dagegen bestand darauf.

Und sie beide wussten, dass sie dem Drang ihrer Wesen nachgeben mussten, denn der Werwolf würde Nadim sonst niemals als Alpha akzeptieren.

Alecs krallenbesetzten Finger kratzen tiefe Furchen in den Parkettboden, als Nadim heftig zustieß.

Ohne innezuhalten, begann der Vampir sich zu bewegen, nahm Alec in Besitz, verwies den Werwolf in seine Schranken. Er musste ihn seine Niederlage spüren lassen, ansonsten würden sie gleich morgen den Kampf erneut ausfechten und übermorgen und, und, und ...

Es dauerte nicht lange bis Nadim aufstöhnend die Augen schloss. Er löste den Griff in Alecs Nacken, worauf dieser kraftlos zu Boden sackte.

„Willkommen in meiner Familie, Werwolf."

„Fahr zur Hölle, Mistkerl. Glaub nicht, dass du mich ganz und gar besiegt hast."

„Bestimmt nicht", lachte der Rotblonde. „Aber gezähmt will ich dich gar nicht haben. Jetzt jedoch wird dein Wolf sich nicht mehr gegen mich stellen."

„Es reicht, Nadim!"

Alec stöhnte leise auf bei dem Klang der Stimme an der Tür.

Cahil trat ins Wohnzimmer, stellte im Vorbeigehen das umgekippte Sofa wieder auf seinen Platz und hob eine Wolldecke vom Boden auf, die er über Alecs nackten, blutbedeckten, zerschundenen Körper ausbreitete.

„Verschwinde." Auffordernd sah er zu seinem Bruder auf.

„Was immer du wünscht, Brüderchen." Nadim ließ sie tatsächlich ohne weitere Kommentare alleine. Seine Aufgabe war erledigt, er hatte den Werwolf besiegt.

Cahil setzte sich neben ihn, strich ihm einige Haarsträhnen aus dem Gesicht.

„Tut mir leid", flüsterte Alec.

Er schüttelte nur den Kopf, legte seine Finger gegen Alecs Lippen.

„Es muss dir nicht leidtun. Ich wusste, dass ihr zwei das irgendwann regeln musstet. Ich bin über das Ergebnis nicht einmal überrascht."

Alec war wirklich froh, dass Cahil es ohne Murren akzeptierte. Schließlich war dieser rohe Akt eben in keinster Weise mit ihrem Liebesspiel vergleichbar.

Er spürte, wie sein Körper sich nach Ruhe und Erholung sehnte. Erschöpft schloss Alec die Augen, ließ sich von den streichelnden Händen auf seinem Haar in den Schlaf begleiten.

Kapitel 6

Wieder wanderte sein Blick zur Armbanduhr. Es war bereits zehn Uhr und noch immer keine Spur von Alec. Langsam machte der Blonde sich wirklich Sorgen. Es war nicht die Art des Braunhaarigen, grundlos und unentschuldigt zu fehlen.

Da die Lehrer ihm keine Antwort auf seine Frage über Alecs Fernbleiben geben konnten, wurde Idris immer nervöser.

Hatte er Ärger?

Ging es ihm gut?

War er verletzt?

Nur mit äußerster Anstrengung schaffte er es, die restlichen Unterrichtsstunden hinter sich zu bringen, dann raste er mit seinem Fahrrad zu Alec nach Hause.

Das Versteck des Notschlüssels kannte er. Alecs Mutter arbeitete tagsüber in ihrem Schreibladen. Wenn der Braunhaarige wirklich krank war, wollte er ihn sicher nicht unnötig aus dem Bett klingeln.

Eilig lief er die Wendeltreppe hinauf in den ersten Stock und direkt in Alecs Zimmer – leer.

Nichts deutete darauf hin, dass er überhaupt in den letzten Stunden hier gewesen war. Irritiert ließ Idris seinen Blick durch den Raum schweifen. Seit wann erlaubte Jenna ihrem Sohn, innerhalb einer Schulwoche woanders zu übernachten, wenn nicht bei ihm?

Cahil!

Er war der Einzige, der ihm als möglicher Ort einfiel.

Das hieß aber, er müsste sich wirklich in ihre Nähe wagen, in die Nähe von Vampiren. Freiwillig!

Seine erste Begegnung mit ihnen war überraschend und unfreiwillig gewesen. Außerdem hatte er zu dem Zeitpunkt erst erfahren, was sie waren.

Sein Aufeinandertreffen mit Nadim war ebenfalls nicht von ihm selbst ausgegangen. Sie waren sich zufällig über den Weg gelaufen, wenn er dem Rotblonden wirklich glauben wollte.

Sollte er über seinen Schatten springen und es wagen?

Alec war sein bester Freund, zumindest noch bis vor einigen Tagen, er würde ihn doch bestimmt schützen, sollten die beiden Anderen ihm etwas tun wollen.

Wenn er denn wirklich da war.

Idris machte auf dem Absatz kehrt und verließ entschlossen das Haus. Sorgfältig legte er den Schlüssel an seinen Platz zurück und lenkte sein Rad in die anvisierte Richtung.

Er würde es wagen.

Es war helllichter Tag, wie gefährlich konnten Vampire da schon sein?

Ihm fielen genügend Geschichten ein, in denen darüber informiert wurde, dass Blutsauger tagsüber schliefen. Die konnten doch nicht alle gelogen sein.

Die Strecke hatte er überraschend schnell zurückgelegt.

War er etwa in so großer Sorge?

Klar war er das. Alec war sein bester Freund, auch wenn sie gerade nicht miteinander redeten. Zumindest er nicht mit dem Älteren.

„Du bist wirklich kindisch", murmelte der Blonde, während er sein Fahrrad vor der Villa zum Stehen brachte. „Du hast in seiner Nähe niemals Angst gehabt. Im Gegenteil. Warum sollte sich das jetzt ändern?"

Entschlossen stieg er die zwei Stufen zur Veranda hinauf und klopfte energisch gegen die Haustür.

Erst das dritte Klopfen, diesmal war es schon ein Schlagen mit der Faust gegen das Holz, hatte Erfolg.

Die Tür öffnete sich einen minimalen Spalt. Idris erkannte das Mädchen, welches auch im Wohnzimmer anwesend gewesen war, als Alec ihn aufgeklärt hatte.

Wusste er eigentlich ihren Namen?

„Ich bin mir sicher, dass ich Alec hier finde, richtig? Also lass mich rein!"

Stattdessen wurde ihm die Tür vor der Nase zugeschlagen. Fassungslos starrte er sekundenlang auf diese, bis er, jetzt wirklich wütend, wieder dagegen schlug.

Schwungvoll öffnete sie sich ein weiteres Mal. „Komm rein. Du weckst noch Tote mit dem Krach."

Überrascht sah Idris zu Nadim, der ihn hineinließ, deutlich munter und hellwach.

Zögernd folgte er der Aufforderung und blickte sich nervös in dem Eingangsbereich um. „Ist Alec hier?" Bloß nicht daran denken, dass Nadims Anwesenheit seine Ruhe empfindlich störte. Seltsamer weise nicht nur in Hinblick auf die Tageszeit.

„Im Wohnzimmer." Einladend wies der Vampir ihm die Richtung, da Idris tatsächlich nicht mehr wusste, wo er hin musste. Bei seinem letzten Besuch hatte er anderes im Kopf gehabt, als sich irgendwelche Wege zu merken.

Im Wohnzimmer angekommen sah er Alec vor dem Kamin auf dem Boden liegen. Unter sich eine flauschig aussehende Decke. Zusätzlich war er in eine weitere gehüllt.

Es sah beinahe friedlich aus, wie der Werwolf da so schlief. Neben ihm hatte es sich Cahil bequem gemacht. Er lag auf der Seite, den Oberkörper auf einem Arm abgestützt, strich zeitlupenhaft mit den Fingerspitzen über Alecs zerzauste Haare.

Idris fühlte deutlich, dass hier etwas nicht stimmte. Alec schlief niemals tief. Jedes noch so leise Geräusch hatte ihn stets geweckt.

Jetzt wo er wusste, was er war, gab es dafür auch eine gute Erklärung.

Warum also reagierte er nun nicht?

„Wir haben ein paar Unstimmigkeiten geklärt." Nadim war neben ihm stehen geblieben. „Da wir so etwas nicht mit Armdrücken oder Blickduellen regeln, ist es ziemlich heftig geworden. Er erholt sich."

„Es geht ihm schon wesentlich besser, als letzte Nacht", mischte Cahil sich ein. „Es dauert nur ein wenig länger bis Wunden heilen, die einem von anderen Schattenwesen zugefügt wurden."

Seine Unsicherheit und aufkommende Angst war deutlich spürbar für die beiden Vampire, daher ließen sie sich zu den Erklärungen herab. Schließlich war das hier Alecs bester Freund. Den Werwolf damit zu reizen, dass sie diesen schlecht behandelt oder gar abgewiesen hatten, war mit Sicherheit nicht ratsam.

Nadim umfasste vorsichtig seine schmalen Schultern und schob ihn sanft zur Couch. „Setz dich. Meine Worte von gestern Nacht meinte ich ernst. Ich werde dir nichts tun."

Idris rutschte ganz nah an die Armlehne heran und umklammerte mit leicht zitternden Fingern das Polster.

„Ich muss verrückt sein, dass ich hier bleibe. Ich bin wahrscheinlich schon auf dem Weg in die nächste Klapsmühle und glaube nur, dass ich mich mit Vampiren unterhalte und einen Werwolf als meinen besten Freund bezeichne."

Lachend sank Nadim neben ihm aufs Sofa, füllte ein Glas mit Orangensaft, welcher in einem Glaskrug auf dem Tisch stand und reichte es ihm, sodass er den Stoff wieder loslassen musste.

„Nein, mein Schatz. Du bist sicher nicht verrückt. Und du kannst ganz beruhigt sein, hier drin bist du hundertmal sicherer als draußen. In gewisser Weise bist du Alecs Welpe. Du stehst unter seinem Schutz und somit nach der erwähnten Klärung zwischen ihm und mir stehst du auch unter unserem Schutz."

„Und das ist von Vorteil?" Idris nippte von dem Saft, ignorierte dabei Nadims erwählten Kosenamen für ihn.

„Aber sicher. Die Fähigkeiten von Werwölfen und Vampiren sind sehr unterschiedlich. Von zwei so mächtigen Wesen beschützt zu werden, bringt nur Vorteile."

Nachdenklich drehte Idris das Glas zwischen seinen Fingern. „Es ist ziemlich schwer, plötzlich zu wissen, dass all die Schauergeschichten, Märchen und Legenden scheinbar keine Erfindungen sind. Dass es euch gibt. Dazu kommt, dass alles in mir laut schreit ‚lauf weg' und du behauptest ihr währt nicht gefährlicher als zahme Hauskätzchen."

„Nun. Dir gegenüber sind wir recht harmlos. Aber es geht natürlich auch anders. Nicht einmal du darfst dir alles erlauben. Und dann gibt es ja auch noch andere unserer Arten. Für die bist du nichts Bedeutenderes als jeder andere Mensch, solange wir sie nicht aufgeklärt haben. Die könnten dir also wirklich gefährlich werden."

Alec rekelte sich. Seine Nasenflügel weiteten sich ein wenig, als er tief einatmete, leicht die Stirn runzelte und vorsichtig mit einem Auge blinzelte.

„Idris?!" Er klang wirklich überrascht.

Sofort rutschte der Blonde vom Sofa und zog den Werwolf in eine feste Umarmung. „Du weißt gar nicht, wie sehr du mir gefehlt hast.", brummte er an seinem Nacken, drückte ihn enger an sich.

Diese Vertrautheit, die augenblickliche Gelassenheit und Geborgenheit, die er in Alecs Nähe spürte, all das stellte sich auch jetzt wieder ein und zeigte umso deutlicher, wie sehr sein Unterbewusstsein das vermisst hatte.

Cahil wollte sofort dazwischen gehen und fauchte drohend, doch ein warnender Blick seines Bruders ließ ihn leise knurrend innehalten. Es war verdammt schwer, jemand anderen in Alecs Nähe zu dulden, selbst wenn es sich nur um Idris handelte, der im Grunde keinerlei Gefahr darstellte.

Alec befreite sich aus der Umklammerung und schob den Blonden ein Stück von sich weg. „Was machst du hier?" Die Besorgnis war deutlich zu hören.

„Du warst nicht in der Schule. Das ist mehr als ungewöhnlich. Ich hab mir Sorgen gemacht."

Sich von der Decke befreiend stand Alec auf, streckte sich ausgiebig um seine Muskeln zu lockern. Amüsiert stellte Idris fest, wie die anderen Anwesenden auf seine Nacktheit reagierten. Cahil sah aus, als wollte er ihn direkt anspringen, Nadims dunkelrote Augen dagegen glimmten interessiert und Rain ließ ihren Blick aufmerksam über seinen athletischen Körper wandern. Ihre stillschweigende Anwesenheit hatte Idris in den letzten Minuten völlig vergessen, erst ihr leises Seufzen rief sie ihm wieder ins Gedächtnis.

Ungeniert schüttelte Alec sein zerzaustes Haar aus, kämmte es mit den Fingern durch. Dem Blonden fielen nun auch die Verletzungen auf. Mehrere Bisswunden an den Schultern, im Nacken, lange Kratzspuren an Armen und Beinen, unzählige dunkel verfärbte Blutergüsse. Ihm fielen wieder Nadims Worte ein: ‚Wir haben ein paar Unstimmigkeiten geklärt'. Oh man, er wollte niemals irgendetwas mit einem der beiden ‚klären' müssen. Höchstwahrscheinlich würde er einen solchen Kampf nicht überleben.

„Verrätst du mir, wer von euch beiden gewonnen hat?"

Nadims breites Grinsen und Alecs brummen war Antwort genug.

Wieder übernahm Idris Neugier die Oberhand. Manchmal war diese Eigenschaft wirklich recht nervig, vor allem, wenn man sich eigentlich zurückhalten wollte, um keinen der Drei mit zu vielen Fragen unnötig zu reizen. Wer wusste denn, wie sie darauf reagieren würden, wenn ein Außenstehender mehr über ihre Wesen erfahren wollte.

„Gibt es noch mehr Werwölfe hier?"

Alec hatte sich gerade in seine enge Jeans gezwängt, lachte jetzt leise auf. Ihm war Idris Neugier bekannt, sodass er schon viel eher mit den Fragen gerechnet hatte.

„Meine Mom. Aber sie ist eine Meisterin darin, ihr inneres Wesen zu kontrollieren. Ich glaube, es ist bereits Jahrzehnte her, dass sie sich mal gewandelt hat."

„Ich dachte, Werwölfe können sich nur bei Vollmond verwandeln?"

„Die Gebissenen! Solange man es ihnen nicht beibringt, die Wandlung jederzeit zu aktivieren. In Extremsituationen passiert es auch, ohne dass die menschliche Seite dagegen wehren könnte. Sie haben auch nicht so viel Macht wie wir geborenen. Hinzu kommt, dass sie wilder, unberechenbarer, grausamer sind. Die meisten Geschichten sind wahr, ein gebissener Werwolf verliert seine Menschlichkeit, wenn er nicht angeleitet wird. Es ist ein recht schmaler Grat und ohne Hilfe sind gebissene Werwölfe verloren, somit bleibt nur das Tier mit seinen Instinkten. Und wenn man dieses reizt oder in eine Ecke drängt, dreht es durch."

„Aber du ..."

Alec zog Idris neben sich aufs Sofa, drängte Nadim dabei ein wenig zur Seite, was dieser leise grummelnd zuließ.

„Ich bin kein Mensch, Idris. Wir haben nur das menschliche Aussehen zur besseren Tarnung. Im Grunde ist es bei den echten Werwölfen genau umgekehrt als bei den gebissenen. Wenn wir uns in einen Wolf wandeln, nehmen wir unsere von der Natur gegebene Gestalt an."

„Aber woher kommt ihr dann? Wenn ihr keine Menschen seid, wie kannst du dann so viele Eigenschaften eines Menschen haben?"

„Okay fangen wir ganz von vorne an. Ich erzähle dir das, was meine Mutter mir früher über unsere Art beigebracht hat. In unserer Geschichte haben unsere Ahnen andere Namen. Soweit mir bekannt ist, gibt es bei euch Menschen auch Mythen und Legenden. Ich werde die echten Namen also beibehalten, aber einen kurzen Bezug zu euren Überlieferungen nennen."

Auffordernd nickte Idris, wartete gespannt auf das Kommende.

„Unser Urahn ist Lash, besser bekannt unter Kerberos, der berühmte Höllenhund. Eines Tages konnte er sich von seiner Kette befreien und betrat die Erde. Ihm begegnete dabei Alisi, bei euch wird er Managarm genannt, aus eurer nordischen Mythologie der Bruder von den Wölfen Hati und Skalli. Da seine Aufgabe darin bestand, die Toten zu fressen, war er für Lash wesentlich interessanter als die beiden anderen, die nur damit beschäftigt waren, dem Mond und der Sonne hinterher zu jagen. Beide Urahnen erschufen einen Erben. Lash nutzte die Gelegenheit und zog weiter, traf auf Kii, bei den Indianern Waheela genannt, den Riesenwolf ihrer Geschichten. Auch mit Kii paarte er sich. Da er der Höllenhund war und über große

Kräfte verfügte, konnte er die Erben aus beiden Verbindungen empfangen und ihnen Leben schenken. Doch dann wurde er wieder eingefangen und seiner eigentlichen Aufgabe zugeführt. Um seine eigenen Kinder zu verbergen, nahm er einen Großteil seiner Stärke und wandelte ihr Aussehen nach ihrer Geburt, damit sie in der Hölle nicht auffielen."

„Menschen", flüsterte Idris.

„Genau. Es verging viel Zeit, ohne dass sie bemerkt wurden, bis sie beide aus Mangel an anderen Partnern und aus Neugierde eine Verbindung eingingen, aus der dann der allererste Werwolf hervorging. Der Höllenfürst wurde dadurch auf sie aufmerksam und tötete sie. Lashs Strafe war, dass er seine letzten übrig gebliebenen Kräfte an das einzige Kind seiner Erben übertragen musste und dieses für alle Ewigkeiten dafür zu sorgen hatte, dass die Seelen der Menschen in die Hölle kamen. Von Werwölfen getöteten Menschen ist der Zutritt in den Himmel verwehrt, da sie ihre Reinheit verloren haben. Doch Lash wollte diese Demütigung nicht hinnehmen und schenkte seinem Enkel nicht nur seine Kräfte, sondern auch seine Seele. Damit verhinderte er, dass alle weiteren Erben die vom Höllenfürst gewünschte Grausamkeit zeigten, sondern nur die Überlebenden eines Werwolfangriffs die nicht von einem echten Werwolf aufgefangen wurden. Geben sie sich aber ihren neu erweckten Instinkten ganz hin, sind sie verloren. Das ist der Grund für die Unterschiede zwischen unserer Art. Es gibt zwei Zweige, den der echten Werwölfe und den der Erschaffenen. Der Vollmond spielt dabei absolut keine Rolle. "

„Wie hat er seine Art weiter erhalten können? Er war doch alleine."

Idris war vollkommen fasziniert von Alecs Erzählung. Auch Nadim und Cahil hörten gespannt zu. Bisher war auch ihnen die Entstehungsgeschichte der Werwölfe unbekannt gewesen. Rain hing gebannt an seinen Lippen. Schon immer hatten sie solche Geschichten interessiert.

„Er hat sich eine Menschenfrau genommen und sie zu seiner Gefährtin gemacht. Ihr Name war Hala und sie wird von uns Werwölfen hoch verehrt. Mit ihr legte er den Grundstamm der geborenen Werwölfe. Obwohl der Höllenfürst schließlich erfuhr, was Lash getan hatte, wie er ihn hintergangen hatte, konnte er nichts tun, denn Hala selbst war für ihn unantastbar. Er durfte sich ihr nicht nähern, solange sie nicht dem Tode nahe war oder bereits verstorben. Keff, so hieß der erste Werwolf, schaffte es, ihr mit einem Tropfen seines Blutes ein jahrhundertelanges Leben zu schenken. Nach dem Tod beider gab es bereits zu viele geborene Werwölfe, als das der Höllenfürst noch etwas hätte ändern können. Und seitdem muss er sich damit zufriedengeben, dass wir ab und zu, meist versehentlich, doch noch einen Menschen töten oder das wir irrtümlich einen neuen

Werwolf erschaffen, dessen Existenz uns entgeht und der dann neue Seelen für die Hölle besorgt."

„Wow. Ihr tötet keine Menschen mehr?"

„Nein! Und wir verfolgen alle erschaffenen Werwölfe, um zu verhindern, dass dieser Zweig sich weiter ausbreitet. Entweder wir können ihnen helfen oder wir töten sie. Im Grunde unseres Herzens haben wir noch immer Lashs gute Seele. So grausam er auch in euren Sagen und Mythen dargestellt wird, er war eigentlich nur einsam und sehnte sich nach Liebe. Wir wollen nicht, dass er dies alles umsonst ertragen musste."

„Im Grunde haben also nur die gebissenen Menschen und damit gewandelten Werwölfe für euren schlechten Ruf gesorgt?"

„Korrekt."

„Wieso versucht ihr, das nicht zu ändern? Die Wahrheit zu verbreiten?"

„Was würde das bringen? Dann jagen sie uns nicht mehr, weil sie uns tot sehen wollen, sondern weil plötzlich jeder gerne einen Kuschelwolf zu Hause haben möchte. Besten Dank, aber darauf verzichte ich. Glaub mir, es gibt einige Daten, die belegen, dass wir euch Menschen sehr nah waren. Gelernt habt ihr leider überhaupt nichts."

„Wie meinst du das?"

„Es gab einige Kulturen, die den Wolf hoch verehrt haben. Indianer, Mongolen um nur zwei zu nennen. Glaubst du, die meinten die echten Wölfe? Sie hatten Begegnungen mit einem von uns und haben in der Weitergabe ihrer Erlebnisse den Wolf mit einbezogen, der war schließlich greifbar. Früher oder später änderten sich diese Verehrungen aber immer und wir haben uns noch weiter zurückgezogen. Die berühmteste Zusammenarbeit zwischen Mensch und Werwolf war wohl vor Roms Gründung. Du kennst sicher die Legende über Romulus und Remus."

„Natürlich. Willst du tatsächlich behaupten, dass die erwähnte Wölfin eine eurer Art war?", fragte Idris mit vor Überraschung aufgerissenen Augen.

„Sicher. Shaka hieß sie. Der Kampf, den die beiden Brüder dann führten und bei dem einer von ihnen sein Leben lassen musste, hat sie nicht verwunden und sich selbst gerichtet. Sie konnte sich nicht verzeihen, solch blutrünstigen, machtgierigen Menschen geholfen zu haben."

„Mir schwirrt der Kopf." Idris musterte die beiden Vampire, sah dann zu einem der Fenster, nur um festzustellen, dass es draußen bereits dämmerte. Trotz dieser enormen Informationsflut brandete noch immer Neugier in ihm.

„Was ist mit euch?" Er sah zurück zu Nadim. „Sind alle Vampirgeschichten auch falsch?"

Leise glucksend nickte der Rotblonde. „Die meisten. Sie amüsieren uns aber ungemein. Ihr habt eine rege Fantasie, das muss man euch lassen."

Auffordernd hob Idris eine Augenbraue. Die Brüder tauschten einen kurzen Blick. „Also gut. Wenn du so sehr daran interessiert bist. Da Alec dir die Wahrheit eröffnet hat, tun wir es auch. Aber glaub mir, es gibt nicht besonders viele Menschen, die sich mit diesem Wissen rühmen dürfen."

Nadim setzte sich ein wenig bequemer hin. „Klären wir erst einmal den größten Unsinn auf. Wir können keine neuen Vampire erschaffen. Ich kann dein Blut trinken und dich dabei töten oder ich halte mich zurück und habe somit öfter die Gelegenheit mich mit deinem Lebenssaft zu nähren, aber zu einem von uns kann ich dich nicht wandeln. Rain ist das beste Beispiel. Sie lebt seit drei Jahren bei uns und sie ist noch immer ein Mensch. Vampirblut kann Verletzungen aller Art bei euch Menschen heilen, mehr nicht."

„Ab ... Aber all die ..."

„Unsere Urahnin ist eine Lamia. Das sind Blut liebende Dämonen, die gerne Jagd auf junge Menschen machen. Kennzeichnend ist kalte Haut und die Fähigkeit kaum Luft zum Atmen zu brauchen. Dafür brauchen sie eben das Blut. Es bietet Nahrung und Sauerstoff. Daher ist unsere Atmung und der Herzschlag so minimal, dass irgendwann der Begriff ‚Untote' entstand. Diese Lamia jedoch verliebte sich in eines ihrer Opfer und statt ihn zu töten, paarte sie sich mit ihm. Ich weiß nicht, woher ihr den Namen dieser Dämonenart habt, aber sie wird in euren griechischen Mythen sogar erwähnt. Das entstandene Kind musste sie jedoch verstecken, da es sonst getötet worden wäre, um eine Verunreinigung des Blutes zu vermeiden. Familienlos in eurer Welt herumirrend folgte dieses Kind nur seinen Instinkten und richtete viele Blutbäder an. Mit Vorliebe agierte es dabei in Kriegsgebieten, von denen es auch vor Jahrtausenden schon genügend gab. Die menschliche Kampfbereitschaft und der übergroße Machthunger ist leider keine gute Kombination mit der ebenso großen Machtgier und niedriger Reizschwelle von Dämonen. Du kannst dir also ausmalen, wie gefährlich er mit diesen Eigenschaften seiner Eltern war. Je älter dieser Mischling wurde, desto schlimmer wurde es. Wir sind überaus dankbar, dass eine eurer uns angedichteten Fähigkeiten nicht zutrifft. Wie gesagt, wir können durch den Biss keine Vampire erschaffen. Ansonsten hätte er damals wahrscheinlich die gesamte Menschheit ausgerottet. Einige seiner weiblichen Opfer tötete er nicht, sondern gab an sie sein Erbe weiter. Da sein Hauptjagdgebiet und auch das seiner späteren Kinder in Griechenland lag, entstand die Bezeichnung Wrukolakas, einer der ersten Beschreibungen eurer Geschichte über unsere Art. Sie ist heute nicht mehr gebräuchlich, war aber damals so verbreitet wie jetzt der Vampir. Ehrlich, mir ist es egal, wie ich genannt werde. Das Einzige, was mich wirklich wütend macht, ist dieses furchtbare lächerliche Gerede, wir wären mit diesem Dracul verwandt. Auf keinen Fall! Über den wirst du doch was wissen. Der war menschlich und wahnsinnig. Mit uns hatte er nicht das Geringste zu tun. Im Laufe der Jahrhunderte haben sich halt die Erzählungen und Mythen vermischt und ein fantasievoller Schriftsteller hat schließlich alles in einen Topf geworfen und den euch bekannten Vampir auf dem Papier erschaffen."

Da Nadims Stimme beim bloßen Gedanken an diese Lügenmärchen gereizt klang, löste Cahil ihn in seiner Erzählung ab.

„Zurück zu den Anfängen. Wir konnten uns schnell weit verbreiten, doch dann begannen die Menschen uns zu erkennen und gezielt zu jagen und auch die Lamien wurden auf unsere Spezies aufmerksam. Dazu muss ich sagen, dass die Zeit für Dämonen anders läuft. Ein Jahrtausend ist für sie nur wenige Jahre. Somit haben sie von dem Unfall einer ihrer Angehörigen nach unserer Zeitrechnung sehr spät erfahren. Zu unserem Glück. Wir waren so zahlreich, dass beide Verfolgergruppen uns nicht ausrotten konnten. Leider aber sehr dezimieren und uns dazu zwingen, ins Verborgene zurückzuweichen. Einige unserer oberen Fürsten haben auch jetzt noch Kontakt zu den Lamien, sozusagen als Wächter über unsere Aktionen. Wer aus der Reihe tanzt und auffällt, kommt vor ihr Gericht. Keine angenehme Aussicht, weil das meist mit dem Tod endet. Lamien sind nachtragend und noch immer darauf aus, diesen Fehltritt aus ihrer Biografie zu streichen."

Rain betrat gerade wieder das Wohnzimmer. Da sie die Geschichte bereits kannte, hatte sie sich darum gekümmert, für ein wenig Verpflegung zu sorgen. Im Gegensatz zu den Brüdern brauchte sie ab und zu Lebensmittel, ebenso wie Idris. Und sie konnte sich nicht vorstellen, dass ein Werwolf von Luft lebte. Sie stellte zwei Teller mit belegten Broten auf den Tisch vor der Couch, schnappte sich gleich zwei Scheiben und lümmelte sich wieder in ihren Sessel.

„Danke.", hungrig griff Idris zu. Dagegen studierte Alec sehr genau die Beläge, bis er sich für ein Brot mit dünn geschnittenem Roastbeef entschied.

„Scheint also so, als wenn ich alles, was ich irgendwann einmal über Werwölfe oder Vampire gehört habe, vergessen könnte", mutmaßte Idris.

„Mehr oder weniger. Zu fast neunzig Prozent hat sich das irgendjemand irgendwann einmal ausgedacht, oder zumindest so lange an der Wahrheit herumgedreht, bis sie für ihn passend war und nichts mehr mit dem Original gemein hatte." Alec zuckte desinteressiert mit den Schultern. „Auch nicht sonderlich schlimm. Im Moment hast du ja die einmalige Gelegenheit, alles fragen zu können und ganz sicher keine Lügenmärchen zu hören."

„Schön." Idris griff nach dem nächsten Wurstbrot. „Und mir fällt natürlich keine einzige Frage ein."

Nadim lehnte sich lachend in die weichen Polster zurück und streckte behaglich die langen Beine aus. „Lass dir Zeit. Wir haben nichts vor."

Nachdenklich verzehrte Idris sein Essen. „Gut. Wie alt seid ihr?"

Alec ließ sich zu Cahil auf den Boden sinken, machte es sich mit dem Kopf auf seinem Schoß bequem. „Weißt du doch, siebzehn. Da Werwölfe sehr alt werden können, bin ich in den Augen meiner Verwandtschaft noch ein Welpe. Einer der Gründe, warum sie mich nicht allzu ernst nehmen und mich noch immer unterschätzen. Aber den Kampf mit meiner Mutter habe ich zum Beispiel schon hinter mir. Das ist jetzt mein Revier, auch wenn sie alle das krampfhaft zu ignorieren versuchen."

„Also bist du sehr stark?"

„Ja. Für mein Alter schon. Da sich diese Kräfte mit zunehmenden Lebensjahren verstärken, sollten sie wirklich langsam wachsamer werden. Mir kann's nur recht sein. Umso länger habe ich meine Ruhe."

„Wieso, fordert dich jemand heraus, wenn sie feststellen, wie stark du wirklich bist?"

Alec lachte leise. „Das wohl eher nicht. Aber wir haben verdammt starke Wolfsgene und läufige Werwolfweibchen suchen sich generell den stärksten Erzeuger. Ich bin nicht allzu scharf darauf, hier von wollüstigen Weibern heimgesucht zu werden."

Cahil grummelte zustimmend. „Ich auch nicht!", stieß er heiser hervor.

„Was ist mit euch? Wie alt seid ihr?"

„299 Jahre." Nadim überlegte noch einmal. „Ja stimmt, im Winter rundet es sich erst."

Idris Augen starrten ihn weit aufgerissen an. „Zweihun ... Ist das dein Ernst?"

„Natürlich."

Noch immer zweifelnd sah er zu Cahil, halb hoffend, dass dieser Nadims Worte als Scherz enttarnen würde. „250 Jahre", kam es von dem Schwarzhaarigen. „Seit dem Frühling."

„Schön. Das ... das ist ..." Er gab auf, die beiden hatten Jahrhunderte hinter sich. Sie hatten zu Zeiten gelebt, als die Welt noch völlig anders aussah, sie hatten Erfindungen wachsen sehen, die heute selbstverständlich waren.

Sein Blick fiel auf Alec, dem diese Neuigkeit nichts auszumachen schien. „Es stört dich überhaupt nicht, wie alt dein Freund ist? Er könnte dein Urururgroßvater sein."

Alec sah hoch in Cahils bernsteinfarbene Augen. „Wieso sollte es mich stören. Es zeigt doch, dass ich keine bessere Wahl hätte treffen können. Mein Gefährte hat Lebenserfahrung und weiß, was er will. Herrlich."

Lächelnd strich der Vampir über Alecs Wangen. „Genau, wie dein jugendlicher Übermut und zügelloser Tatendrang mich aus meiner Lethargie gerissen hat."

Alec legte eine Hand in Cahils Nacken und zog ihn zu sich hinunter, küsste ihn zärtlich. So anders als ihre sonstigen körperlichen Berührungen zeigte dieser Kuss umso deutlicher, wie intensiv ihre Gefühle bereits füreinander waren.

Nadim beobachtete sie, sah dann zu Idris. „Du solltest dich schnell daran gewöhnen, dass wir in anderen Dimensionen denken. Für Schattenwesen gelten eure Zeitrechnungen nicht. Ein Jahrhundert ist gleich einem Jahrzehnt. Es ist unwichtig, wie viel Wasser die Flüsse hinunterfließt. Nicht einmal das Alter kann uns etwas anhaben. Ewige Jugend! Du wirst keinen Wrukolakas finden, der älter als zwanzig aussieht. Das Erbe der Dämonen. Wegen ihrer anders laufenden inneren Uhr ist es, als wären wir unsterblich. Mein ältester noch lebender Vorfahr ist über zweitausend Jahre alt. Einen Vampir muss man töten. Auf natürliche Weise sterben wir nicht."

„Bei den Werwölfen ist es ähnlich", meldete Alec sich wieder, ohne jedoch seine Hände unter Cahils Shirt hervorzuholen. „Lash hat seine Unsterblichkeit in unsere Linie gebracht. Auf natürliche Weise können wir nicht sterben. Ein toter Werwolf ist immer ein ermordeter Werwolf."

„Was ist mit den ganzen angeblich totbringenden Waffen gegen Werwölfe und Vampire?"

Nadim grinste vergnügt. „Welche meinst du? Kreuze? Weihwasser? Silber? Holzpflöcke?"

Idris nickte.

„Alles Quatsch! Ich persönlich finde Kreuze sehr hübsch und ich habe schon einige der schönsten Kirchen dieser Welt besucht. Einen Vampir tötest du nur, indem du ihn köpfst. Dagegen ist ein Angriff durch ein anderes Schattenwesen gefährlicher, da sich die in solch einem Kampf entstandenen Wunden langsamer schließen und abheilen. Da können wir tatsächlich durch den Blutverlust draufgehen."

Gerne hätte Idris weiter gefragt. Langsam stapelten sich die Fragen in seinem Kopf. Auch verwunderte es ihn erheblich, dass Nadim so offen mit ihm sprach, Dinge preisgab, die er durchaus gegen ihn verwenden könnte.

Jedoch sahen Alec noch Cahil nicht so aus, als würden sie beide in nächster Zeit ansprechbar sein. Sie küssten sich erneut, diesmal wesentlich fordernder, ließen ihre Zungen miteinander tanzen, während ihre Fingernägel rote Spuren auf der Haut des anderen zogen.

Mit heißem Gesicht wandte Idris sich ab und versuchte krampfhaft nicht sofort wieder zurückzublicken. Der Anblick seines besten Freundes und dessen Liebhabers erregte ihn mehr, als er wollte.

Seine blauen Augen trafen auf Schwarzrote, die amüsiert funkelten.

„Soll ich dich nach Hause bringen?"

Sofort sprang Idris fluchtartig vom Sofa auf. „Gern. Ist schon spät genug." Nur raus, bevor er ernsthafte Probleme in seiner Hose bekam. Viel fehlte da nicht mehr. Bisher hatte er stets nur Alecs Erzählungen gelauscht und war nie Live dabei gewesen, wenn er sich vergnügte.

Cahils dunkles Aufstöhnen jagte ihm einen Schauer über den Rücken und für den Bruchteil einer Sekunde wünschte er sich an seine Stelle.

Halt!

Er mit Alec?

Niemals!

Nein, gleich darauf tauchte Nadims Körper vor ihm auf, löste Alec ab und Idris sah sie beide dort auf dem Teppich liegen.

Heftig schüttelte Idris den Kopf.

„Du bist mit dem Rad da?"

Er geriet ins Stolpern, als Nadim ihn ansprach. Mit weit aufgerissenen Augen starrte er ihn an, versuchte diese Bilder aus seinem Hirn loszuwerden.

Der Blick des Rotblonden war stechend. „Woran denkst du?"

Verneinend schüttelte Idris wieder den Kopf. Seiner Stimme traute er momentan zu wenig, um zu antworten.

Nadim trat noch einen Schritt näher, drängte Idris gegen die Haustür. Nervös leckte der Blonde sich über die Lippen, worauf der Vampir mit einem leisen Schnurren antwortete.

„Lass es bitte." Mühsam unterbrach er ihren Blickkontakt. „Ich bin nicht wie Alec. Ich kann mit flüchtigen Affären oder einen One-Night-Stand nichts anfangen."

„Sieht nicht so aus, als wäre das zwischen meinem Bruder und ihm eine Affäre."

„Du weißt, was ich meine. Du bist Alec verdammt ähnlich. Und für ein bisschen Spaß mit anschließendem Herzschmerz bin ich mir zu schade. Nicht nach dem gerade erst Erlebten."

Zögernd wagte er es wieder, zu dem Größeren aufzusehen. Er hatte Angst, was er in Nadims Gesicht lesen würde. Wut? Abscheu? Oder machte er sich über ihn lustig? Fand ihn zu kindisch?

Verdammt! Bevor er so von Jonas verarscht worden war und dessen Freunde ihn auf so widerliche Weise bedrängt hatten, hätte er sich wahrscheinlich sogar getraut, es zumindest zu versuchen. Eine ganz leise Stimme nämlich flüsterte die ganze Zeit über, dass es sehr schön und angenehm war, von jemandem begehrt zu werden.

Nadims Blick zeigte nichts von all seinen Befürchtungen. Er sah ihn ruhig an, lächelte ein wenig. „Versprichst du mir etwas?"

Überrascht, wie gelassen der Vampir auf seine Zurückweisung reagierte, nickte Idris langsam.

„Erlaube mir, es wenigstens weiter zu versuchen, dich vom Gegenteil zu überzeugen."

„Du kennst mich doch gar nicht."

„Nein. Aber ich möchte dich kennenlernen. Alec und Cahil kannten sich auch nicht, trotzdem können sie nicht genug voneinander bekommen. Du machst mich neugierig. Wenn ein Mensch es schafft, gerade bei einem Werwolf so hoch im Kurs zu stehen, um von diesem als Rudelmitglied angesehen zu werden, muss er meiner Meinung nach mehr auf dem Kasten haben als der Rest eurer schwächlichen Rasse. Außerdem muss ich zugeben, dass du in mir einige Gefühle weckst, die ich schon vor Jahrhunderten verloren geglaubt habe."

Idris lächelte zaghaft. „Ich nehme das Mal als Kompliment."

„Gern."

„Okay. Ich bin einverstanden. Solange du es mir überlässt, die Grenzen festzulegen." Woher kam nur dieser plötzliche Mut, mit Nadim so offen zu reden wie sonst nur mit Alec? Was hatte dieser Vampir, dass ihn so deutlich von anderen unterschied?

„Sicher."

Innerlich war es für Idris ein angenehmes Gefühl, wie Nadim ihn ansah, dass er scheinbar wirkliches Interesse an ihm hatte. Es fühlte sich sogar besser an, als die Aufmerksamkeit, die Jonas ihm gegenüber gehabt hatte.

„Ich muss jetzt wirklich los."

„Schwing dich auf dein Rad, ich begleite dich."

Kurz darauf lenkte Idris zögernd sein Fahrrad vom Vorplatz der Villa auf die Landstraße. Er sah über die Schulter zurück, wollte Nadim fragen, wie er ihn ohne fahrbaren Untersatz begleiten wollte, und konnte gerade noch sehen, wie der Vampir einfach zu verschwinden schien. Gleich darauf flatterte eine handtellergroße Fledermaus an der gleichen Stelle und kam auf ihn zu.

Es kostete Idris seine ganze Selbstbeherrschung, um nicht vom Rad zu fallen.

Sie konnten also wirklich ihre Gestalt ändern? Damit war eine seiner ungestellten Fragen beantwortet. Aber ihm wäre es ehrlich lieber gewesen, so etwas in aller Ruhe sitzend auf einem Stuhl zu erfahren, nicht auf einem schwankenden Rad in tiefster Dunkelheit.

Die ersten Minuten fuhr er noch vorsichtig, da das Zittern seiner Knie einfach nicht nachlassen wollte. Doch er wurde sicherer und es machte den Blonden fast stolz, dass er einen so mächtigen Beschützer unerkannt an seiner Seite flattern hatte.

Konnte ihm jetzt noch etwas passieren?

Mit einem Werwolf und zwei Vampiren, die jeden in Stücke reißen würden, der ihm unerlaubt zu nahe kam, war er wahrscheinlich besser beschützt, als jeder Präsident auf dieser Welt.

Kapitel 7

Unruhig trommelte Carice mit den Fingerspitzen auf den dunklen, blank polierten Holztisch, an dessen rechter Seite sie direkt neben dem Stuhl des Familienoberhauptes saß. Wie immer war es in dem riesigen Speisesaal kalt, und wenn sie kein Vampir wäre, würde sie mit Sicherheit frierend mit den Zähnen klappern.

Wie sie diese Warterei hasste.

Aber Janko liebte nun einmal den großen Auftritt und nichts würde ihn davon abhalten, diesen auszukosten.

Mit Getöse flogen die beiden Flügeltüren gegenüber der weitläufigen Fensterfront auf und ihre Cousine Luana rauschte mit langen wallenden Röcken herein.

Leise murrend schüttelte Carice den Kopf. Mit Luana war sie noch nie zurechtgekommen. Die Vampirin war mit ihren Gedanken in einem der längst vergangenen Jahrhunderte stehen geblieben, was auch ihre Kleiderwahl deutlich demonstrierte. Ihr Outfit war eine Nachbildung eines Kostüms aus dem 19. Jahrhunderts. Schon immer recht labil schien sie jetzt wirklich verrückt zu sein.

Die Blonde wusste genau, was zu diesem Realitätsverlust geführt hatte. Ihr Mann war damals in einem Großfeuer ums Leben gekommen.

Aber ihrer Meinung nach war der Grundstock vererbbar, schließlich waren Luanas Söhne auch irre.

Kein normal denkender Vampir legte sich mit dem Clanfürsten an und Nadim hatte dieses unfassbare Verbrechen gleich zwei Mal gewagt.

„Hast du sie gesehen? Wie geht es meinen Babys?"

„Luana bitte. Diese Biester sind schon seit Ewigkeiten keine Babys mehr. Dein Ältester ist ein hochmütiges Scheusal, der nur auf Macht aus ist. Und Cahil kann nicht eigenständig denken. Immer schön alles tun, was Nadim von ihm verlangt."

„Du hast sie schon immer gehasst. Hör auf damit. Sie sind gute Jungs." Ihre eigenen Worte mit einem Nicken bestätigend lief sie leise summend von Fenster zu Fenster.

Carice verdrehte aufstöhnend die Augen. Jetzt war jeglicher weiterer Gesprächsversuch überflüssig. Ihre Cousine war wieder in ihre Welt abgedriftet.

Wo, verdammt, blieb Janko?

Wieder öffnete sich die Tür und wieder war es nicht der gewünschte Vampir, der auftauchte. Manis trat mit dem ihm üblichen kühlen Lächeln auf sie zu, begrüßte beide Frauen mit einem jeweils gehauchten Wangenkuss.

Geschmeidig glitt er auf seinen angestammten Sitzplatz auf der linken Seite des Tisches, direkt neben Jankos Stuhl am Kopf der Tafel.

Carice nahm ihr nervöses Fingertrommeln wieder auf.

Nach und nach trudelten sämtliche Familienmitglieder ein, verteilten sich um den Tisch auf ihre Plätze.

Nur vier Stühle blieben leer und davon hatte nur einer eine begründete und vor allem akzeptable Entschuldigung. Luanas Mann durfte nach Carice' Meinung durch Abwesenheit glänzen. Ihm blieb ja nichts anderes übrig.

Oh ja, sie liebte ihren bittersüßen, schwarzen Humor.

Die anderen zwei Stühle hätten ihrer Meinung nach gar nicht erst an diese Schandflecke ihres hoch geschätzten Stammbaums übergeben werden dürfen.

Verbannung! Das war das einzig Richtige.

Endlich betrat Janko den Saal. Für einen Moment blieb er hinter seinen Stuhl stehen und fixierte jeden einzelnen Anwesenden mit unergründlichen Blicken.

Er hatte die Position des Clanführers vor Jahrhunderten aufgebürdet bekommen und kämpfte seitdem darum ihr auch gerecht zu werden. Seiner Meinung nach ging dies nur durch Härte und strikte Einhaltung aller Regeln, egal wie alt und eingestaubt diese waren.

Nadim wagte es jedoch immer wieder, sich genau dagegen aufzulehnen und ihm kalt lächelnd die Stirn zu bieten. Er hielt Jankos strenges Regime für unangebracht und hatte ihn sogar schon aufgefordert, endlich den verschluckten Stock loszuwerden und lockerer zu werden.

Frechheit!

Ganz sicher würde er sich seine Stellung nicht von einem jungen Spund wie Nadim streitig machen lassen, der Gefahren förmlich suchte, statt ihnen aus dem Weg zu gehen.

Seiner Meinung nach war dieses schwarze Schaf der Familie nur darauf scharf, ihn von seinem Platz zu vertreiben.

Undenkbar!

„Gut." Er setzte sich, faltete seine Hände auf der Tischplatte und schenkte seine gesamte Aufmerksamkeit der blonden Vampirin rechts neben ihm. „Bericht, Carice."

„Cahil ist längst wieder auf Eroberungstour. Bei meinem Besuch hatte er gerade ein neues Opfer in seinen Krallen. Du wirst es mir hoffentlich nachsehen, dass ich nicht gewartet habe, bis er mit seinem dreckigen Zeitvertreib fertig war, um ihn danach zu befragen, wie lange er diesmal mit seiner Beute zu spielen gedenkt."

Janko neigte zustimmend den Kopf. Jeder von ihnen kannte Carice' tief sitzende Abneigung gegen gleichgeschlechtliche Verbindungen. Sie ging sogar so weit, dass sie solches Getier, wie sie es nannte, nicht einmal als potenzielle Beute ansah.

„Nadim hat immer noch dieses nichtsnutzige Menschenweib bei sich. Ich weiß wirklich nicht, was er mit ihr will, schließlich ist er genauso dreckig wie sein Bruder."

Luana fauchte quer über den Tisch, ihre Augen glühten für Sekunden abgrundtief böse, doch gleich darauf verschwand der Vampir wieder aus ihren Zügen und sie ließ ihren Blick ins Leere gleiten.

Verächtlich hatte Carice sie beobachtet, schnaubte abwertend und wandte sich zurück zu Janko.

„Ich soll dich von ihm grüßen", zwitscherte sie, absichtlich ihre Stimme einige Oktaven ansteigen lassend, damit deutlich wurde, wie dieser Gruß gemeint war. „Er sagt, sie richten sich gerade ein und haben noch nichts Ungewöhnliches feststellen können. Es wäre ein nettes Fleckchen Erde."

„Was soll das heißen?", unterbrach Manis. „Das ist Werwolfhoheitsgebiet. Der Grund, weshalb wir unsere eigenen Ländereien verlassen mussten. Sie hätten ihnen längst begegnen müssen."

Janko brachte ihn mit einer leichten Handbewegung zum Schweigen. „Hast du Werwolfsignaturen gespürt?"

„Ja. Wenn auch sehr schwach. Sie scheinen sich auf einen anderen Teil des Gebietes zu beschränken. Ich will nichts Falsches sagen, aber ich glaube, es sind nur noch zwei Werwölfe anwesend."

„Territorialwächter", murmelte Shay. Er selbst hatte bis vor knapp hundert Jahren noch Kämpfe rund um die Villa geführt. Er kannte die Gegend sehr gut, wusste um die vielen Versteckmöglichkeiten. Und er wusste auch, wie feige diese Werwölfe waren. Immer verborgen, sich von Menschen fernhaltend, immer schlecht gelaunt und beißwütig.

Widerliche sabbernde Köter eben.

„Nun. Lassen wir ihnen noch ein wenig Zeit. Wenn unser Plan bedauerlicherweise schief laufen sollte, können wir immer noch zu Plan B übergehen."

„Ich weiß nicht, Janko." Adalizia tippte nachdenklich mit dem perfekt manikürten, rot lackierten Nagel ihres Zeigefingers gegen ihre blasse Wange. „Sie beide in eine Falle laufen zu lassen, würde nur funktionieren, wenn wir sie ködern könnten. Ich glaube nicht, dass diese Rain so bedeutend für sie ist, dass sie blind drauflos stürmen, um ihr zu helfen."

„Nein, das Mädchen ist unwichtig. Aber wir haben doch gerade gehört, dass Cahil seine Fänge längst ausgefahren hat. Nadim wird ebenfalls nicht lange ruhig bleiben. Mit ihrem ständigen Kontakten zu den Menschen bringen sie uns in große Gefahr. Was bei einer so direkten Nähe herauskommt, wissen wir alle." Janko sah zu Luana hinüber, die sich gedankenverloren mit ihren Händen durch die langen, roten Haarsträhnen strich. „Ich werde es nicht noch einmal zu einer solchen Katastrophe kommen lassen. Menschen sind es nicht wert, von unserer Existenz zu wissen oder gar Umgang mit uns zu haben. Es reicht, wenn sie das eventuell erahnen, kurz bevor sie sterben, wenn wir ihr Blut trinken."

„Aber warum auch Cahil? Er steht doch nur unter Nadims direkten Einfluss. Wenn sie getrennt wären, bestehe doch für ihn noch eine Chance."

„Adalizia! Er hatte seine Chance. Es war seine freie Entscheidung, Nadim zu begleiten. Ende der Debatte." Janko wandte sich an Talita, eine schwarzhaarige Vampirin, die sich außergewöhnlich gut darin verstand, ihre Gestalt nach Belieben zu wandeln. Ihre Fähigkeit, beinahe alle möglichen Tierformen anzunehmen und dabei auch noch ihre wahre Identität selbst vor der eigenen Art zu verschleiern, konnten sie jetzt sehr gut gebrauchen.

„Ich übertrage dir die Aufgabe, die Beiden zu beobachten und herauszufinden, mit welchen Menschen sie Kontakt aufgenommen haben und wenn, wer davon mit ihnen bereits intim war. Bei ihrem bisherigen Verschleiß an Partnern könnte es zwar schwierig werden, herauszufinden, ob jemand dabei ist, der ihnen mehr bedeutet als andere, aber versuche es trotzdem."

Sie nickte zustimmend.

„Ich hoffe vier Wochen reichen fürs Erste. Wenn wir bis dahin nichts von dir gehört haben, werden wir uns auf den Weg machen und dich dort treffen, damit wir zuschlagen können." Janko stand auf, beendete somit die Sitzung. „Ich will sie endlich loswerden! Zwei Mal hat Nadim es geschafft, fast dafür zu sorgen, dass wir alle vernichtet werden. Ein drittes Mal wird es nicht geben."

Niemand widersprach ihm. Sie wussten zu genau, wie recht Janko hatte. Sie einfach nur aus der Familie zu verstoßen, reichte ihnen nicht. Diesen Makel würden sie dennoch behalten und vor jedem andern Vampirclan rechtfertigen müssen. Außerdem wollten sie den Lamien sicher nicht Rede und Antwort stehen, wenn es zu der gefürchteten Katastrophe kommen sollte.

Eine solche Schande war untragbar.

Heilfroh war Idris gewesen, als er morgens vor dem Schultor Alec stehen gesehen hatte. Noch einen Tag ohne ihn hätte er nur äußerst schwer überstanden.

Jonas war noch immer im Krankenhaus. Das hinderte aber Chris und Tim nicht daran, weiterhin für Ärger zu sorgen.

Es war für den Blonden unverständlich, warum sie überhaupt noch frei herumliefen. Wofür hatte er sich denn zu einer Anzeige durchgerungen? Doch sie schlichen um ihn herum, hetzten gegen ihn und stachelten immer mehr Schüler auf.

Idris wünschte sich wirklich, unsichtbar zu sein. Selbst die feindlichen Blicke taten weh. Wieso griffen sie ihn an? Er hatte doch nichts getan. Er hatte niemanden vergewaltigen wollen.

Nach der letzten Unterrichtsstunde des Tages war Alecs Geduld dünn wie ein Spinnfaden. Zum ersten Mal konnte Idris erkennen, wann der Werwolf durch seine Maske hindurchschimmerte und sein bester Freund hart kämpfen musste, um nicht als zähnefletschende Bestie mitten im Klassenzimmer zu stehen.

Die leuchtenden, hellblauen Augen, seine zu Fäusten geballten Hände, die fest zusammengepressten Kiefer. All das waren Merkmale des Wolfes, von dessen Existenz er bis vor einer Woche nichts gewusst hatte.

In den hellblauen Augen loderte das Feuer der Hölle, das Erbe von Lash. Seine geballten Hände verbargen die verlängerten Nägel, die sich zu Krallen geformt hatten und die zusammengepressten Kiefer verbargen die ausgefahrenen Reißzähne.

Jetzt musste Idris ihn noch mehr für seine Selbstbeherrschung bewundern. Er war sich sicher, dass er eine solche Stärke niemals aufbringen könnte.

Beide erreichten die Fahrradständer, gefolgt von spitzen Bemerkungen und höhnischem Gelächter. Idris musste mehrmals blinzeln, um nicht doch noch in Tränen auszubrechen. Verdammt, er war sechzehn, wieso tat das immer noch so weh?

Fast wäre er in Nadim hinein gerannt, der lässig zwischen ihren beiden Rädern an dem Metallgestell lehnte.

Es dauerte tatsächlich einige Sekunden, bis dem Blonden klar wurde, was ihn an diesem Bild störte. „Was machst du hier? Es ist helllichter Tag."

„Dich abholen. Du hast mir doch gestern die Erlaubnis gegeben um dich zu werben. Das schließt für mich auch den Schutz mit ein. Und Sonnenlicht ist zwar unangenehm aber nicht gefährlich."

Idris spürte Alecs Blick auf seinem Rücken brennen. Nervös fummelte er an seinem Fahrradschloss herum, versuchte Zeit herauszuschinden, um seine flatternden Nerven zu beruhigen.

„Brauchst du Hilfe?" Alecs Frage klang spöttisch. Der wusste natürlich wieder, wie er sich gerade fühlte. Wann wusste Alec es auch mal nicht?

„Nein. Klappt schon."

Von den Blicken, die Nadim und Alec tauschten, bekam Idris nichts mit. Für einige Herzschläge musterten sich der Werwolf mit hellen Augen und der Vampir mit leuchtend roten Augen.

Nadim wusste, dass Alec ihm gerade tatsächlich die Erlaubnis gab, sich Idris zu nähern, gleichzeitig aber davor warnte, auch nur einen Fehler zu machen.

Und Alec war klar, dass er nachgeben musste, wollte er nicht einen wesentlich heftigeren Kampf heraufbeschwören, als den, den sie schon geführt hatten.

Sein Wolf trat nur äußerst ungern den Rückzug an. In seinen Augen gab es so gut wie niemanden, der Idris besser beschützen konnte, als er selbst. Außer eben dieser Vampir.

Nadim nickte fast unmerklich. Er hatte verstanden und seinem Vampir war klar, welche Verantwortung er nun übernommen hatte.

Der Wolf würde ihn bis ans Ende der Welt jagen und in der Luft zerreißen, sollte er versagen.

Sein Blick fiel auf Idris, der endlich den Kampf mit seinem Schloss gewonnen hatte und sich wieder aus seiner knienden Position aufrichtete.

Der Rotblonde musste zugeben, dass dieser Mensch das Risiko wert war. So sehr es ihn überraschte, aber es reizte ihn immer mehr, ihn an seiner Seite haben zu wollen.

Lag es daran, dass Idris das genaue Gegenteil von ihm war?

Sein Vampir war selbst im Vergleich zu anderen seiner Art sehr dominant und mächtig. Dagegen war Idris zurückhalten, scheu und strahlte eine natürliche Ruhe aus, die sich bereits jetzt wie ein Mantel um den Vampir legte und für wohlige Entspannung sorgte.

Alles an dem Blonden schien einzig und allein für ihn gemacht zu sein. Einfach nur perfekt. Nicht einer seiner Sinne hatte etwas wahrgenommen, was falsch wäre und nicht passte. Da war es sogar fast unbedeutend, dass Idris nur ein Mensch war.

„So, wir können endlich verschwinden", brummte Alec ungeduldig.

Sie schoben ihre Räder über den Schulhof zur Straße.

Nadim wurde neugierig gemustert, doch leider hielt seine Anwesenheit niemanden davon ab, wieder mit abfälligen Kommentaren zu nerven.

„Scheint so, als hätte ich mich geirrt, dass du nur Alecs Hure bist." Chris' höhnische Stimme hallte laut und deutlich über den Platz. „Und Jonas hielt dich doch bis vor Kurzem noch für Prüde."

Idris schaffte es gerade noch, Alec am Jackenärmel festzuhalten. „Bitte nicht", flüsterte er. Das würde in einer Katastrophe enden.

Alec knurrte ungehalten, sein Wolf drängte rachsüchtig nach draußen. Er wollte Blut sehen.

Nadim spürte mit jeder Faser die Wut des Werwolfes, die seiner eigenen in nichts nachstand. Doch auch er hatte keine Möglichkeit, seine angeborene Macht auszuleben, ohne sich dabei zu erkennen zu geben, vor allem nicht zu dieser Tageszeit.

Also sorgten beide Schattenwesen fürs Erste dafür, Idris so schnell wie möglich von diesem Mob wegzubringen.

Den Rest des Nachmittags hockte Idris dann in der alten Villa und heulte in Alecs Armen. Er suchte den Grund für das schäbige Verhalten ihrer Mitschüler wieder einmal bei sich selbst, konnte sich nicht einmal für Nadims offensichtliches Interesse an ihm freuen, da er viel zu sehr von diesen Anfeindungen angegriffen war.

Alec kannte diese Phasen sehr gut und wusste, dass es nicht viel brachte, auf seinen Freund einzureden. Er ließ ihn weinen und jammern, bis der Blonde sich am frühen Abend endlich einigermaßen beruhigt hatte und wieder aufnahmebereit war.

Dann verbrachte er, Nadim und sogar Cahil die nächsten Stunden damit, ihn davon zu überzeugen, dass er nicht für Jonas Verhalten,

Chris' Übergriffsversuch und den hirnlosen Sprüchen der Mitschüler verantwortlich war.

Er hatte sie schließlich nicht dazu aufgefordert.

Dass die beiden Vampire somit auch detailliert erfuhren, was auf der Party passiert war, gefiel Idris gerade in Bezug auf Nadim nicht sonderlich.

Jetzt würde der sich mit Sicherheit abwenden. Wieso sollte sich ein so starkes Wesen denn auch mit so einem mickrigen Nichts abgeben wollen, noch dazu, wo er sich nicht mal allein gegen andere behaupten konnte.

Erbärmlich.

Idris fühlte sich wirklich als absoluter Versager.

Leider führten diese Überlegungen zur nächsten Heulattacke, für die er sich dann noch mehr schämte.

Alec hielt ihn wieder fest an sich gedrückt, strich ihm beruhigend durchs Haar.

Es war die Erschöpfung, die Idris schließlich einschlafen ließ.

„Er scheint ziemlich labil", mutmaßte Cahil nachdenklich.

„Idris ist sehr sensibel und diese Anfeindungen unserer Mitschüler finden auch nicht erst seit gestern statt. Ich würde eine Menge dafür geben, sie endlich zum Schweigen zu bringen. Er hat niemandem von ihnen etwas getan, versucht trotz allem, immer freundlich zu ihnen zu sein, dennoch können sie ihn nicht in Ruhe lassen."

Nadim kniete sich vor Idris und strich ihm vorsichtig eine Haarsträhne aus dem Gesicht, betrachtete die noch immer angespannten Gesichtszüge, die geschwollenen Lider.

„Hast du heute Nacht schon was vor?", fragte er nachdenklich.

„Nein."

„Vielleicht sollten wir ein paar dieser Großmäuler besuchen." Er sah mit gefährlich glitzernden Augen zu Alec hoch. „Uns fällt bestimmt was Schönes ein."

Der Werwolf verengte seine Augen zu schmalen Schlitzen, die hell aufleuchteten.

„Mit dem größten Vergnügen."

Cahil hob nur eine Braue und musterte seinen Freund und seinen Bruder skeptisch. Ihm war nicht ganz klar, was er davon halten sollte, wenn die beiden sich plötzlich gerade bei der Jagd verbündeten. Es war zumindest eine explosive Mischung, der er freiwillig nicht in die Quere kommen mochte.

Da passte er lieber auf dieses Häufchen Elend auf, was sich auf dem Sofa zusammengerollt hatte.

Problemlos fand der Werwolf die gesuchte Geruchsspur zwischen all den anderen üblichen Düften, die durch die Straßen zogen, und folgte ihr zielsicher bis zu ihrem Ursprung.

Aus Erfahrung wusste er, dass sich um diese Uhrzeit niemand mehr auf den Straßen herumtrieb. Wenn dies ab und zu doch der Fall war, handelte es sich meistens um betrunkene Partyheimkehrer, die kaum eine Straßenlaterne von einer Litfaßsäule unterscheiden konnten.

Über dem Kopf des riesigen Tieres flatterte eine kleine Fledermaus, ließ sich von dem Vierbeiner leiten.

Das anvisierte Haus lag bereits im Dunkeln. Alec stoppte auf der breiten Auffahrt und hob prüfend die Schnauze in den Wind.

Seine ausgeprägten Sinne überstiegen sogar noch die eines echten Wolfes.

Ihr Opfer war zu Hause.

Die Fledermaus landete auf der breiten Schulter des Werwolfs und krallte sich in dem Fell fest. Auch sie ließ ihre Sinne über und durch das Haus tasten, nahm drei verschiedene Herzschläge wahr.

Beide wandelten sich fast zeitgleich und schlichen zum offen stehenden Garagentor.

„Nur erschrecken klingt ziemlich langweilig."

„Wenn wir ihn umbringen, wird das Idris mit Sicherheit nicht helfen. Dann gibt er sich auch noch die Schuld daran."

„Pff." Nadim verdrehte abfällig die Augen. „Das ist Abschaum. Wieso sollte er für deren Taten verantwortlich sein?"

„Sag ihm das." Alecs Augen funkelten ihn spöttisch an. „Sicherlich hört er eher auf dich, als auf seinen besten Freund, der ihm seit Jahren begreiflich zu machen versucht, dass er nicht schuld ist an der Schlechtigkeit anderer. Viel Erfolg."

„Lassen wir das." Nadim passte es überhaupt nicht, dass sich der Kleinere so offen über ihn lustig machte. Er hatte nun mal keinerlei Erfahrung mit jemandem, dessen Selbstbewusstsein eigentlich überhaupt nicht vorhanden war. Menschen schienen überall Probleme und Schwierigkeiten zu sehen. Dass sie dabei völlig vergaßen zu leben, sahen sie nicht einmal.

Doch er würde dafür sorgen, dass Idris sich diese Schwarzseherei abgewöhnte. So was konnte er sich einfach nicht leisten bei der kurzen Lebenserwartung, die seine Rasse hatte.

Entschlossen konzentrierte der Vampir sich wieder auf ihren Plan und folgte Alec durch die unverschlossene Seitentür, die von der offen stehenden Garage ins Haus führte.

Wie leichtgläubig sie in diesem Kaff doch waren.

Lautlos überwanden sie die Treppe in den ersten Stock. Nadim zweifelte nicht eine Sekunde, als Alec direkt auf eine der vier geschlossenen Türen zusteuerte. Der Geruchssinn des Werwolfes war nun einmal ausgezeichnet.

Sie schlüpften durch den Türspalt und musterten die schlafende Gestalt in dem breiten Bett.

„Sieht fast friedlich aus", flüsterte Alec abfällig.

Nadim dagegen konzentrierte sich auf den Jungen, tauchte in dessen Geist ein.

Aufkeuchend riss Chris die Augen auf, fuhr hoch in eine sitzende Position. Er starrte Alec mit verklärtem Blick an, schien nicht ganz da zu sein.

Erst als Nadim mit einem wütenden Fauchen aus seinen Gedanken zurückwich, klärte sich sein Blick.

„Was ...? Wie ...?"

Alec konnte riechen, wie seine Verwirrtheit in Wut umschlug. „Raus hier! Was willst du Dreckskerl überhaupt von mir? Wie bist du hier reingekommen?" Sein Gesicht verzog sich zu einer angewiderten Fratze, als er bemerkte das Alec nackt war. „Du perverse Sau bist so scharf drauf? Ich verzichte! Es sei denn, du lässt dich endlich mal durchknallen."

Nadim trat dicht hinter Alec, fixierte Chris mit stechenden roten Augen, die seine Sinne lähmten und ihn zur Bewegungsunfähigkeit verdammten.

„Es tut mir leid, aber ich werde mein Versprechen nicht halten können. Diese Kreatur dort ist von Grund auf böse. Uns bezeichnen sie als Bestien, doch das da ist tausendmal gefährlicher."

Alec nickte langsam. Die Reaktion des Vampirs nach dem Kontakt mit Chris' Geist hatte ihn bereits etwas ahnen lassen.

„Was konntest du sehen?"

„Dass Idris der Einzige ist, der sich ihm widersetzen konnte. Es mussten schon einige dieses Scheusal ertragen. Und er wird nicht aufgeben, Idris spüren zu lassen, wie wütend er über die erfolgreiche Abfuhr ist."

Nachdenklich betrachtete Alec den Menschen und spürte, wie sein Zorn das Adrenalin in seinen Adern zum Kochen brachte.

„Kannst du ihn dazu bringen, das Haus zu verlassen?", fragte er mit vor Wut heiserer Stimme.

„Natürlich. Was möchtest du da mit ihm?"

Alec grinste mit deutlich ausgefahrenen Reißzähnen.

„Lust auf eine Jagd?"

Nadim erwiderte das Grinsen und zeigte seine spitzen Eckzähne. Die Idee war großartig.

Problemlos lenkte er Chris durch das Haus hinaus in den Vorgarten. Dort löste er seine Kontrolle, wartete gelangweilt, bis sich der Junge wieder in seiner Umgebung zurechtfand.

„Was ...?" Misstrauisch zog er die Augenbrauen zusammen und sah sich um. Er schwang deutlich zwischen Irritation, Angst und Wut.

„Habt ihr sie noch alle? Was soll das? Wie bin ich ...?"

„Klappe!" Alec hatte genug von diesem Geschwafel. „Du hast dir den Falschen für deine Spielchen ausgesucht. Warum konntest du nicht einmal dein Hirn dafür benutzten, dir die möglichen Folgen deines Handels auszudenken?"

„Ich hab keine Ahnung, wovon du überhaupt redest. Verschwinde endlich von meinem Haus!" Jegliche Sympathie oder Bewunderung, die er je für Alec empfunden hatte, wurde nun von seiner ansteigenden Wut völlig unterdrückt. Niemand hatte es bisher gewagt, ihm irgendwelche Vorschriften zu machen oder mit ihm umzuspringen, wie mit einem dressierten Affen. Wie war er eigentlich in den Vorgarten gekommen?

Alecs rechte Hand schoss vor, seine Krallen gruben sich in Chris' Hals. „Klappe hab ich gesagt", knurrte er, ließ seine Augen aufleuchten. „Idris war für dich Tabu! Warum ausgerechnet er? So dumm kannst nicht einmal du sein. Tja, das ist dein letzter Fehler." Er ließ Chris wieder los, der wimmernd zurücktaumelte und sich an den Hals fasste, gleich darauf entsetzt auf das Blut an seinen Fingern starrte.

Als er Alec und Nadim wieder ansah, konnten sie in seinen Augen die Panik sehen, die sie beide bereits kannten. Sie sahen sie immer dann, wenn ihr Gegenüber endlich mitbekam, dass er keine gewöhnlichen Menschen vor sich hatte.

„Was seid ihr?", krächzte Chris, stolperte noch zwei Schritte weg von ihnen. Sein Ärger über ihr Auftauchen war zerplatzt wie eine Seifenblase. Nun schlug nackte Angst über ihm zusammen.

Auf diese Frage hatte Nadim nur gewartet. Mit einem vergnügten Lachen übergab er seinem Vampir die Führung, der auch augenblicklich all seine Merkmale zur Schau stellte.

Chris' Augen weiteten sich, als er die Eckzähne wachsen sah, wie sie sich langsam über Nadims Unterlippe schoben und im Licht des Mondes unnatürlich weiß schimmerten.

Seine Augen quollen dann fast aus den Höhlen, als sich Alec direkt vor ihm wandelte und sein braunes Fell kräftig ausschüttelte. Die riesigen Pfoten drückten sich tief ins Gras, fast freundlich wedelte er lässig mit seiner langen, buschigen Rute.

Kurz wurde dem Jungen sogar schwarz vor Augen, seine Knie gaben fast unter ihm nach.

Nadim beobachtete ihn mit verächtlichem Schnauben.

Das sah beinahe alles nach einer recht kurzen Jagd aus.

„Lauf!", flüsterte er abfällig.

Und Chris lief.

Er rannte so schnell, wie nie zuvor in seinem Leben.

Ungelenk sprang er über den Gartenzaun, stolperte, heftig mit seinen Armen nach Gleichgewicht rudernd, auf die Straße und folgte dieser in die Innenstadt.

„Verdammt!", murrte Nadim. „Falsche Richtung."

Alec hechtete an ihm vorbei, setzte über den Zaun und nahm die Verfolgung auf. Er liebte das Jagen. Auch wenn er es bisher bloß zum Spaß getan hatte, niemals zuvor eines der auserkorenen Beutetiere getötet hatte.

Sehr schnell hatte er den fliehenden Jungen eingeholt, ließ ein tiefes Knurren hören, was Chris dazu antrieb, noch schneller zu rennen.

Alec roch seine Angst, hörte seinen rasenden Herzschlag in seinen Ohren donnern.

Dicht über seinem Kopf schoss die kleine, schwarze Fledermaus vorbei, zog mit dem Jungen gleichauf und kreischte ihm mit schrillen Tönen ins Ohr.

Nadims Plan funktionierte. Chris wich seinen ohrenbetäubenden Lauten aus und bog in eine Seitenstraße, weg vom Stadtzentrum.

Die nächsten Minuten spielten die beiden Schattenwesen mit ihrem Opfer, dirigierten ihn geschickt aus der Stadt hinaus auf das Waldgebiet zu.

Chris war schweißgebadet, keuchte, seine Beine brannten, heftiges Seitenstechen behinderte seine Atmung, schwarze Flecken tanzten vor seinen Augen.

In seiner Panik hatte er noch nicht mitbekommen, dass sie diese Verfolgung längst gewonnen hatten, ihn nur noch zu ihrem Vergnügen weiterlaufen ließen.

Hoffnung keimte in ihm auf, als er die ersten Bäume an dem Feldrand ausmachen konnte. In dem Wäldchen würde er in Sicherheit sein. Ganz bestimmt.

Er stolperte und taumelte weiter, klammerte sich an diese minimale Hoffnung wie ein Ertrinkender an einen Rettungsring.

Weder der Werwolf noch der Vampir hinderten ihn daran, zwischen den Bäumen zu verschwinden. Problemlos konnten sie Chris in der Dunkelheit ausmachen, wobei es egal war, welchen ihrer Sinne sie dafür benutzten.

Chris brach zusammen, zog sich mühsam am nächsten Baumstamm wieder hoch, wankte weiter. Nur drei Schritte, dann knickte er wieder ein, konnte seine Arme nicht mehr dazu bewegen, sich abzufangen und schlug hart auf dem moosbedeckten Boden auf.

Jegliche Kraft schien ihn verlassen zu haben, jetzt wo er den Wald erreicht hatte.

Leises Rascheln über ihm ließ ihn aufschluchzen.

Nadim wandelte sich zurück und kniete sich neben den zitternden Jungen.

„Verloren."

Chris drehte seinen Kopf, schielte zu ihm hoch.

„Glaub mir, du bist selbst schuld daran, dass du jetzt hier so herumliegst. Ich kann die zerstörten Seelen in deinen Augen sehen. Vier Jungs, richtig? Idris sollte der Fünfte werden."

Zum ersten Mal spürte Chris so etwas wie Reue und wusste, wie seine Opfer sich gefühlt haben mussten, als ihnen klar gewesen war, dass sie sich nicht mehr gegen ihn behaupten konnten, er ihnen überlegen war.

„Ich hab sie nicht getötet", versuchte er verzweifelt um sein Leben zu kämpfen.

„Nein? Was glaubst du, was eine Vergewaltigung ist? Möchtest du es wissen? Vielleicht erfülle ich dir ja diesen Wunsch."

Sofort schüttelte Chris heftig den Kopf, fühlte Schweiß und Tränen in seinen Augen brennen.

„Tja. Dann bleibt mir nur zu sagen, dass ich dir eine schöne Reise wünsche. Dein Platz in der Hölle dürfte bereits freigeräumt worden sein."

Noch einmal versuchte Chris aufzuspringen, spürte aber augenblicklich, wie sich große schwere Pfoten auf seinen Rücken stellten.

Gleich darauf schoss ein scharfer Schmerz von seinem Hals aus direkt in sein Gehirn, der jeglichen Widerstand schlagartig brach.

Wie durch einen dichten Nebel nahm er wahr, wie der Fremde, den er heute Mittag zum ersten Mal in Idris' Nähe gesehen hatte, sein Blut trank, ihm somit den letzten Rest an Kraft aussaugte.

‚Vampir', dachte Chris. ‚Ich sollte die anderen warnen'.

Unter halb geschlossenen Lidern sah er vor sich alles schwanken, als sein bereits erschlaffender Körper auf den Rücken gedreht wurde. Heißer Atem streifte sein Gesicht. Wieso arbeitete sein Hirn eigentlich noch? Chris blickte direkt in die hellen blauen Augen seines Idols, dann fühlte er, wie sich die Zähne des Wolfes in seinen Hals gruben und ihm die Kehle herausriss.

Sein Blick brach, sein Herz schlug ein letztes Mal.

Langsam verengten sich Nadims Augen, als Alec sich in seine menschliche Gestalt zurückwandelte. Das dunkle Blut auf seinem Gesicht, seinem Hals und seiner Brust erregte ihn. Noch immer peitschte Adrenalin durch seine Adern, noch immer tobte der Vampir in ihm, wollte seine Wildheit ausleben.

Ihr Opfer war für sein Empfinden zu schnell gestorben.

Leise fauchend sprang er Alec an, stieß ihn rücklings zu Boden.

„Du bist heiß, wenn du deine ganze Kraft zeigst, Werwolf."

Alecs Blick war wachsam auf die ausgefahrenen Zähne des Vampirs gerichtet.

„Und du scheinst toll zu werden, wenn du Blut trinkst."

Nadim lachte vergnügt. „Manchmal." Er strich mit den Fingerspitzen seiner rechten Hand über Alecs blutige Wangen, leckte sie dann genüsslich schnurrend ab.

„Bisher hatte ich nicht allzu oft Gelegenheit, diesem Trieb nachzugeben. Cahil ist in der Hinsicht nicht sehr kooperativ und Rain weiß wirklich, wie sie sich zu verstecken hat, wenn ich jagen war."

Unverhofft packte Alec ihn am Nacken und zog ihn zu sich hinunter.

„Cahil gehört mir. Wage es nie, ihm zu nahe kommen zu wollen", flüsterte er, bevor er seine Lippen fest auf Nadims Mund presste.

Ihre sexuellen Triebe waren denen der Jagd sehr ähnlich, lösten die gleichen Hormone aus, brachten in gleicher Weise ihr Blut zum Kochen.

Mehrmals wälzten sie sich, leicht miteinander kämpfend, auf dem Waldboden. Sie knurrten, fauchten, bissen sich.

Doch diesmal war ihr Kampf nicht so heftig wie der Erste.

Der Werwolf hatte seine Niederlage akzeptiert, gab wesentlich schneller nach, als erwartet.

Nadim schlug seine Zähne tief in Alecs linke Schulter, während er sich schnell und heftig in ihm versenkte.

Alec bog seinen Rücken durch, schrie laut auf, wegen der beiden Schmerzquellen. Trotzdem konnte Nadim spüren, wie er weich wurde, ihn bereitwillig in sich aufnahm.

Beide überließen sie ihren inneren Wesen die Führung, was nicht ohne weitere Bisse und Kratzer abging.

Sie spielten ihre enormen Kräfte aus, die für jeden Menschen, egal in welcher Position er sich befunden hätte, tödlich gewesen wären.

Der Vampir musste feststellen, dass der Werwolf ihm nicht einmal jetzt komplett die dominante Führung überließ, sondern sogar in seiner passiven Rolle gefährlich und wild war.

Ihre Höhepunkte brachen wie ein Orkan über sie herein, raubte ihnen für einige Sekunden tatsächlich den Atem.

Nadim zog sich aus Alec zurück, ließ sich neben ihn auf den Rücken fallen.

„Großartig", stellte er ziemlich frustriert fest. „Wenn das Jagen mit dir jedes Mal so endet, kann ich mir deinen besten Freund vermutlich abschminken."

Alec richtete sich auf, stützte den Oberkörper auf seinen Ellbogen ab. „Du bist wirklich an ihm interessiert, mh?"

„Ja. Es überrascht mich zwar selbst, aber er scheint anders zu sein, als der Rest seiner Rasse."

Glucksend wischte sich der Braunhaarige einige zerzauste Strähnen aus dem Gesicht. „Ich rede mit ihm. Zumindest werde ich ihm erklären, dass das hier nichts damit zu tun hat, was du scheinbar für ihn fühlst."

„Danke." Nadim war überrascht. Mit Hilfe von Alec hatte er am wenigsten gerechnet, eher mit dem meisten Widerstand.

Dieser schien seine Gedanken zu erraten. „Ich möchte, dass Idris glücklich wird und jemanden findet, der ihn beschützen kann. Ob du's glaubst oder nicht, aber ich kann es fühlen, welche Absichten du bei ihm hast. Einer der Gründe, warum ich diese Anmache von Jonas eigentlich nicht wollte. Ich hätte es ihm doch ausreden sollen, egal, zu spät. Wenn du ihm schaden wolltest, wäre ich der Erste, der es wüsste. Und Schutz? Den kannst du ihm wohl bestens bieten."

„Ganz ehrlich, ich werde dich nicht enttäuschen. Fehlt nur noch Idris selbst. Er muss schließlich auch noch einverstanden sein und Interesse sollte er auch haben."

Alec stand lachend auf. „Interesse? Man, du bist gut. Er hätte dir nicht die Erlaubnis gegeben um ihn zu werben, wenn er nichts für dich empfinden würde. Vielleicht ist es nur Schwärmerei oder Neugier. Es kann aber jederzeit mehr draus werden. Es liegt nur an dieser verdammten Party, dass er plötzlich wieder so scheu ist."

Sein Blick fiel auf Chris' Leiche.

„Wir sollten ihn wegschaffen. Ich kann auf das Chaos verzichten, was hier herrschen wird, sollten sie ihn finden."

Nadim erhob sich nun ebenfalls.

„Du hast recht. Vergraben wäre eine Möglichkeit."

Grummelnd warf Alec ihm einen schiefen Seitenblick zu. „Klar. Dann hab ich die meiste Arbeit."

Zuerst wusste Nadim gar nicht, was er meinte, dann musste er lachen. „Tut mir leid, so hab ich das gar nicht gemeint. Aber es stimmt schon. Du bist doch wesentlich schneller dabei, ein passendes Loch zu buddeln."

„Schon gut. Ich mach's ja. Hauptsache er verschwindet."

Kapitel 8

Energisch klopfte es an der Haustür.

Es war dunkel draußen und die Uhr zeigte eine Zeit, die für Jenna absolut inakzeptabel war, was das Heimkehren ihres Sohnes betraf.

Sie warf das Buch, in dem sie wahllos geblättert hatte, um überhaupt etwas zu tun, statt nur Löcher in die Luft zu starren, auf den kleinen Beistelltisch neben ihrem Ohrensessel, wo es über die polierte Platte rutschte und auf den Boden fiel.

Sie schritt mit raumgreifendem Gang durch den Flur.

„Wenn du glaubst, du kannst dir alles erlauben, liegst du falsch", rief sie gegen die geschlossene Eingangstür. „Es ist mir gleich, wie stark du bist und wie wenig ich mich gegen dich behaupten könnte, aber ich bin immer noch deine Mutter. Noch bist du nicht volljährig!" Sie riss die Tür beinahe aus den Angeln, als sie diese öffnete.

Blinzelnd legte sie den Kopf in den Nacken und starrte ihr Gegenüber dann geschockt an.

„Taron."

Für den Bruchteil einer Sekunde kam ihr der Gedanke, ihm die Tür vor der Nase zuzuschlagen.

Doch sogleich verwarf sie diese Möglichkeit wieder. Erstens mochte sie ihre Haustür ganz gerne und zweitens würde sie ihren Gast so bedauerlicherweise nicht loswerden. Im Gegenteil, es würde ihn nur noch mehr reizen und wütend war er, das sagte seine gesamte Körperhaltung.

„Was für eine Überraschung. Was führt dich in dieses verschlafene Nest?"

„Dein Sohn, Weib." Der groß gewachsene, kräftige Mann mit den braunen, kurz geschorenen Haaren drängte Jenna unsanft zur Seite und betrat ihr Haus.

Missmutig drückte sie die Tür ins Schloss und lehnte sich mit vor der Brust verschränkten Armen dagegen.

Ihre Botschaft war sogar ihrem Besucher klar.

Seufzend blieb er im Flur stehen. „Darf ich dich daran erinnern, dass du einige Versprechen gemacht hast, um deinen Jungen hier alleine großzuziehen?"

„Ich weiß."

„Und? Wieso muss ich dann über fünf Ecken erfahren, dass sich stinkende Blutsauger hier breitmachen?"

Jenna schüttelte den Kopf. „Ich weiß nichts davon, dass Vampire in der Stadt sind. Was hat das mit ..."

„Lass mich aussprechen!", fiel er ihr mit schneidender Stimme ins Wort. „Dein verwahrloster Welpe hat Kontakt zu ihnen! Er vögelt sich scheinbar munter durch ihre Reihen! Er hat Regeln zu befolgen, Jenna! Regeln, die für alle von uns gelten. Wenn du nicht fähig bist, ihm diese beizubringen, müssen andere das übernehmen. Wo ist er?"

Jenna kämpfte verbissen um einen bleibenden gleichgültigen Gesichtsausdruck. Auf keinen Fall wollte sie Taron zeigen, wie sehr sie diese Information schockierte. Seine letzten Worte jedoch machten sie nur noch wütend.

„Auf einmal wollt ihr euch um ihn kümmern? Ich habe euch bereits vor zwei Jahren mitgeteilt, dass er sehr stark werden wird, dass ich ihn nicht mehr lange kontrollieren kann. Es war euch egal. Nein, besser, ihr habt mir nicht geglaubt. Tut mir leid, aber ich hatte recht. Ich habe schon lange keine direkte Kontrolle mehr über Alec. Wir haben uns arrangiert, da ich doch ziemlich an meinem Leben hänge. Du willst ihn zur Ordnung rufen? Nur zu! Versuch es. Aber beschwere dich hinterher nicht, wenn du plötzlich als Verlierer dastehst."

Tarons Blick zeigte tiefe Verachtung, während er die zierliche Frau von oben bis unten musterte. „Glaubst du allen Ernstes, dass ich dir diesen Unsinn abkaufe? Du hast damals auch Regeln gebrochen, dein Sohn führt nur die Tradition weiter."

„Eine Regel", murrte sie, leicht errötend.

„Die sehr wichtig ist, um unserer Art nicht mit Schwächlingen zu schaden. Aber du musstest dich ja von einem Nichts von Abkömmling schwängern lassen. Niemals wäre euch diese Zeugung erlaubt worden, da ihr viel zu weit unten in der Hierarchie standet und noch immer steht. Und nun willst du wirklich, dass ich in dem Kind eurer falschen Verbindung einen Gegner sehe? Ich zerreiße ihn in der Luft, noch bevor er Zeit hat, sich zu wandeln. Ich bin eigentlich nur hier, um dir mitzuteilen, dass der Rat längst beschlossen hat, dass dein Sohn jedes Recht auf Weiterleben verwirkt hat. Es dürfte ihn eigentlich nicht geben und jetzt wagt er es auch noch, sich mit diesem Abschaum abzugeben. Schlimmer geht es nicht!"

„Ihr könnt ihn nicht einfach töten! Lukos würde das niemals erlauben."

„Natürlich können wir! Er ist eine Gefahr für unsere Rasse. Das musste auch unser Alpha einsehen, auch wenn es harte Arbeit war, ihn zu überzeugen. Er hat sich der Meinung der Mehrheit gebeugt und zugestimmt."

Jeglicher Ärger darüber, dass Alec seit Tagen nicht zu Hause aufgetaucht war, verflog bei Tarons Worten. Genauso verblasste der Schock über seine scheinbare Verbindung zu Vampiren. Sie fühlte nur noch brennende Wut auf ihre Verwandten und hatte wieder deutlich vor Augen, warum sie vor Jahren hierher geflüchtet war.

Ein boshaftes Lächeln schlich sich auf ihre Lippen. „Schön! Ich beuge mich eurem Willen."

Wenn Taron Alec unterschätzen wollte, bitte schön. Sie wusste es besser und sie vertraute auf die Stärke ihres Sohnes. „Aber du wirst das mit Alec selbst regeln. Ich tue nichts! Wenn du ihn tot sehen willst, töte ihn. Nur eins will ich. Sollte er dich besiegen, ist die Sache erledigt und jeder andere des Rudels lässt ihn in Ruhe. Dann müsst ihr noch einmal beraten, wie ihr vorgehen werdet."

Spöttisch nickte Taron. „Wenn er mich tatsächlich besiegen sollte, hat er ein Recht auf eine erneute Prüfung seiner Vergehen. Ich bin Lukos' Stellvertreter. Er ist der Einzige, der mich je besiegt hat. Wenn dein Sohn dies schafft, dann steht er mit einem Sprung weit oben und darf nicht mehr einfach so getötet werden."

„Dann wünsche ich dir viel Spaß. Zuerst bei der Suche nach ihm und dann bei eurer freundlichen Unterhaltung." Jennas Spott ließ Taron das Gesicht verziehen, als hätte er in eine Zitrone gebissen. Ihre Selbstsicherheit nervte ihn. Dieser halbstarke Welpe war keinerlei Gefahr für ihn. Dennoch schien es sie nicht im Geringsten zu stören, dass ihr Sohn bald sterben sollte.

„Wo ist er?"

„Keine Ahnung. Wie gesagt: viel Spaß bei der Suche."

Taron knurrte ungehalten und rauschte auf die Haustür zu.

Jenna trat gerade noch rechtzeitig zur Seite, bevor er die Tür aufriss und hinaus stürmte.

Gern hätte sie Alec gewarnt, doch da sie nicht wusste, wo er sich aufhielt, musste sie wohl oder übel abwarten.

Plötzlich fiel ihr Idris ein. Natürlich! Der beste Freund ihres Sohnes musste doch wissen, wo er war.

Alec stoppte sein Rad vor dem Garagentor von Idris' Elternhaus, wartete, bis der Blonde neben ihm hielt und abstieg.

Lediglich eine einsame Straßenlaterne und das Deckenlicht hinter dem Wohnzimmerfenster spendete ein wenig Licht in der beinahe mondlosen Nacht.

„Ich muss unbedingt Cahil bequatschen, dass er mir mal seine Maschine leiht."

„Aber ohne mich. Ich setze mich mit Sicherheit nicht auf ein Motorrad. Jetzt noch weniger als früher schon. Wenn euch was passiert, seid ihr wieder genesen, noch bevor ihr ganz aufgestanden seid. Ich habe mir dann mit Sicherheit das Genick gebrochen." Alecs nachdenklicher Blick irritierte ihn. „Was ist?"

Entschlossen trat der Braunhaarige zu ihm und zog ihn in eine kurze, feste Umarmung. „Du kannst dir gar nicht vorstellen, wie froh ich bin, dass wir wieder miteinander reden und wie gut du das alles aufgenommen hast."

Idris lachte leise auf, erwiderte die Umarmung. „Du bist mir viel zu wichtig, um einfach alles aufzugeben. Außerdem gefällt mir der Gedanke, so mächtige Freunde zu haben, immer besser." Er spürte, wie sich Alec versteifte und hastig zurücktrat.

„Was?" Idris kniff seine Augen zusammen. „Du und Nadim wart lange weg, richtig? Ich bin nicht blöd. Als ihr beide zurückkamt, strahlt ihr eine Wildheit aus, die gleichzeitig atemberaubend und erschreckend war. Was habt ihr gemacht?"

„Du musst wissen, dass für uns einige andere Regeln herrschen. Für uns steht die Familie an erster Stelle. Diese muss beschützt und verteidigt werden."

Idris nickte.

„Du bist ein Teil meiner Familie und vor allem Nadim ist gerade dabei, dich auch in seine Familie aufzunehmen."

Sofort bei der Erwähnung des Rotblonden errötete Idris. Er wusste, dass Nadim ihn gern an seiner Seite hätte, auch wenn er noch immer nicht dahinter gekommen war, warum gerade er.

Alec holte tief Luft. „Wir haben Chris einen Besuch abgestattet."

„Chris? Wieso? Jetzt wird er nur noch mehr auf mir herumhacken. Er hasst mich schon genug. Verdammt Alec! Mir reicht der bisherige Ärger. Noch mehr vertrage ich nicht."

„Brauchst du auch nicht. Chris wird dich nie wieder belästigen oder beleidigen."

Endlose Sekunden starrte Idris ihn an. Es dauerte bis sein Hirn tatsächlich den Gedanken zuließ, der darauf lauerte, gedacht zu werden. Eisige Kälte kroch seinen Rücken hinauf.

„Ihr habt ihn umgebracht?", flüsterte er aus Angst zu schreien, wenn er es laut aussprach.

„Ja." Alec wirkte desinteressiert, völlig emotionslos, als ginge es hier nicht um ein Menschenleben, sondern lediglich um ein kaputtes Spielzeug. „Glaub mir. Es ist besser so. Das, was du von Chris weißt, ist nicht einmal ein Bruchteil von dem, was der tatsächlich alles auf dem Kerbholz hatte."

„Ich … Aber ihr habt ihn getötet."

„Eigentlich haben wir die Menschheit von einem Scheusal befreit."

Idris kämpfte um seine Fassung. Es war richtig, sie hatten andere Regeln und sie stellten diese ohne Skrupel über die der Menschen.

„Ich muss das in Ruhe verarbeiten, ja?"

„Natürlich."

In diesem Moment wurde das Verandalicht angeschaltet und gleichzeitig die Haustür aufgerissen.

„Idris!"

Erschrocken über den schrillen Klang in der Stimme seiner Mutter duckte er sich leicht. Was war jetzt los? Gut, es war sehr spät oder sehr früh, ganz wie man es sehen wollte, aber weshalb regte sie sich so auf?

„Mom, ich …"

Klatsch.

Die Ohrfeige saß. Idris stolperte sogar zwei Schritte zur Seite, nur von Alecs schnellem Zugreifen daran gehindert, zu Boden zu gehen.

„Wo warst du? Seit wann belügst du uns? Ich dachte du wärst bei Alec zu Hause. Stattdessen rief mich Jenna an."

Vielsagend schoss ihr Blick zu dem Braunhaarigen, der lediglich eine Augenbraue hob und bereits ahnte, dass ein nicht freundliches Gespräch mit seiner eigenen Mutter fällig war.

„Glaubst du, du darfst dir alles erlauben, nur weil wir dir einige Freiheiten mehr einräumen als andere Eltern? Idris! Ich will eine Antwort."

Seine Mutter schien wirklich in höchster Sorge zu sein. Seitdem sie von dem Vorfall auf der Party wusste, versuchte sie schon wie eine Glucke um ihren Sohn herumzuschleichen und ihn übermäßig zu beschützen. Nun schien diese Angst durch sein weit verspätetes Heimkommen noch einmal zusätzlich angestiegen zu sein.

„Du lässt mich ja nicht zu Wort kommen", murrte er, hielt sich noch immer die brennende Wange.

„Jetzt werd nicht frech! Du hast Regeln zu befolgen. So viele sind das nicht, dass man diese vergessen könnte."

Im Haus gegenüber wurde Licht angeschaltet. Irgendwo weiter die Straße entlang klappte eine Tür.

Toll, jetzt bot sie den Nachbarn auch noch gratis eine Unterhaltungsshow.

„Bitte. Vielleicht können …"

„Du hältst dich da raus Alec! Deine Mutter war genauso begeistert wie ich, als sie merken musste, dass du sie belogen hast." Sie packte Idris grob am Arm. „Du kommst rein, junger Mann. Wir haben eine Menge zu besprechen."

Idris taumelte hinter ihr her. Doch nach der ersten Überraschungssekunde über ihren ungewöhnlichen Zorn riss er sich los.

„Nein! Ich gehe nicht mit rein. Wenn du reden willst, solltest du dich erst einmal beruhigen."

Wer wusste denn, auf was für Ideen seine Mutter kommen würde. Am Ende verbot sie ihm den Umgang mit Alec wegen des angeblich schlechten Einflusses. Wütend genug hatte sie ihn ja angesehen. Das hieße dann aber auch kein Wiedersehen mit Nadim.

Und dieser Gedanke gefiel ihm seltsamerweise noch weniger als die Kontaktsperre mit Alec. Außerdem war es für ihr plötzliches Überbeschützen schlichtweg zu spät. Schlechte Erfahrung hatte Idris bereits sammeln müssen und wer außer den drei Schattenwesen könnte ihn wohl besser vor Gefahren, egal welcher Art, schützen?

„Lass uns verschwinden Alec." Er eilte zu seinem Rad zurück.

Fassungslos stand seine Mutter im Vorgarten. Nie zuvor hatte Idris sich gegen sie oder ihre Entscheidungen aufgelehnt.

Viel zu überrascht von diesem Sinneswandel konnte sie den beiden Jungs nur sprachlos nachsehen.

„Rain!"

Murrend blickte sie von ihrem Buch auf. Sie hatte fast erfolgreich das Klopfen an der Haustür ausgeblendet und sich ganz auf den spannenden Roman konzentriert.

Leider schien das auf Cahil nicht zuzutreffen, der sich, nur in verwaschenen Jeans gekleidet, vor dem Kamin auf dem flauschigen Bärenfell rekelte und die wohlige Wärme des Feuers genoss.

„Geh doch selbst."

„Wofür hält Nadim dich eigentlich?"

„Halten? Bin ich ein Haustier?" Augenblicklich war ihr Adrenalinspiegel in den roten Bereich geschossen und ihre Stimme wurde schrill und laut.

Sie wusste, dass Cahil das hasste und das es ihn sehr reizbar machen konnte, dennoch würde sie sich nicht von ihm beleidigen lassen. „Ich erwarte keinen Besuch. Wenn du deinen Jungbock vor der Tür glaubst, öffne sie allein."

Wieder klopfte es, lauter diesmal.

Cahils Augen begannen zu brennen, seine Fänge waren ausgefahren. Bei diesem Anblick wurde Rain klar, dass sie die Grenze überschritten hatte.

Cahil war nicht wie Nadim.

Obwohl der Ältere der Brüder reizbarer und launischer war, beruhigte er sich auch schneller wieder und hatte für kleine Kabbeleien immer was übrig.

Der Schwarzhaarige dagegen war für ihre Sticheleien und Scherze nicht zu gewinnen.

Nadims Schritte im Flur ließen sie hoffen, dass er hier reinkommen würde. Wenn sie sich jetzt bewegte, war sie so gut wie tot.

„Ehrlich. Statt euch wieder zu streiten, könnte einer mal die Tür öffnen", rief er, öffnete die Haustür.

Rain hörte Alecs Stimme von der Veranda, ohne zu verstehen, was dieser zu Nadim sagte.

Sie sollten nicht so lange quatschen!

Sie brauchte hier Hilfe.

Ihr leises Wimmern erstarb als Cahils Blick an Intensität zunahm und ihren Schutzpanzer durchdrang, der sich durch Nadims Bisse mit der Zeit gegen die Fähigkeiten der Vampire aufgebaut hatte.

Benommen rutschte sie von ihrem Sessel auf den Boden, krabbelte auf Cahil zu, kniete sich vor ihn und neigte den Kopf zur Seite, um ihm ihren Hals darzubieten.

Sie spürte seine Finger auf ihrer Haut, seinen Atem an ihrem Ohr.

Obwohl er ihren Willen kontrollierte, konnte er ihre Angst nicht bezwingen. Sie zitterte wie Espenlaub.

Cahil war für sie unberechenbar, sie konnte ihn auch nach den vergangenen drei Jahren Zusammenlebens nicht einschätzen. Vielleicht tötete er sie einfach, statt ihr lediglich ihre niedrige Stellung innerhalb ihrer kleinen Gruppe zu demonstrieren.

Wieso sollte er sie leben lassen? Sie bedeutete ihm nichts.

Und Nadim würde ihn nicht einmal daran hindern, jetzt wo er sich scheinbar für diesen Schwächling interessierte, bei dem Rain nicht sagen konnte, ob sie ihn nun mögen oder hassen sollte.

Scharfe Zähne gruben sich in ihren Hals und eine einsame Träne lief über ihre Wange.

Nadim wollte das Wohnzimmer betreten, doch er wich sofort zurück, packte Idris am Arm und schob ihn von der Tür weg.

„Was soll das?" Er war nicht für irgendwelche Späße zu haben, nicht jetzt, wo er noch damit kämpfte, den Streit mit seiner Mutter zu verarbeiten. Seine Wange schmerzte auch noch.

„Ich glaube nicht, dass du schon so weit bist, dabei zuzusehen, wenn wir unseren Hunger stillen."

Verwirrung in seinen Augen wurde nach und nach von Erkenntnis abgelöst. „Oh."

Alec dagegen trat ins Wohnzimmer, ließ Cahil nicht aus den Augen. Er konnte Rains abwesenden Blick sehen, wusste, dass sie kaum etwas von ihrer Umgebung mitbekam.

Sein Werwolf checkte ihre Vitalfunktionen. Als sich ihr Herzschlag erhöhte und ihr Atem schwerer wurde, knurrte er leise.

Wie gewünscht, reagierte Cahil darauf. Er zog sich von Rain zurück, ließ sie achtlos, halb bewusstlos zu Boden fallen.

Anfangs fixierten seine hellgelben Augen Alec feindlich, bereit ihn wegen der Störung anzugreifen, doch gleich darauf erkannte er ihn.

Recht schnell zog sich der Vampir beruhigt in Cahils Inneres zurück.

„Hey. Wieso bist du schon wieder zurück?", fragte er lässig, wischte sich mit einer Handbewegung das Blut von den Lippen.

„Es gab Ärger." Alec kniete sich neben das Mädchen und fühlte ihren unruhigen Puls. „Nadim."

Wenig später war der Rotblonde bei ihm, untersuchte Rain.

Idris behielt einen großen Abstand zu den drei Schattenwesen, sah unsicher von einem zum anderen.

Wieder einmal wurde ihm bewusst, wie gefährlich sie waren und zugleich wie unwirklich und fremd.

Hätte man ihm vor einem halben Jahr gesagt, dass sich sein Leben auf diese Weise verändern würde, hätte er ihn in die nächste Irrenanstalt einweisen lassen.

Nadim hob Rain hoch und bettete sie aufs Sofa. Langsam löste sich die Starre, die Cahils Geisteskontrolle mit sich brachte und sie schluchzte auf.

„Wolltest du sie umbringen?" Nadim war wirklich sauer.

„Eigentlich nicht. Aber ich war die letzten Tage ein wenig faul, was die Jagd angeht. Der Geschmack ihres Blutes war daher überwältigend."

Dagegen konnte Nadim nichts mehr sagen. Er kannte einen solchen Blutrausch selbst sehr gut und musste Alec dankbar sein, dass seine Anwesenheit Rain vor Schlimmerem bewahrt hatte.

„Vielleicht solltest du jagen gehen. Jetzt gleich."

Cahil nickte nachdenklich. Es war wahrscheinlich tatsächlich das Beste. Er küsste Alec auf den Mund und verließ das Haus ohne Zögern. Rains Blut in seinen Adern hatte ihn aufgeputscht und seinen Hunger geweckt. Da er aus alter Gewohnheit oft lange Fastenzeiten einlegte, brauchte es einiges um diesen Hunger zu stillen, wenn er dann spürbar war.

Idris näherte sich langsam. „Braucht ihr vielleicht Hilfe? Kann ich etwas tun?" Es erschreckte ihn, wie blass Rain war und wie heftig sie zitterte.

Nadim sah dankbar zu ihm hoch. „Ich glaube Rain hat ein wenig eingekauft. Vielleicht findest du in der Küche was Brauchbares. Milch oder Tee, etwas zur Beruhigung halt."

Idris nickte und machte sich auf die Suche nach der Küche. Er fand sie hinter der Treppe zum ersten Stock. Und er fand auch einige Lebensmittel.

Nach knappen zehn Minuten kam er mit einem Tablett ins Wohnzimmer zurück, wo Rain mittlerweile in zwei Wolldecken gehüllt und mit einem Kissen im Rücken auf dem Sofa saß.

Sie war noch immer blass und wirkte sehr müde. Die Bisswunde am Hals jedoch war verschwunden.

Idris stellte das Tablett auf den Tisch und reichte ihr einen Becher mit Tee. Den Teller mit einigen belegten Brothäppchen stellte er neben sie auf die Polster.

„Danke", flüsterte sie.

„Kein Problem."

Nadim musterte ihn durchdringend. „Was ist das in deinem Gesicht? Bist du geschlagen worden?"

„Meine Mutter ist ausgerastet, weil sie dahinter gekommen ist, dass ich sie belogen habe. Sie will nun bestimmt nicht mehr, dass ich mich mit Alec treffe. Schlechter Einfluss und solch ein Quatsch. Deshalb sind wir zurückgekommen. Ich werde sicher nicht meinen besten Freund aufgeben. Nicht noch mal! Außerdem hieße das, dich auch nicht mehr zu sehen."

Den letzten Satz sagte Idris so leise, dass er kaum zu verstehen war.

Nadim jedoch hatte ihn sehr gut verstanden. Sein Lächeln ließ Idris' Herz wieder einmal aus dem Takt stolpern.

Der Vampir trat dichter zu ihm, umfasste sanft sein Kinn und begutachtete die geschwollene Wange.

„Tut es sehr weh?"

„Es ist unangenehm, ja."

Nadims Fangzähne wuchsen ein Stück, damit biss er sich dann die gerade verheilte Wunde am Handgelenk auf und hielt Idris dieses entgegen.

Erschrocken sah er auf das hervorquellende Blut.

„Es reicht ein Tropfen. Du musst nichts trinken. Danach wird die Verletzung sofort verschwinden."

Nervös blickte er zu Alec, der aufmunternd nickte. „Glaubst du, ich würde zulassen, dass dir was passiert? Wenn's gefährlich wäre, würde ich nicht mehr so ruhig hier sitzen."

Zögernd berührte er Nadims Hand, fühlte trotz seiner kühlen Haut Wärme in sich aufsteigen. Er beugte sich näher, schloss die Augen und leckte über die Wunde.

Nadim beobachtete ihn mit leuchtenden Augen. Diese Berührung erregte ihn beinahe so wie ein Kuss, vielleicht sogar mehr.

Idris schmeckte den metallenen Blutgeschmack, spürte aber auch ein eigenartiges Kribbeln auf seiner Zunge.

Noch bevor seine Geschmacksnerven die Informationen verarbeitet hatten, spürte er, wie der Schmerz an seiner Wange verschwand.

Überrascht öffnete er die Augen und sah direkt in die Dunkelroten von Nadim.

„Ich hab's gesagt." Zärtlich streichelte er Idris Wange, beugte sich zu ihm und hauchte ihm einen Kuss auf die leicht geöffneten Lippen.

Obwohl der Blonde kaum mehr fühlte als die Ahnung einer Berührung, flatterte sein Magen und raste sein Herz. Hitze in seinem Inneren ließ ihn erneut erröten. Er versank in Nadims Augen, ließ sich von den fremden aber unglaublich schönen Gefühlen treiben. Er ließ sogar zu, dass Nadim ihn neben sich auf die Sessellehne zog und ihn umarmte.

Alec grinste breit, als er Idris' verträumten Gesichtsausdruck sah. Sein Freund hatte es verdient, vor allem nach Jonas schäbigen Verhalten.

Kapitel 9

Unruhig schritt die Vampirin durch den Saal.

Gerade stritten ihre Clanmitglieder wieder über übliche, lächerliche Kleinigkeiten.

Jedoch waren diese Auseinandersetzungen heftig genug, um sie daran zu hindern, einen der Kontrahenten zu unterbrechen. Das konnte nämlich recht schnell dazu führen, dass sie selbst zwischen die Fronten geriet und den Ärger von allen Seiten abbekam. Vorerst den Mund zu halten, schien daher die einfachste Lösung zu sein.

Es war schließlich Janko, der mit der Faust auf den Tisch schlug.

„Ruhe! Ich bin nicht wegen dieser Lappalien hier, die lediglich meine Zeit stehlen. Gegen unser momentanes Problem sind eure Meinungsverschiedenheiten nicht erwähnenswert. Talita!"

Sie war schon bei dem Schlag erschrocken stehen geblieben. Nun, wo sie direkt angesprochen wurde, verschwand das Letzte bisschen Farbe aus ihrem Gesicht und sie zupfte unruhig an ihrem dunkelroten Samtumhang.

Jankos Blick schien trotz der großen Entfernung all ihre Barrieren zu durchbrechen und tief in sie einzutauchen. „Du hast um dieses Treffen gebeten. Es als äußerst wichtig erklärt. Nun? Was hast du in Erfahrung bringen können?"

Mit all ihrer aufzubringenden Kraft hielt sie ihren Clanführer davon ab, vorschnell ihre Entdeckung in ihrem Geist zu erkunden.

„Wie ihr alle wisst, sollte ich Nadim und Cahil beobachten", setzte sie an, wurde jedoch sogleich von einer entnervt aufstöhnenden Adalizia unterbrochen. „Komm zur Sache Schätzchen. In meinem Apartment wartet mein Abendessen."

Talita wich noch ein wenig von den anderen ab. Überbringer schlechter Nachrichten waren meist die Ersten, die zu leiden hatten. Sie wollte sich sicher nicht zwischen einer tobenden Vampirgruppe wiederfinden, auch wenn es die eigene Familie war.

„Sie wissen, dass ein Werwolf in ihrer Nachbarschaft wohnt", tastete sie sich vorsichtig an den Kern ihrer Nachforschungen.

„Sehr gut. Das wird sie hoffentlich vorsichtiger in ihren Aktivitäten machen", brummte Manis, lehnte sich zufrieden zurück.

„Eher nicht. Sie haben Kontakt zu ihm."

„Kontakt?!" Carice sprang so hastig auf, dass ihr Stuhl polternd zu Boden fiel.

Talita straffte ihre Schultern, wappnete sich für den endgültigen Ausbruch.

„Er ist das von dir bezeichnete Betthäschen, was Cahil sich bereits gesucht hat. Obwohl ich wohl eher glaube, dass es sich umgekehrt verhält. So zahm habe ich den Kleinen noch nie erlebt."

Die überraschte Sprachlosigkeit, die im Saal herrschte, nutzte die Schwarzhaarige zur weiteren Berichterstattung ihrer Entdeckungen.

117

„Wie es sich zwischen Nadim und dem Werwolf verhält, weiß ich nicht. Sie sind beide Alphas, keine Ahnung, wie sie sich arrangiert haben. Sie jagen jedoch zusammen und Nadim duldet seine Anwesenheit im Haus."

Der jetzt ausbrechende Tumult ließ jeden weiteren Versuch des Erklärens scheitern.

Es dauerte endlose Minuten, bis Janko wieder ein wenig Ruhe in die Gruppe gebracht hatte. Er sah Talita deutlich an, dass da noch mehr kam.

„Sprich weiter", forderte er sie mit dunkler, vor unterdrückter Wut bebender Stimme auf.

„Der Werwolf hat einen Menschenfreund an seiner Seite und wenn ich Nadims Signale richtig gedeutet habe, scheint er großes Interesse an diesem zu haben."

„Meine Jungs werden sesshaft." Luanas helle Stimme klang richtig verträumt. Sie lächelte vergnügt vor sich hin, schien die fassungslosen Blicke der anderen gar nicht zu bemerken.

„Verlierst du jetzt den letzten Rest deines Verstandes?", blaffte Carice, jegliche Höflichkeit oder Erziehung vergessend. „Einer deiner Söhne lässt sich von einem Werwolf besteigen! Er unterwirft sich einem dreckigen Köter! Und der andere holt sich das schwächlichste Wesen der gesamten Erde an seine Seite. Menschen sind Nahrung, keine Gefährten!"

„Du kannst wirklich nicht sagen, wer von den beiden die Oberhand hat?" Janko überging Carice' Worte einfach. Sein Interesse galt viel mehr der Tatsache, inwieweit dieser Werwolf bereits die beiden Vampire beherrschte. Er wusste schließlich selbst sehr genau, wie mächtig Nadim war. Sonst hätte er ihn nicht loswerden wollen. Konkurrenten gehörten ausgeschaltet. Wenn der Werwolf mittlerweile beide Brüder dominierte, war dies doch fast gleichzusetzen mit ihrem Tod. Sie wären ausgeschaltet.

„Tut mir leid. Ich konnte es nicht eindeutig erkennen. Und während ihrer gemeinsamen Jagd habe ich sie kurzzeitig aus den Augen verloren."

Janko nickte bedauernd. „Hast du eine Vermutung?"

Ein schwaches Nicken war die Antwort, dessen Interpretation dem Obervampir gar nicht gefiel. „Du vermutest, dass Nadim die Alphaposition übernommen hat?"

„Es sah oft danach aus, auch wenn sie genauso oft wie Gleichberechtigte agierten."

Das war nicht gut, überhaupt nicht gut.

Wenn Nadim jetzt auch noch einen Werwolf auf seiner Seite hatte, wurde er für Janko gefährlicher als je zuvor.

Er musste handeln. Um seine Position zu retten, brauchte er eine List.

„Ich werde mir etwas einfallen lassen. Diese Neuigkeiten sind zu schwerwiegend, um sie länger zu ignorieren. Sobald es Ergebnisse gibt, gebe ich euch Bescheid."

Sehr unruhig hatte Idris in dem Zimmer geschlafen, das Rain für ihn noch hergerichtet hatte.

Nadims Vorschlag, bei ihm zu schlafen, hatte er rigoros abgelehnt. Egal, wie sehr er sich zu dem Vampir hingezogen fühlte – und diese Gefühle wurden auch noch immer stärker – er war noch nicht bereit, zu viel Nähe zuzulassen.

Es machte ihn selbst traurig, wie sehr dieser eine Abend sein Innerstes erschüttert hatte. Dennoch kam er gegen seine Angst nicht an, wobei Nadims dunkle Kräfte nicht sehr hilfreich waren.

Wieder hatte die Reaktion des Vampirs ihn überrascht. Er hatte gelächelt, ihn auf die Stirn geküsst und ihm eine gute Nacht gewünscht.

Kein böser Blick, kein wütendes Wort.

Warum konnte er nicht über seinen Schatten springen und es einfach versuchen? Direkt drauf los wie Alec, der hatte mit Sicherheit fantastisch geschlafen, gemütlich in Cahils Armen.

„Ich bin ein Feigling", brummte er, während er die Treppe hinunterging.

„Bist du dir da so sicher?"

Idris verfehlte beinahe die letzte Stufe und kämpfte mühsam um sein Gleichgewicht.

Hilfreich umfasste Nadim seine Schultern und verhinderte einen schmerzhaften Sturz.

„Musst du mich so erschrecken? Und ja, ich bin mir sicher."

„Das ist Quatsch! Deine Instinkte lehnen sich gegen mich auf. Darüber denkst du doch nach, richtig?"

Errötend nickte Idris. Schön, dass er scheinbar für alle ein offenes Buch war.

Nadim dirigierte ihn zum kleinen Esszimmer, das an die Küche grenzte und in dem Rain das Frühstück aufgedeckt hatte. Sie und Alec waren bereits anwesend und eifrig dabei, ihren Appetit zu stillen während Cahil mit halb geschlossenen Augen an Alecs Schulter lehnte.

„Wir sind Jäger. Dein Unterbewusstsein spürt das und warnt dich. Das ist völlig natürlich. Nur so konnten deine Vorfahren überleben. Ohne diese Instinkte gäbe es keine Menschen, schließlich hattet ihr vor Tausenden von Jahren weit mehr Feinde als heute."

„Alec ist auch ein Jäger. Vor ihm hatte ich nie Angst."

„Sicher. Du kennst ihn dein halbes Leben, bevor du erfahren hast, was er ist. Das Wissen spielt auch eine Rolle. Möglicherweise haben deine Instinkte Signale gesandt, aber du warst zu jung, um sie zu deuten und mit der Zeit ist selbst deinem tiefsten Inneren klar geworden, dass Angst bei ihm unnötig ist. Der Vorfall auf der Party hat dich wieder übervorsichtig werden lassen und mein wilder Vampir ist dabei nicht sehr hilfreich. Vertrauen kommt nicht über Nacht. Ich kann warten, wenn ich weiß, dass es sich lohnt."

Nadim griff über den Tisch nach Idris' Hand, drehte sie um und küsste die zarte Haut seines schmalen Gelenks.

„Und bei dir lohnt es sich, weil du in mir Gefühle weckst, die ich seit Jahrzehnten nicht mehr gespürt habe."

Errötend musterte Idris Nadims Hand, die seine Eigene noch immer festhielt. „Ich kann dir gar nichts bieten. Keine großartigen Fähigkeiten, keine übernatürlichen Kräfte. Ich bin ziemlich langweilig, gehe nicht gern aus. Ich kann keine witzigen Unterhaltungen führen und hab manchmal Angst im Dunkeln. Das klingt für mich nicht nach dem perfekten Fang."

Nadim streichelte mit dem Daumen Idris' Handrücken.

„Das Erste, was mir aufgefallen ist, sind deine Augen. Sie sind ehrlich, sie zeigen unverblümt, was du denkst und fühlst. Dann kam deine ruhige Ausstrahlung. Mein Vampir genießt sie, sehnt sich danach. Und mir tut sie auch gut, weil ich selbst es kaum schaffe, lange genug stillzuhalten. Du bringst mich dazu, innezuhalten und durchzuatmen."

Nadim umfasste nun mit beiden Händen die von Idris und küsste seine Fingerspitzen.

„Du irrst dich, wenn du glaubst, nichts bieten zu können. Deine innere Stärke ist grenzenlos und weitaus größer als meine dämonischen Kräfte. Du brauchst dich vor niemandem zu verstecken."

Vorsichtig erwiderte Idris sein Lächeln. Außer Alec hatte noch nie jemand so mit ihm geredet. Und bei dem Werwolf war es immer die Sorge des großen Bruders gewesen. Jetzt bei Nadim löste es eine unbekannte Wärme im Innersten aus, die sich sehr gut anfühlte.

Sie hätten sich noch stundenlang so gegenübersitzen können, doch Nadim zog plötzlich seine Stirn in Falten, schien angestrengt zu lauschen.

Auch Cahil verspannte sich, war plötzlich hellwach und ließ seinen Blick unruhig durchs Zimmer schweifen.

Alec schnupperte auffällig, dann rollte ein vibrierendes Knurren seine Kehle hinauf.

„Lass Cahil nicht aus den Augen", zischte er Nadim zu. „Schaff Idris und Rain in Sicherheit", rief er, wobei er bereits vom Tisch aufgesprungen und aus dem Zimmer gelaufen war.

„Was?" Idris' Herz raste panisch.

Nadim zog ihn vom Stuhl hoch. „Werwolf. Eindeutig! Ihr kommt mit. Los Rain, runter in den Keller."

Widerstandslos lief Idris hinter ihm her. Rain zerrte bereits den Teppich in der Diele von einer Bodenklappe.

„Cahil!"

„Ich muss …"

„… Gar nichts! Du stellst dich nicht zwischen zwei Werwölfe. Alec mag uns gegenüber freundlich sein, aber der andere mit Sicherheit nicht. Runter da!"

Idris folgte Rain in die Dunkelheit, die kaum von der nackten Glühbirne an der Kellerdecke durchbrochen wurde.

Sein Herz schlug ihm bis zum Hals. Angst erschwerte das Schlucken.

Ihm wurde bewusst, dass sie alle in Lebensgefahr schwebten.

Alec lief durch die Küche, verschwendete keinen Gedanken an seine Kleidung, sondern verwandelte sich, noch bevor er durch die Hintertür auf die Terrasse sprang.

Mit hoch aufgestelltem Nackenfell, aufgerichteter Rute und mit starrer Körperhaltung präsentierte er sich dem noch unsichtbaren Gegner.

Sein gesamtes Auftreten zeigte pure Überheblichkeit und das grenzenlose Selbstbewusstsein eines Alphas.

Tarons gelbe Augen entflammten vor Hass über dieses Gebaren.

Niemand außer ihr Anführer selbst hatte es bisher gewagt, ihm so unverhohlen die Stirn zu bieten. Alle, die auch nur den Hauch von Widerstand oder Aufbegehren gezeigt hatten, hatten es bitter bereut.

Alecs hellblaue Augen hefteten sich auf den stattlichen Werwolf, der sein Versteck zwischen dem dichten Gestrüpp des Gartens verließ.

Die uralten Gaben ihres Vorfahren Lash ließen ihn erkennen, dass er nicht nur einen seiner eigenen Art, einen echten Werwolf, vor sich hatte, sondern dass sie zum gleichen, weit verstreuten Rudel gehörten.

Ein Rudel, in dem Alec bisher höchstens geduldet war, und das auch nur, weil seine Mutter ihn weit genug von allen fernhielt.

Doch jetzt, wo sich die beiden Rüden gegenüberstanden, sich mit Blicken austaktierten, spürte Taron deutlich, dass ihre jahrelange Ignoranz ein Fehler gewesen war.

Jenna hatte nicht gelogen, sie hatte sogar noch untertrieben.

Ihr Sohn war ein geborener Alpha den Taron auf keinen Fall unterschätzen sollte.

Seine sowieso schon brodelnde Wut über diesen Welpen stieg noch an.

Er würde ihn erst einmal eine Lektion erteilen, wie er sich einem Ranghöheren gegenüber zu verhalten hatte. Danach würde er ihm zeigen, was ihr Rudel für ihn geplant hatte. Dann brauchte sich niemand darüber Gedanken machen, ob die damalige Entscheidung über Jennas Fehltritt falsch gewesen war.

Beide umkreisten sich mit gesenkten Köpfen, gefletschten Zähnen und tiefem Knurren.

Taron konnte es nicht fassen, dass dieser halbstarke Wolf, der ihm nur bis zur Schulter reichte, keinerlei Angst zeigte.

Er sprang auf ihn zu, zielte mit den Zähnen auf Alecs rechte Schulter.

Ein Biss dort würde ihn schwer beeinträchtigen.

In dem Moment, in dem Tarons Zähne zuschnappten, jedoch nichts als Luft zu fassen bekamen, spürte er kräftige Kiefer in seinem eigenen Nackenfell.

Seine Wut explodierte angesichts dieser Unverfrorenheit des Jüngeren.

Laut knurrend versuchte er Alec abzuschütteln, doch der Biss löste sich nicht. Mehrmals schnappte er nach Alec, sie drehten sich wild im Kreis.

Endlich lockerte der Jüngere seine blutverschmierten Kiefer, riss ihm dabei büschelweise Fell aus.

Sofort griff Taron ihn an, bezahlen sollte er für diese Unverschämtheit.

Der Erste, der Zweite und auch der dritte Biss konnte sein Ziel nicht erreichen.

Geschickt wich Alec immer wieder aus, ließ den Älteren ins Leere laufen.

Nach dem dritten Zuschnappen startete er einen eigenen Angriff und biss Taron fest in die Schnauze.

Der Größere brüllte vor Wut und Schmerz, wehrte sich heftig, grub seine Pfoten in die Erde und stemmte sich gegen Alec.

Sie trennten sich. Keuchend und blutend starrte Taron hasserfüllt zu ihm.

Er hatte ihn unterschätzt – eindeutig!

Unruhig tigerte Idris in dem engen, mit alten Holzkisten und Regalbrettern vollgestellten Kellerraum auf und ab.

Durch das geschlossene, kleine, schmutzige Kellerfenster waren die Kampfgeräusche im Garten gedämpft zu hören.

Immer wieder sah der Blonde zu dem schmalen Lichtstreifen hoch.

„Glaubt ihr, er schafft das?"

„Es hört sich zumindest danach an als wären sie sich ebenbürtig."

„Sehr hilfreich Cahil."

„Es würde mir auch wesentlich besser gefallen, wenn er dem fremden Werwolf überlegen wäre."

„Schluss!", fuhr Nadim dazwischen. „Idris, setz dich bitte. Cahil du bist ruhig. Egal wer die Oberhand haben wird. Fürs Erste muss der Fremde nicht mitbekommen, wo wir sind. Und das wird er, wenn ihr euch weiter anbrüllt."

Der Krach draußen hielt noch lange an. Rain hielt sich die Ohren zu, als wieder einer der beiden Werwölfe aufjaulte.

Es schepperte laut.

Nadim vermutete, dass einer der großen Tontöpfe auf der Terrasse zu Bruch gegangen war. Grummelnd hoffte er, dass sie ihren Kampf nur auf den Außenbereich des Anwesens beschränkten. Zwei tobende Werwölfe im Haus würden nichts als Kleinholz hinterlassen. Als dann von einem Herzschlag zum Nächsten Stille herrschte, wanderten alle Blicke zum Fenster.

„Und jetzt?", flüsterte Rain.

„Abwarten." Nadim streckte seine Sinne aus, ebenso wie Cahil. Sie konnten jedoch niemanden mehr im Garten ausmachen.

Nach einem knappen Blickwechsel kletterte Cahil die schmale Stiege hinauf und drückte die Luke hoch.

„Ihr wartet beide hier." Nadim sah Rain und Idris warnend an, folgte seinem Bruder erst, als beide zustimmend genickt hatten.

Die Luke schloss sich wieder und Rain seufzte tief. „Ich hasse warten."

„Ich auch. Aber noch weniger möchte ich einem wild gewordenen Werwolf in die Arme laufen."

„Auch wahr. Ein wild gewordener Vampir reicht mir fürs Erste."

Endlos schienen die nächsten Minuten anzudauern.

Schwungvoll klappte schließlich die Luke auf. „Ihr könnte raufkommen."

Erleichtert sprang Rain von der Holzkiste und lief eilig die Stufen hinauf. Idris folgte zögernd. Er hatte ein ungutes Gefühl. Die Stimme klang heiser und er konnte nicht sagen, wem sie gehörte. Schon als er den Kopf durch die Bodenöffnung steckte, wäre er am liebsten wieder hinuntergesprungen.

Grob wurde Idris am Nacken gepackt. Scharfe Krallen gruben sich in die Haut. Dazu gezwungen, auch die letzten drei Stufen hinaufzusteigen, starrte er auf die reglose Gestalt des Mädchens, die bewusstlos zusammengesunken auf dem Boden lag.

„Interessant."

Idris erhielt einen heftigen Stoß in den Rücken, der ihn durch die halbe Diele stolpern ließ.

Ängstlich klammerte er sich am Treppengeländer fest, drehte sich zitternd um.

Gelbe Augen fixierten ihn kalt. Der nackte Körper war muskulös und braun gebrannt. „Nettes Futter, was er sich hält."

Futter?

Übelkeit stieg in Idris auf, als ihm klar wurde, was der Werwolf damit meinte.

„Ich bin nicht Alecs Futter!" Sofort wollte er sich selbst dafür ohrfeigen. Was ging es diesen Fremden an, wie er zu Alec stand? Und wieso spielte er mit seinem Leben, dadurch, dass er ihn auch noch mit Widerworten reizte?

Die durchdringenden Augen wurden noch kälter.

„Sein Spielzeug? Da sagen meine Informationen etwas anderes. Wertloses Futter, nichts weiter." Er schnupperte in seine Richtung. „Brauchbar." Mit einem breiten Grinsen ließ er seine verlängerten Eckzähne aufblitzen.

Idris wich zurück. Nur mit großer Anstrengung hinderte er sich selbst daran, laut schreiend davonzurennen.

Hilfe!

Zu gern hätte er nach Alec, Nadim oder Cahil gerufen.

Wo waren die Drei denn?

Der Werwolf verwandelte sich in seine Tiergestalt. Seine riesigen Pfoten mit den langen Krallen klackerten auf dem dunklen Parkettboden, als er auf Idris zu schlich. Dieser wich langsam vor ihm zurück.

Er war größer als Alec, das konnte Idris erkennen, obwohl er seinen besten Freund noch nicht oft in seiner zweiten Gestalt gesehen hatte.

Nein, seine erste Gestalt! Alec hatte doch erklärt, dass sie eigentlich Wölfe waren, die sich als Menschen tarnten.

Wieso dachte er denn an so etwas, während er gerade in Lebensgefahr schwebte?

Er wimmerte leise auf, als er mit dem Rücken gegen die Wand prallte. Es ging nicht weiter.

Die gelben Augen glimmten zwischen dem dunkelbraunen Fell hervor, schienen spöttisch aufzublitzen, als Idris panisch nach einem Fluchtweg Ausschau hielt.

In Zeitlupe spannte er seine Muskeln an, ließ die Schulterpartie vibrieren, um sie zu lockern.

Er ging in die Knie, tappte mit den Pfoten auf der Stelle und wartete auf die perfekte Gelegenheit zum Sprung.

Idris stand vor ihm wie ein Reh im Scheinwerferlicht, unfähig sich zu bewegen. Der Blonde wusste, dass er sterben würde, wenn der Werwolf seinen Angriff ausführte, dennoch blockierte seine Angst jegliches rationale Denken.

Er sah, wie sich die Muskeln der kräftigen Hinterläufe anspannten.

Leise wimmernd schloss Idris die Augen. Er wollte seinen Todesboten nicht auch noch ansehen, wenn er ihn zerfleischte.

Er wollte noch nicht sterben.

Er war doch erst sechzehn.

Er hatte doch gerade erst jemanden kennengelernt, bei dem sein Herz wahre Freundtänze aufzuführen schien.

Wie durch Watte hörte er den plötzlich auftretenden Lärm.

Krallen kratzten auf dem Boden. Geschrei und dunkles Knurren dröhnte in seinen Ohren. Heißer Atem streifte sein Gesicht. Rief da jemand seinen Namen?

Ein scharfer Schmerz fuhr von seinem rechten Oberschenkel durch seinen Körper, entzog ihm augenblicklich jede Kraft, sodass er zu Boden stürzte.

Noch einmal schnappten die Kiefer zu, erwischten seinen linken Arm. Der erneute Schmerz betäubte ihn. Immer noch die Augen fest zusammengepresst versuchte er sich zusammenzurollen, so klein wie möglich zu machen. Müdigkeit rollte auf ihn zu, schlug über ihm zusammen.

Idris driftete ab, war nicht mehr fähig, klar zu denken. Alles schien nur noch in Zeitlupe abzulaufen.

Endlose, mühsame Atemzüge später konnte er seine Augen ein wenig öffnen.

Es war alles verschwommen, neblig. Was aber noch seltsamer war, war die Stille.

Idris sah Blut auf dem Boden, viel Blut.

Ein Stück weiter erkannte er einen großen, braunen Fellhügel, der bewegungslos dalag.

Nadims Gesicht tauchte in seinem eingeschränkten Blickfeld auf. Er schien etwas zu sagen, doch nichts war zu hören.

Der Nebel nahm zu. Idris wollte so gern Nadim noch einmal berühren, seine kühle Haut unter seinen Fingern spüren, doch so sehr er sich auch anstrengte, kein Befehl – ob bewusst oder unbewusst – brachte seine Hände dazu, sich zu bewegen.

Es wurde dunkler.

Wieso machten sie das Licht aus?

Er wollte Nadim doch so lange wie möglich ansehen, das ging doch nicht im Dunkeln!

Wieso hatte er sich nur so geziert?

Wieso hatte er nicht einfach auf sein Herz gehört?

Wieso musste der Verstand nur um so vieles stärker sein?

Nur ein richtiger Kuss.

Mühsam versuchte er wieder einzuatmen.

Das Licht verschwand gänzlich.

Kapitel 10

Alec sprang über den windschiefen Zaun zurück in den verwilderten Garten, hielt im taufeuchten, kniehohen Gras inne. Noch immer peitschte das Adrenalin durch seine Adern, so spürte er die Kühle des Morgens gar nicht auf seiner nackten Haut.

Wo war dieser Mistkerl?

Ohne Vorwarnung war der fremde Werwolf plötzlich geflüchtet. Natürlich war Alec ihm gefolgt.

Was hatte er vor?

Doch so sehr er auch suchte, seine Schnauze in den Wind hielt, er konnte keine Spur aufnehmen.

Mühsam kämpfte er sich durch das wilde Gestrüpp. Irgendwie war er als Wolf besser hier durch gekommen.

Leise fluchend hatte er endlich gegen das hartnäckige Grünzeug gesiegt und erreichte die Terrasse gerade, als Cahil und Nadim ins Freie traten.

„Und?"

„Hör bloß auf! Ich weiß nicht, wo dieser Mistkerl hin ist. Nimmt auf einmal die Beine in die Hand. Ich hab seine Spur verloren. Ganz so dumm ist er also nicht, wenn er sich von jetzt auf gleich unsichtbar machen kann."

Er ließ zu, dass Cahil ihn besorgt umkreiste und nach ernsthaften Verletzungen absuchte.

„Bei euch alles okay?"

„Ja. Die zwei sind noch unten im Keller. Dort sind sie am sichersten, solange wir hier nicht alles abgeklärt haben."

„Gut. Ich gehe noch einmal ums Haus. Wenn ich da auch nichts von ihm finde, scheint der Spuk fürs Erste vorbei zu sein."

Cahil musterte ihn noch einmal von oben bis unten. „Du bist nackt Schatz. Stört dich das wirklich nicht?"

„Nein." Alec grinste anzüglich. „Stört es dich?"

„Im Gegenteil", schnurrte Cahil mit halb gesenkten Lidern zurück.

„Jungs bitte! Treibts von mir aus für den Rest des Tages, aber erst nachdem wir alles abgesichert haben."

„Ist ja gut." Cahil warf Nadim einen leicht wütenden Blick zu. „Wird Zeit, dass du endlich bei Idris auf den Punkt kommst. Dann bist du vielleicht nicht mehr ganz so zickig."

„Zickig?!", schnappte Nadim pikiert.

Langsam umrundeten sie die Villa. Immer wieder sicherte Alec in alle Richtungen ohne fündig zu werden. Auch die zwei Vampire scannten die Umgebung, erfolglos.

„Er soll sich schön Zeit lassen bei Idris. Bloß nichts überstürzen."

„Das sagst du nur, weil er dein Freund ist. Nadim wird aber ungenießbar, wenn er zu lange auf Sex verzichtet. Noch schlimmer als wenn er auf Blut verzichten würde."

„Und ich werde reizbar, wenn er meinem Kleinen wehtut."

Nadim lachte leise auf. „Kleiner?" Vielsagend musterte er Alec, den sie alle in seiner menschlichen Gestalt überragten.

„Idiot!" Leicht grinsend boxte er Nadim gegen die Rippen. Ein Schlag, der jedem Menschen die Knochen gebrochen hätte, bei dem Vampir jedoch nur für ein vergnügtes Glucksen sorgte.

Sie erreichten wieder die Terrasse.

„Na dann. Scheint so …" Alec brach ab, blähte seine Nasenflügel. „Verdammt! Er ist im Haus."

Die Drei rannten über die Steinfliesen durch den Türrahmen und durch die Küche.

Alec wandelte sich im Lauf, schlitterte mehrmals wegen der Enge gegen die Einrichtung. Nadim und Cahil ließen während des Sprints ihre inneren Wesen hervorbrechen.

In der Diele erkannten sie zuerst Rain, die bewusstlos in einer Ecke lag.

Dann tauchte die große Gestalt des fremden Werwolfs auf, die zum Sprung bereit die zitternde Gestalt ihm gegenüber anvisierte.

„Idris!", schrie Nadim panisch, sich der Gefahr nur zu deutlich bewusst, in der sein süßer Engel schwebte.

Ohne zögern hetzte Alec auf den Werwolf zu, der gerade sprang.

Cahil zerrte Rain aus dem Kampffeld ins Wohnzimmer. Nadim rannte vor, versuchte sich zwischen Idris und den Wolf zu werfen.

Er prallte gegen die stahlharte Schulter des Untiers, das dadurch sein angesteuertes Ziel – Idris' Kehle – nicht erwischte. Stattdessen biss er dem Blonden in den rechten Oberschenkel.

Alec vergrub seine Zähne in die Flanke des Fremden, der deshalb wieder von Idris ablassen musste. Er schnappte mehrmals nach Alec, schaffte es, ihn zwischen sich und dem Treppengelände einzuklemmen.

Alec löste gezwungener Maßen seinen Biss.

„Nadim! Weg da!", schrie Cahil, weil sich der Werwolf sofort wieder auf Idris stürzte.

Nadim musste seinen Versuch, den Blonden aus der Gefahrenzone zu bringen, tatsächlich abbrechen, weil der Wolf ihn in seinem Blutrausch als Nahrungskonkurrenten zerfetzen wollte.

Und das wäre selbst für einen Vampir tödlich.

Er erhielt einen harten Schlag, der ihn meterweit durch die Diele rutschen ließ.

Ein weiteres Mal musste er hilflos zusehen, wie Idris gebissen wurde. Dieses Mal in den linken Arm. Der Geruch von Blut hing schwer in der Luft, machte es nicht einfacher, seinen Vampir überhaupt noch zu kontrollieren. Er wollte ihn nur noch töten, nur dessen Raserei hielt Nadim zurück, denn instinktiv wusste er, wann man sich dem Feind besser nicht entgegenstellte. In den Augen des Anderen loderte das Feuer des Todes, das wäre für Nadim Selbstmord, etwas ganz anderes als der Kampf gegen Alec.

Dieser dagegen zögerte keine Sekunde, schoss seitlich heran und vergrub seine Zähne im Hals des Anderen.

Laut knurrend zerrte und riss er an seinem Gegner ohne den Biss zu lösen. Blut quoll dem Wolf aus dem Maul, vermischte sich mit Idris' Lebenssaft und tränkte den Parkettboden.

Röchelnd taumelte der Fremde, dann brach er zusammen, schon tot, bevor sein Kopf hart aufschlug. Die Pfoten zuckten noch und die Krallen kratzten übers Holz, erzeugten ein unheimliches Geräusch in der sekundenlang anhaltenden, plötzlichen Stille.

Nadim warf sich vor Idris auf die Knie, schrie seinen Namen bis der Junge endlich die Augen öffnete, ihn mit glasigem Blick ansah.

„Hey Kleiner. Nicht aufgeben. Komm, sieh mich an. Sieh mich immer an. Alec! Idris, nicht wegsehen! Bleib hier. Bleib bei mir. Alec! Verdammt!"

Alec wandelte sich, starrte zwei rasende Herzschläge lang auf die Verletzungen. „Das ist zu viel", flüsterte er. „Ich kann ihm nicht helfen. Die Wunden sind zu groß." Tränen liefen ihm plötzlich übers Gesicht, während er näher heran kroch. „Nicht!" Er streckte zitternd eine Hand aus, sah wie langsam der Glanz aus den grünen Augen verschwand. „Süßer! Bitte. Bleib bei mir."

Keiner der beiden war fähig, irgendetwas zu tun. Wie betäubt starrten sie auf den Jungen, der ihnen unter den Händen wegzusterben drohte.

Alec war zu geschockt über sein eigenes Versagen, den fremden Werwolf nicht rechtzeitig ausgeschaltet zu haben. Wozu besaß er seine überdurchschnittliche Stärke, wenn er seinen besten Freund nicht beschützen konnte?

Nadim wurde von vollkommen unerwarteten Gefühlen überrannt, die er in seinem gesamten Leben niemals so intensiv gespürt hatte. Klar war er schon mal verliebt gewesen, doch das, was er für nun für Idris empfand, ging weit über Verliebtheit hinaus. Das war Liebe. Und gerade jetzt, wo der Blonde direkt vor seinen Augen starb, musste er dies erkennen. Er konnte mit seinen Kräften und seiner Macht nichts ausrichten, das Geschehen nicht umkehren und hatte restlos bei der Aufgabe Idris zu schützen versagt. Zum ersten Mal fühlte er sich hilflos.

Cahil drängte sie unsanft zur Seite, packte Idris an den Haaren und zog ihn in seine Arme. Entschlossen bleckte er seine Zähne, biss sich das Handgelenk auf und drückte es fest gegen Idris' fahle Lippen. „Los! Trink. Es wird deine Wunden heilen, das weißt du doch."

Idris reagierte nicht, seine Augen hinter den halb geschlossenen Lidern verloren langsam ihren Glanz.

Nadim rührte sich endlich, kam näher und berührte sanft Idris' Kehle, animierte ihn durch Vorsichtiges auf- und abstreichen zum

Schlucken. Der Blonde hing wie tot in Cahils Armen, Atmung und Herzschlag nahmen rapide ab.

Nichts deutete darauf hin, dass er überhaupt noch bewusst bei ihnen war.

Alec strich ihm durchs Haar. „Komm schon Süßer. Kämpfen musst du."

Endlich spürte Cahil, wie Idris von selbst anfing, das Blut zu trinken.

„Gut so", flüsterte er. „Nicht aufhören."

Nadim beobachtete angespannt, wie die Bisswunden tatsächlich zu heilen anfingen. Noch war er ein Mensch, das Erbe der Werwölfe nicht in seinem Körper verteilt. So konnte das Vampirblut seine Wirkung voll entfalten.

„Der Werwolf ist in ihm, wenn er überlebt, richtig?"

Alec nickte bloß.

Worte waren überflüssig. Das würde noch schwer werden, Idris diese Veränderung zu erklären. Jetzt zählte lediglich, dass Cahils Eingreifen verhindert hatte, dass der Blonde sterben musste.

Das Erste, was Idris bewusst wahrnahm, war eine bleierne Schwere seines gesamten Körpers. Es kostete ihn mehrere Anläufe, bis er es schaffte, seine Augen wenigstens einen Spaltbreit zu öffnen.

Rot-Orange flackerte es verschwommen vor seinen Augen, die schmerzhaft zu brennen anfingen und tränten.

„Süßer. Mach sie wieder zu."

Alecs leise Stimme beruhigte Idris sofort. Automatisch senkten sich seine Lider wieder, sperrten das grelle Licht aus.

„Lass dir Zeit. Nichts überstürzen. Du brauchst deine ganze Kraft für wesentlich Wichtigeres als die Anpassung deiner geschärften Sinne."

Idris runzelte leicht die Stirn. Wovon redete Alec da?

Was war denn passiert? Sie hatten doch im Keller darauf gewartet, dass …

Leise wimmernd zog er mühsam die Knie bis zur Brust hoch, die heftig protestierenden Muskeln dabei ignorierend. Bilder flimmerten im Schnelldurchlauf in seinem Geist auf.

„Tod", krächzte er. „Ich bin tot."

Er fühlte eine Hand auf seinem Haar, spürte, wie ihn jemand in die Arme nahm.

„Du bist nicht tot Wölfchen. Wofür ich allen Göttern, Geistern und sonst wem danke."

Nadims unmittelbare Nähe raubte Idris fast den Atem. Der Vampir strahlte eine Macht aus, die einen erschlagen konnte.

Es war nicht sehr angenehm, der Druck auf seine Brust schien sich sogar noch zu verstärken.

„Nadim! Lass ihn los."

„Nein! Er hat Angst. Er muss sich mit einem der stärksten Schattenwesen auseinandersetzen, dass es gibt. Das muss er nicht alleine tun."

„Das habe ich auch nicht verlangt. Aber du erschlägst ihn gerade mit deiner eigenen Kraft. Er ist noch nicht fähig unseren Schattenwesen etwas entgegenzusetzen. Zügel dich!"

Erleichtert atmete Idris auf, als der Druck endlich nachließ.

So viele Fragen wirbelten augenblicklich in seinem Kopf herum, doch sein geschwächter Körper forderte nachdrücklich Ruhe.

Widerstandslos überließ er ihm den Sieg und glitt in einen erholsamen Schlaf über.

Vorsichtig blinzelte Idris.

Dieses Mal fühlte er sich nicht mehr ganz so zerschlagen und seine Augen vertrugen das Licht des Kaminfeuers wesentlich besser.

Jetzt konnte er auch die angenehme Wärme der Flammen spüren.

„Hey."

Langsam glitten seine Augen in Richtung der leisen Stimme. Er versuchte Cahils Lächeln zu erwidern, doch das Ergebnis fiel recht kläglich aus.

„Alec?" Seine Stimme klang selbst in seinen Ohren fremd und heiser.

„Er und Nadim lassen unseren ungeladenen Gast verschwinden. Nach der schlechten Laune und dem kaum verständlichen Geknurre meines Schatzes dürfte da noch einiger Ärger auf uns zukommen. Der Werwolf gehörte wohl zur obersten Liga. Jedenfalls hab ich Alec so weit verstanden."

Gast? Sie hatten Besuch gehabt?

Rain kniete sich plötzlich vor ihn, in einer Hand ein sehr verlockend aussehendes Glas Wasser.

Mit ihrer Hilfe richtete er sich etwas auf und trank mühsam einige Schlucke, die seiner trockenen Kehle wirklich gut taten.

Erst als er wieder mit dem Kopf auf dem Sofakissen lag, fiel ihm auf, dass das Mädchen heftig zitterte.

Was hatte sie denn?

Stand sie noch immer unter Schock nach dem Angriff?

Idris kniff die Augen zusammen, versuchte die chaotischen Bilder in seinem Kopf zu ordnen.

Da war ein Werwolf, den er nicht erkannte, somit konnte es nicht Alec sein. Dann sah er viel Blut, ohne zu wissen, wessen Blut es war.

„Was ist passiert?"

„Ich finde es besser, wenn wir mit dem Beantworten von Fragen warten, bis die beiden wieder hier sind."

Überraschend kroch eine eisige Kälte Idris' Rücken hoch.

Nadims Gesicht konnte er in seiner Erinnerung sehen. Panisch, ängstlich – wieso? Nadim war ein Geschöpf der Nacht. Er brauchte vor nichts und niemandem Angst haben.

Der Geschmack von Blut auf seiner Zunge war irritierend.

Ebenso die intensiven Gerüche, die ihm zuvor nicht aufgefallen waren. Er konnte das alte Holz riechen, die Läufer auf dem Parkettboden. Sogar das Wasser in dem Glas, was Rain auf den Tisch gestellt hatte, schien eine eigene Duftnote zu haben.

Er musste einen ziemlich starken Filmriss haben. Warum sonst tauchten immer mehr Fragen auf?

Er hörte Cahil aufatmen und gleichzeitig näherkommende Schritte.

Zwar versuchte der Blonde sich von der Seitenlage auf den Rücken zu drehen, ließ es aber, da sein Körper schlicht streikte.

„Süßer! Wieder wach?" Alec setzte sich auf die Sofakante, strich Idris eine verirrte Haarsträhne aus dem Gesicht. „Du siehst schon besser aus. Nicht mehr ganz so blass."

Idris umfasste Alecs Handgelenk, sah flehend in die blauen Augen. „Sag mir, was passiert ist. Die Bilder in meinem Kopf sind verwirrend und machen mir Angst. Was war los? Du würdest mich doch nicht anlügen. Bitte!"

„Scht. Nicht aufregen. Wir sind Freunde. Du bist mein kleiner Bruder. Ich werde dich immer beschützen, so gut ich kann."

Alec löste Idris' Klammergriff und streichelte seine noch immer kalten Finger. Die blauen Augen schimmerten verdächtig, was Idris ziemlich erschreckte. Alec war nun wirklich niemand, der leicht in Tränen ausbrach.

Das war sein Part.

Der Braunhaarige blinzelte mehrmals, um zu verhindern, dass der schwarze Kajal verlief.

„Diesmal konnte ich dich nicht beschützen. Ich hab meinen Gegner unterschätzt, nicht damit gerechnet, dass er, wütend über seine Niederlage, jemand Schwächeren aus meinem Rudel angreifen würde. Er hat Rain ignoriert, als er bemerkte, dass du mir wesentlich näher stehst."

„Woher sollte er das wissen?"

„Unsere ausgeprägten Werwolfsinne erkennen so was sehr schnell. Da wir oft zusammen sind, ist mein Geruch auch deutlich bei dir zu finden. Merkmale, die in einem Rudel wichtig sind. Es ist auf dich losgegangen, um sich an mir wegen meiner Respektlosigkeit ihm gegenüber zu rächen. Ich habe zu wenig Kontakt zu den großen Werwolfrudeln, aber ich glaube, er hatte eine sehr hohe Position inne. Sich von einem Halbstarken besiegen zu lassen, muss ihn rasend gemacht haben."

„Er wollte mich töten?"

Alec schüttelte den Kopf. „Eigentlich hat er hat dich getötet Idris", flüsterte er. „Deine Verletzungen waren zu groß, um sie zu überleben."

„Aber …"

„Cahil hat dir sein Blut gegeben. Das hat dafür gesorgt, dass sich die Wunden verschlossen und heilten. Dadurch ist jedoch unsere Werwolf-DNS aktiviert worden. Du fühlst dich momentan so müde und schlaff, weil dein neues inneres Wesen noch immer gegen das Vampirblut ankämpft und gleichzeitig deinen Körper wieder aufpäppeln muss."

„Mo … Moment." Idris entzog ihm seine Hand und hob sie abwehrend vors Gesicht. „Du hast gesagt, erschaffene Werwölfe sind Monster. Du hast gesagt, ihr bringt diese um."

„Es ist komplizierter. Du bist nicht gerade in der besten Verfassung für eine längere Erklärung. Ich möchte diese auf später verschieben."

„Später?!" Idris fuhr trotz seines protestierenden Körpers in eine sitzende Position hoch. „Nichts ist mit später. Ich will jetzt alles wissen. Keine Ausflüchte. Du machst mich zu einem Werwolf und willst mich dann im Regen stehen lassen?"

„Stopp! Ich habe dich nicht dazu gemacht! Ich habe nur Cahil nicht daran gehindert, dir das Leben zu retten. Verdammt, du hattest höchstens noch ein oder zwei Herzschläge. Ohne sein Eingreifen wärst du tatsächlich gestorben. Das Vampirblut hat den Prozess gestoppt und der Werwolf konnte erwachen. Ich wollte dich nicht verlieren. Und ich werde alles tun, um zu verhindern, dass du von deinem Wolf überrannt wirst."

„Wie meinst du das?"

Lieber wollte Idris Fragen beantwortet bekommen, als im Augenblick auch nur eine Sekunde nachzudenken. Denn dann würde er vermutlich laut schreien.

„Erschaffene Werwölfe drehen in der Regel durch, weil sie nicht beide Seiten ihrer Seele in Einklang bringen können. Der Wolf ist ein starkes Wesen. Dazu noch Lashs Erbe. Das ist für die menschliche Seele sehr heftig und kaum kontrollierbar. Geborene Werwölfe haben zwei ausgeprägt starke Seiten ihrer Seele. Nur der Anpassung wegen haben wir das menschliche Aussehen gewählt. Von meiner Mutter weiß ich, dass es einige unter uns gibt, die immer ihre Wolfspräsenz zeigen oder die andere Formen gewählt haben. Wenn du eine genaue Abgrenzung willst, so ist die eine Seelenseite der geistige Verstand, die andere Seite der reine Instinkt. Bei euch Menschen aber belegt ihr diese Seiten schon, somit muss der Werwolf mit seinen beiden Teilen seinen Platz finden. Das führt zu Konflikten, wenn du dich gegen ihn wehrst. Er ist stärker, und wenn du dich nicht mit ihm einigst und ihn zu unterdrücken versuchst, wird er dich vernichten und deine Seele erobern, zerstören. Damit aber verliert er auch alles andere an Menschlichkeit und dann erst werden die erschaffenen Werwölfe so gefährlich. Kein Halt und keine Hilfe eines Rudels und das Verlieren des Kontakts zu seinem menschlichen Wirt. Sie drehen durch. Und wir müssen sie töten."

Idris senkte traurig den Kopf, zupfte an der Wolldecke herum, die über seine Beine ausgebreitet war.

„Ich bin nicht stark. Ich werde kaum eine Chance haben. Ihr hättet mich sterben lassen sollen."

„Nein! Wir werden abwarten und sehen, wie dein Wolf sich verhält. Ich lass dich nicht allein, Süßer. Ganz bestimmt nicht."

„Und wir ebenso wenig." Nadim beugte sich zu Idris und küsste ihn auf die noch heiße Stirn.

Idris schloss die Augen, genoss diese Berührung. Sie sorgte tatsächlich für kurze Zeit dafür, dass sein Herz ruhiger schlug und er sich ein wenig entspannte. Soviel intensiver als all die Berührungen zuvor gewesen waren, verdrängte sie tatsächlich seine Angst, zumindest für diesen Augenblick. Vielleicht wer es wirklich besser, alles langsam anzugehen. Ändern konnte er es sowieso nicht mehr.

Eine Träne rann über seine Wange, die Alec ihm vorsichtig wegwischte und ihn dann fest in seine Arme zog. „Ruh dich aus. Ich glaube, fürs Erste reicht es mit Informationen."

Idris wollte aufbegehren, doch er fühlte sich wirklich matt und der kleine Funke Energie war auch wieder erloschen.

Er lehnte sich an Alecs Schulter. „Ich bin noch nicht fertig", murmelte er schläfrig.

Alec lachte, streichelte seinen schmalen Rücken. „Wir haben später alle Zeit der Welt."

Schwach nickend driftete Idris wieder in den Schlaf.

Kapitel 11

Sorgfältig schüttelte Janko seinen Umhang aus, strich ihn erneut glatt.

Die Anspannung in der Eingangshalle des alten Schlosses war fast greifbar, machte auch vor ihm selbst nicht halt.

Jedes einzelne Familienmitglied, außer natürlich den beiden, um die es ging, war seinem Ruf umgehend gefolgt und stand nun vor ihm.

„Luana, meine Liebe." Mit einem übertrieben freundlichen Lächeln trat er zu ihr und legte einen Arm um die schmalen Schultern der Rothaarigen. „Ich möchte dich bitten, während unserer Abwesenheit ein wachsames Auge auf unseren Familiensitz zu haben."

Er ignorierte die skeptischen Blicke der anderen.

Wachsames Auge? Luana?

„Gern Janko. Du weißt doch, dass ich immer gerne helfe." Sie kicherte leise. „Viel besser geeignet wären meine Söhne. Dann könnte niemand dem Schloss zu nahe kommen."

„Da hast du recht. Wir sollten sie bei Gelegenheit mal wieder einladen. Jetzt haben wir aber eine wichtige Aufgabe zu erledigen und überlassen deshalb dir diese Verantwortung."

„Du kannst dich auf mich verlassen." Luana verließ die Gruppe, um es sich in der Bibliothek gemütlich zu machen.

Carice wandte sich mit fragendem Blick zu Janko.

„Sie hat doch längst vergessen, dass wir die Beiden vernichten wollen. Zumindest weiß sie nicht, dass wir auf dem Weg zu ihnen sind. Ganz ehrlich, allzu viel an ihrem klaren Verstand wird sich nicht ändern, wenn sie von deren Tod erfährt."

„Manchmal bist du wirklich grausam Janko. So kaltblütig bin nicht einmal ich."

„Irre ist irre, ob nun teilweise oder komplett ist irrelevant. Jedoch habe ich Luana besser unter Kontrolle als ihre Söhne. Sie ist nur verrückt, Nadim ist dazu auch noch mit mächtigen Kräften und Intelligenz ausgestattet. Und Cahil hat einfach seine Loyalität dem Falschen gewidmet. Wenn Luana sich gänzlich aus der Realität verabschiedet, nachdem sie von ihrer Vernichtung erfährt, so wäre das auch kein großer Verlust. Ich muss mich auf unsere Gemeinschaft konzentrieren, nicht auf die Verfassung jedes Einzelnen."

Carice spürte tatsächlich für einen winzigen Moment Mitleid mit ihrer Cousine. Doch genauso schnell war dieses Gefühl wieder verflogen. Er hatte ja recht. Um Luana konnten sie sich auch kümmern, sollte sie komplett ihren Verstand einbüßen. Nadim dagegen war unhaltbar, solange er mit seinen Eskapaden ständig für Probleme sorgte und sich als Konkurrent gegenüber Janko aufspielte. Und Cahil würde zu einer Gefahr werden, wenn sein Bruder nicht mehr lebte. Ein Vampir, der auf Rache aus war, sollte niemals unterschätzt werden. Besser, sie starben beide zusammen.

„Wie sieht dein Plan aus?"

„Wir werden alle drei in Ruhe lassen. Cahil und Nadim dürfen auf keinen Fall etwas von unserer Anwesenheit bemerken. Dem Werwolf gehen wir aus dem Weg. Ich will diesen Menschen haben. Wenn wir ihn hierherbringen und er wirklich eine so große Bedeutung gerade für Nadim hat, werden sie folgen. Damit haben wir sie aus dem Werwolf-Revier raus und auf unserem Terrain. Ich kann mir nicht vorstellen, dass dieser Köter es wagen wird, direkt in eine Vampirhochburg zu marschieren."

„Und wenn die beiden erst mal hier sind, können wir sie problemlos eliminieren." Carice rieb sich die Hände. „Und es gibt sogar ein Dessert." Sie leckte sich über die blassen Lippen. „Oder doch lieber als Vorspeise? Damit Nadim zusehen darf, wie seine männliche Menschenhure ihr Leben aushaucht?"

Janko zuckte nur mit den Schultern. „Ist mir ehrlich egal, was ihr mit dem Jungen macht."

Er wollte endlich diesen Stachel in seinem Fleisch loswerden, damit er sich seiner eigentlichen, durchaus mit genügend Anstrengung behafteten Aufgabe wieder voll und ganz widmen konnte. Es zerrte an seinen Nerven, zu wissen, dass es einen Vampir im eigenen Clan gab, der ihm gefährlich werden konnte und dabei absolut im Dunkeln zu tappen hinsichtlich dessen wirklicher Absichten. Den Gedanken, dass Nadim keinerlei Interesse an Jankos Führungsposition haben könnte, verdrängte er rigoros. Das wäre lächerlich. Jeder wollte doch Macht und Einfluss. Warum sollte Nadim freiwillig darauf verzichten?

„Ihr könnt euch auch an dem Mädchen gütlich tun, wenn ihr sie mit hierher bekommt. Sobald sie sich hier im Schloss befinden, sind die Menschen für mich bedeutungslos." Zustimmendes Nicken der umstehenden Vampire beendete das Gespräch und wenig später waren in der Eingangshalle schrille Schreie und Flügelschläge zu hören. Nach und nach flatterten mehrere Fledermäuse durch das weit geöffnete Oberlicht über dem imposanten Portal.

Stundenlang hätte er dem Blonden beim Schlafen zusehen können.

Er wirkte so zerbrechlich, schutzbedürftig. Im Moment sogar stärker als zuvor, denn Nadim nahm Alecs Worte sehr ernst.

Idris beherbergte ein sehr mächtiges Wesen in seinem Innern.

Niemand konnte sagen, wie es sich verhalten würde.

War der Wolf kooperativ?

War er machtgierig?

Bösartig?

Der Vampir hoffte, dass man zumindest mit ihm kommunizieren konnte, ihm erklären konnte, dass eine Zusammenarbeit mit Idris effektiver war, als diesen unterdrücken und vernichten zu wollen.

Alec hatte ziemlich kleinlaut zugegeben, dass sein Wissen lediglich vom Hörensagen stammte, er keinerlei persönliche Erfahrung mit erschaffenen Werwölfen vorzuweisen hatte.

Nicht sehr hilfreich.

Im Augenblick war er bei seiner Mutter, die einzige Hilfe, die sie kriegen konnten.

Noch ein Werwolf!

Nadims Vampir rebellierte bereits seit Stunden heftig dagegen.

Der Freund seines Bruders war eine Sache, gerade noch akzeptabel.

Das Unglück, das seinem Süßen passiert war, veränderte nichts an seinen Gefühlen für ihn. Zum Glück, sonst hätte er sich ernsthaft mit seinem Vampir auseinandersetzen müssen. Die erschreckende Erkenntnis über die Reichweite seiner Gefühle hatte er entschieden weit von sich geschoben. Damit wollte er sich später in ruhiger Minute beschäftigen.

Zuerst musste er nun auch noch Alecs Mutter ertragen, was ihm eindeutig zu weit ging.

Warum gab es immer nur Probleme?

Da hatte er endlich einen Schritt in Idris' Nähe gemacht, ohne dass dieser ausgewichen war und dann sprang ein tollwütiger Werwolf durch sein Haus und zerstörte alles.

Idris zog die Nase kraus, öffnete die Augen einen kleinen Spalt. „Nadim?"

„Ja."

Der Blonde schnupperte noch einmal. „Du riechst gut. Ist mir vorher gar nicht aufgefallen."

Nadim lachte. „Das, Wölfchen, ist der Vampir in mir. Er verströmt immer eine Art Lockstoff. Menschen nehmen ihn gar nicht bewusst war, sie reagieren nur drauf. Du hast ihn bis jetzt erfolgreich ignoriert."

Idris kuschelte sich dichter an ihn heran, rieb mit der Nasenspitze über Nadims Kehle. „Fehler. Großer Fehler", murmelte er.

Der Rotblonde schloss die Augen, genoss die Berührung. Zwar warnte sein Vampir ihn, dass scheinbar gerade die Werwolfinstinkte in Idris aktiviert worden waren, aber er wollte es auskosten. Später war Zeit genug, nachzudenken.

Idris' Lippen küssten sein Kinn, wanderten ein Stück höher und verschlossen schließlich seinen Mund.

Diese urplötzliche Gier ängstigte ihn, gleichzeitig aber war es unheimlich erregend zu sehen und zu spüren, wie Nadim es scheinbar ebenso genoss, von ihm berührt zu werden.

„Ich weiß nicht ..."

„Scht." Sanft strich Nadim ihm über die Lippen. „Ich kann ihn spüren. Dein Werwolf scheint eine sehr verschmuste Natur zu sein."
„Aber das geht nicht. Ich weiß doch nicht, ob ich ihn kontrollieren kann."
Idris' Panik verpasste der entspannten, zärtlichen Stimmung einen harten Dämpfer.
Und zum ersten Mal konnte dieser auch fühlen, wie der Wolf in ihm sich auflehnte. Der schien absolut nicht einverstanden zu sein, die Kuschelrunde abzubrechen und rebellierte. Kein guter Beginn für eine erste Kontaktaufnahme mit diesem mächtigen Schattenwesen.
Ein gereiztes Knurren entschlüpfte seiner Kehle.
Erschrocken schlug sich Idris beide Hände vor den Mund, starrte Nadim entsetzt an.
Nadim fing mit seinen übernatürlichen Sinnen deutlich die auflehnende Kraft auf, die in Idris ausbrechen wollte.
Er ahnte, dass dies ein denkbar ungünstiger Moment dafür war.
Vorsichtig zog er Idris in seine Arme, immer mit heftiger Gegenwehr rechnend.
„Nicht aufregen. Beruhige dich. Ich glaube im Augenblick ist es ratsam, ihm fürs Erste nachzugeben. Warten wir auf Alecs Rückkehr, ja?"
Er fühlte, wie Idris sich minimal entspannte und sich zitternd in seine Umarmung lehnte.
Die lauernde Präsenz des Wolfes war deutlich spürbar und er hatte schreckliche Angst davor, diesen noch weiter zu reizen.
Dieser nur eine Sekunde wehrende Übergriff seitens des Schattenwesens war Furcht einflößend gewesen. Absoluter Kontrollverlust und ein atemnehmendes Ohnmachtsgefühl.
Zurück blieben ein hartes Pochen hinter seinen Schläfen und der Wunsch, dass alles nur ein Traum war.

Alec spürte schon von weitem Cahils Anspannung. Der Vampir saß auf den Stufen zur Veranda und erwartete ihn sichtlich nervös.
Er konnte ihn sogar verstehen.
Seine Mutter strahlte eine beinahe gleichstarke Anspannung aus.
Ihre Augen fixierten Cahil, der sich gerade erhob, schätzten ihn genauestens ab.
Alec hatte ihr mit knappen Worten einen Überblick gegeben. Nur weil es um Idris ging, war sie dann bereit gewesen, ihn zu begleiten. Sie mochte den Jungen als wäre er ihr zweiter Sohn. Somit war es für sie selbstverständlich, ihm zu helfen.
Ihr Wolf wetzte innerlich bereits die Krallen, als er den Vampir wahrnahm.
Auch Cahil hatte gegen seinen rebellierenden Vampir anzukämpfen.
Das war also die natürliche Ablehnung, die beide Schattenwesen untereinander fühlten.

So heftig sie beide sich abstießen, so Verwunderlicher war es für Cahil, dass er Alec von der ersten Sekunde ihrer Begegnung an so vertraut, ihn zu Beginn nicht einmal erkannt hatte.

Wieso immer Rätsel?

Er war nun wirklich kein Freund von Rätseln.

„Ist er das?" In Jennas Stimme schwang die Abscheu mit, die Cahil spürte.

„Ja." Alec legte einen Arm um die Schultern des Schwarzhaarigen. „Das ist Cahil. Ich wünsche mir wirklich, dass du dich zurückhältst. Dies ist ihr Haus. Du bist nur hier um Idris zu helfen, hoffentlich."

„Solange sie sich benehmen, sehe ich keinen Grund, meine gute Erziehung zu vergessen." Auch ihr Werwolf schien Alecs Vorschlag akzeptieren zu wollen, willigte überraschend schnell in diesen Waffenstillstand ein. Ihre Sorge um Idris war größer als ihr Hass auf Blutsauger.

„Schön zu hören." Beruhigend streichelte Alec Cahils steifen Rücken. „Ich möchte, dass du einfach Abstand hältst. Ich erwarte gar nicht, dass ihr Freunde werdet."

„Wunderbar." Sein Vampir schien ebenso einverstanden zu sein mit dieser Regelung. Was tat man nicht alles für die Liebe.

„Dann gehen wir rein. Idris hat noch geschlafen, als ich ihn und Nadim allein ließ. Rain wollte fürs Erste nicht in seiner Nähe sein. Sie steht noch immer ziemlich unter Schock."

„Verständlich."

Doch schon beim Eintreten in die Villa fühlte Alec sofort, dass sich so ziemlich alles verändert hatte. Sein Wolf registrierte augenblicklich die Anwesenheit des erwachten Werwolfs. Das war nicht gut. Er hätte sich noch im passiven Modus befinden sollen.

Bevor Alec weiter Richtung Wohnzimmer gehen konnte, hielt Jenna ihn zurück. Auch sie hatte den neu erschaffenen Werwolf mit ihren wachsamen Sinnen erspürt.

„Lass mich vorgehen."

„Pass bitte auf. Nadim ist bei ihm. Ich bin mir sehr sicher, dass er Idris mit allem beschützen wird, was er hat, wenn er es für nötig hält. Nadims Vampir ist dominanter als Cahil."

Klar hatte er seiner Mutter das alles schon erklärt, als sie sich auf den Weg gemacht hatten, doch gerade bei Nadim wollte er sicher sein, dass sie ihn nicht unnötig reizte. Er kannte schließlich seine Kräfte und war sich sicher, dass er noch nicht einmal alles davon zu spüren bekommen hatte.

„Ist ja gut. Glaubst du, das sind die ersten Vampire in meinem Leben? Ehrlich Alec! Es werden bestimmt nicht mal die Letzten sein."

„Bitte. Ich wollte dich nur warnen", grummelte er. „Wenn er dir an der Kehle hängt, weil du Idris ohne Erlaubnis zu nahe gekommen bist, reden wir noch mal miteinander."

Cahil hielt sich lieber raus. Er kannte seinen Bruder zu gut, und Alecs Einschätzung lag so verdammt nah an der Wahrheit, dass er dem nichts hinzuzufügen hatte.

Für ihn waren die Warnungen angebracht, doch wenn Alecs Mutter unbedingt eigene Erfahrungen mit ihm sammeln wollte, würde er sie bestimmt nicht daran hindern.

Die Augen zu schmalen Schlitzen verengt, beobachtete Nadim wie Alec, Cahil und eine unbekannte Frau ins Wohnzimmer traten.

Das also war Alecs Mutter?

Naja, ganz hübsch war sie ja.

Sein Vampir jedoch plusterte sich regelrecht auf. Unbewusst wuchsen seine langen Eckzähne und das Rot seiner Augen leuchtete gefährlich auf.

„Keinen Schritt weiter!", zischte er drohend. Sein Hass auf Werwölfe war schlagartig wieder da. Dabei hatte er schon geglaubt, diesen durch Alecs permanente Anwesenheit und der Gelassenheit Idris' neu erschaffenem Wolf gegenüber abgelegt zu haben.

Irgendwie war es beruhigend, dass seine Urinstinkte sich doch nicht restlos auf Urlaub befanden. Nadim hatte schon Sorge gehabt, dass er zu weichherzig geworden war, seit sie hierhergezogen waren.

„Nadim. Meine Mutter will Idris nur helfen."

Idris lugte vorsichtig über Nadims um ihn gelegten Arm zu ihnen hinüber.

Obwohl die starke Präsenz von Nadims Vampir ihm wieder das Atmen erschwerte, beruhigte es seinen noch immer gereizten Werwolf gleichzeitig. Schwangen doch auch dessen Gefühle ihm gegenüber mit und die taten seiner aufgewühlten, noch immer verletzten Seele mehr als gut.

Er verstand es nicht, aber er würde sich fürs Erste auch nicht von Nadim wegbewegen.

„Jungs bitte." Jenna setzte sich betont langsam auf die Armlehne eines Sessels. Da sie Nadims Spannung fühlte, vermied sie jede hektische Bewegung.

Jetzt, bei direktem Gegenüberstehen, wusste sie endlich, warum Alec sie so eindringlich gewarnt hatte. Nadims Stärke war beeindruckend.

„Könntest du deine machtvollen Kräfte ein wenig drosseln? Wir Werwölfe sind für solche Signale sehr empfänglich. Es dauert einige Zeit, bis wir gelernt haben uns dagegen abzuschirmen. Idris wird diese Fähigkeit noch nicht beherrschen und du erschlägst ihn gerade mit deiner Stärke."

Wie gehofft, wirkten ihre Worte und Jenna spürte, wie er tatsächlich seine Vampirkräfte dämpfte.

„Danke." Nun musterte sie Idris eindringlich. „Du machst Sachen Kleiner."

Sein Lächeln fiel sehr kläglich aus.

„Okay. Ich kann den Wolf spüren. Ziemlich schlecht gelaunt würde ich sagen. So sehr es mich auch überrascht, aber der Vampir an deiner Seite scheint ihn etwas zu beruhigen und ihn einigermaßen in Schach zu halten. Alec sagte, der Überfall wäre gestern passiert. Dann müsste er eigentlich noch völlig passiv sein. Was ist passiert?"

Idris mochte Jenna. Sie war immer nett ihm gegenüber gewesen und ihre Stimme war auch jetzt ruhig und freundlich.

Nachdenklich versuchte er ihr zu helfen, zuckte jedoch hilflos die Schultern, wusste nicht, was er sagen sollte.

Unbewusst drückte er sich enger in Nadims Arme.

Der war angenehm überrascht von Jennas ruhiger Art. Damit hatte er nicht wirklich gerechnet.

„Ich habe Idris' Wolf gespürt, als er den natürlichen Lockstoff unserer Art wahrgenommen hat. Auf mich wirkte er anfangs aber eher verschmust als aggressiv. Idris ist über seine Präsenz jedoch in Panik geraten und hat die Kuschelrunde abgebrochen. Und das wiederum hat dem Werwolf nicht sonderlich gefallen. Ich bin ganz froh, dass meine Nähe ihn anscheinend ein wenig beruhigt hat, denn soweit ich Alec verstanden habe, wäre eine Wandlung jetzt schon katastrophal gewesen."

„Es hätte für sehr viel mehr Probleme gesorgt, richtig." Jenna fing wieder Idris' Blick ein. „Dein Wolf hat im Moment Angst. Das ist das Deutlichste, was ich fühle. Ebenso ist klar, dass weder du noch er zur dominanten Linie gehören. Das ist wohl auch der Grund, weshalb Nadim euch beruhigen konnte. Ich möchte fürs Erste, dass dir etwas ganz klar wird. So groß deine Angst vor deinem Wolf ist, seine Angst ist noch viel größer. Er ist wenige Stunden alt, er ist tollpatschig, er muss so viel lernen. Wenn er jetzt keine Unterstützung erhält, ist die Gefahr groß, dass er durchdreht, sich seiner Panik hingibt. Ich möchte daher, dass du dich an Alecs hältst. Sein Wolf weiß instinktiv, wie er mit dir umgehen muss, genau, wie dein Wolf automatisch darauf reagieren wird. Ich vermute, dass du wegen dieser Dominanz die Nähe von Nadim suchst. Er gibt dir scheinbar Sicherheit, auch wenn er nicht zu deiner Art gehört. Doch darüber mache ich mir später Gedanken. Das Phänomen ist ein anderes Kapitel. Jetzt möchte ich, dass du einmal versuchst, die Nähe deines Wolfes bewusst wahrzunehmen. Gib ihm die Möglichkeit, sich ein wenig zu orientieren."

Heftig schüttelte Idris seinen Kopf, versuchte fast, sich in Nadims Armen zu verkriechen, unsichtbar zu werden. Doch dieses Mal spielte der Vampir nicht mit. Er schob den Blonden entschlossen von sich weg.

„Bitte nicht. Nadim!", wimmerte Idris.

„Wenigstens ein Versuch."

„Was ist denn mit diesem ganzen Gequatsche darüber, Werwölfe verwandeln sich nur zum Vollmond?", versuchte er sich zu drücken, gerade vergessend was Alec vorher einmal erklärt hatte.

„Unsinn", wandte Alec ein. „Irgendwann ist irgendwem einmal ein Werwolf über den Weg gelaufen. Zufällig war gerade Vollmond. Der Rest ist Geschichte."

„Bestens." Idris ließ den Kopf hängen. Er wollte das alles nicht. Es war zu viel und vor allem zu schnell. Allein nur ein einzelner Gedankenfunke zurück zu diesem verheerenden Angriff löste fast eine Panikattacke aus.

Wo war die rettende Höhle, in der er sich für den Rest seines Lebens verkriechen konnte?

Der Rest seines Lebens?

Wie lange würde das eigentlich dauern?

Erneut rollte eine Angstwelle auf ihn zu.

Überrascht fühlte er jedoch eine zweite Präsenz, die ihn zaghaft anstupste und ihm ein zuversichtliches Gefühl vermittelte.

Einerseits war sie angenehm, andererseits völlig fremdartig.

Zögernd erwiderte er die Kontaktaufnahme, wurde sofort von einem atemraubenden Gefühl von Freude überrannt.

Jenna hatte recht. Sein Wolf war noch ein halber Welpe, der ihn mit seinem spontanen Übermut fast umwarf.

Idris schloss die Augen, ließ sich ganz auf sein inneres Wesen ein. Seine Angst verschwand dabei fast völlig.

Der Werwolf hatte viel mehr davon, wenn er sich wirklich fallen ließ und ihm die Chance gab, seine neue Welt zu erkunden. Für ihn war alles fremd, erschreckend, einschüchternd.

Der Blonde ließ zu, dass er seine Sinne ausstreckte, sich orientierte. Somit kam auch Idris erneut in den Genuss der verbesserten Fähigkeiten.

Diesmal bewusst roch er die Versiegelung des Parkettbodens und hörte durch das geöffnete Fenster Tiere im Garten rascheln.

Und dann nahm er die anderen Schattenwesen wahr, fühlte jetzt zum ersten Mal, was Alec und Nadim gemeint hatten, als sie auf ihre unterschiedlichen Machtverhältnisse hinwiesen.

Alecs Wolf war wie ein fauchender Vulkan kurz vor dem Ausbruch. Man fühlte deutlich die Kraft, die im Verborgenen ruhte, jederzeit bereit hervorzupreschen.

Dagegen war Jennas Wolf sehr ruhig und ausgeglichen. Sie verbreitete ein wohliges Gefühl der Geborgenheit. Idris war schon früher in den Genuss ihres sanften Gemüts gekommen, doch nie hätte er vermutet, dass das ein Teil ihres Wolfes war.

Er fühlte sich wohl bei den beiden. Das ausgeprägte Gefühl einem Rudel angehören zu wollen, schlug auch bei ihm voll durch.

Als er sich dann daran wagte, die beiden anderen Anwesenden näher abzutasten, spürte er sofort, wie sein Wolf mental die Zähne fletschte und sich symbolisch das Nackenfell aufstellte.

Doch nach dem ersten Schreck über die Anwesenheit zweier Vampire, die selbst ein neu erschaffener Werwolf instinktiv als Feind erkannte, nahm er sie vorsichtig genauer in Augenschein.

Sein Wolf erkannte sie als diejenigen, die seit seiner Erschaffung anwesend waren und in keinem Moment eine Gefahr für ihn dargestellt hatten

Cahils Stärke lag tief verborgen und von ihm genauestens kontrolliert. Es schien fast so, als würde er seinem Vampir nur äußerst selten die Möglichkeit geben, sich völlig zu entfalten. War das der Grund, warum Alec und er so wild wurden, wenn sie sich beim Sex gehen ließen?

Nadim war ein Tornado. Wild, ungezügelt, zerstörend. Idris' Wolf wagte es scheu, ihn näher zu betrachten. Der Blonde kicherte, als er dessen Verwirrung spürte, angesichts der Tatsache, dass gerade dieser Vampir ihn vor wenigen Minuten beruhigend in den Armen gehalten hatte.

Wieder nahm er Nadims Duft wahr, der ihn sofort entspannte und die natürliche Abneigung gegen Vampire fast gänzlich auslöschte.

Davon wollte er mehr.

Nadim wirkte trotz seiner ausgeprägten Dominanz wie ein sicherer Hafen, den Idris nur zu gern ansteuerte und sich mit einem zufriedenen Seufzen in seine Arme schmiegte.

Leise lachend drückte Nadim ihn an sich.

Sie alle hatten gespürt, wie Idris' Wolf ihre eigenen Wesen gestreift und abgecheckt hatte.

Gerade für Alec war es eine völlig neue Erfahrung, da er bisher keinem erschaffenen Werwolf begegnet war, noch dazu gerade so kurz nach dem Biss.

Nadim strich Idris das zerzauste Haar aus dem Gesicht. „Er ist tatsächlich eingeschlafen", stellte er dabei verwundert fest.

„Das ist völlig natürlich." Jenna war sichtlich zufrieden mit der ersten Unterrichtsstunde. „Es ist für ihn alles noch sehr anstrengend. All das was geborene Schattenwesen von Beginn an kennen und wissen, muss er erst lernen. Sich mit einem zweiten Wesen einen Körper zu teilen, ist ermüdend, wenn man es nicht gewohnt ist."

Sie war erleichtert, dass Idris' Wolf so ruhig war und ein ausgeprägt passives Naturell besaß. Das würde alle weitere wesentlich einfacher für beide machen.

Kapitel 12

Verschlafen rekelte Idris sich, streckte seinen Körper. Es war herrlich warm und kuschelig.
Kuschelig?
Auf dem Sofa?
Da hätte er bei seiner Dehnübung eigentlich schon längst runterfallen müssen.
Leises Glucksen ließ ihn endlich ganz wach werden.
„Guten Morgen Wölfchen."
Idris blickte in funkelnde dunkelrote Augen. Erst dann bemerkte er, dass sie nicht mehr im Wohnzimmer waren, sondern in einem gemütlichen Bett lagen.
Das Einzige, was ihn daran hinderte, aus Nadims Nähe zu flüchten, war die beruhigende Tatsache, dass sie noch ihre Klamotten anhatten und dass er sich verdammt wohl bei dem Vampir fühlte. Scheinbar steigerte sich dieses Gefühl mit jeder vergehenden Stunde noch.
„Ich hab mir erlaubt, dich hier hoch in mein Zimmer zu bringen. Noch eine Nacht auf dem Sofa wäre auch für einen unverwundbaren Unsterblichen wie mich eine Qual."
Idris musste bei seinem übertrieben leidenden Gesichtsausdruck lachen, beugte sich über den Vampir.
„Du scheinst anständig geblieben zu sein. Dann lass ich dir dies einmal Durchgehen."
„Das ist großzügig." Nadim strich ihm über die Wangen, schob die Hände an seinen Hinterkopf und zog ihn zu sich hinunter.
Idris seufzte wohlig, als auch ihre Lippen berührten.
Oh ja. Nadim konnte gut küssen.
Quatsch! Er küsste fantastisch.
Nur zu gern gab er dem sanften Druck der fremden Zunge nach und öffnete seinen Mund, ließ sich zu einem erregenden Tanz auffordern.
Nadims Hände auf seinen Armen lösten kleine Schauer aus, die seine Wirbelsäule hinunterliefen, um sich dann in seinem Magen zu sammeln und dort für Chaos zu sorgen.
Es überraschte ihn schon, wie schnell er mit einem Mal dem Vampir vertraute.
Lag es daran, dass dieser in den letzten Tagen für ihn da gewesen war?
Oder spielten seine verschärften Sinne eine Rolle, die deutlich wahrnahmen, dass ihm von Nadim niemals Gefahr drohen würde, etwas was er als Mensch nicht so schnell hätte erfassen können?
Sanfte Fingerspitzen schoben sich unter sein Shirt, streiften bloße Haut.
Idris bäumte sich auf, löste den atemraubenden Kuss und stöhnte leise.

Diese Gefühle waren weitaus intensiver als das bisschen Glücksgefühl, was er bei Jonas gefühlt hatte. Er wollte mehr davon.

Nadim küsste seinen Hals.

Bereitwillig bog er seinen Kopf in den Nacken, bot ihm eine größere Angriffsfläche.

Während der Vampir mit seinen Händen seinen Unterleib zum Schmelzen brachte, sorgten seine Lippen auf seinem Hals dafür, dass ihm das Atmen schwerfiel.

Es wurde kaum besser, als Nadim seine Zähne und Zunge mit einsetzte, um ihn in unbekannte Höhen zu jagen.

Idris verlor den Erdkontakt, fühlte nur noch. Er bekam gar nicht mit, dass seine verbesserten Sinne ihren Teil dazu beitrugen, dass er so heftig auf die Liebkosungen reagierte.

Nadims Hand, die sich in seine Hose schob, seine harte, pochende Erregung berührte und streichelte, dazu die Zähne, die ihn mit kleinen Bissen herrlich quälten, trieben ihn über die Grenzen hinaus.

Als er kam, sich heftig in Nadims Hand ergoss, nahm er nur ganz weit am Rande seines Bewusstseins den scharfen Biss wahr.

Völlig erschlagen von seinem ersten, nicht selbst herbeigeführten Orgasmus versuchte er den Atem zu normalisieren.

Das dumpfe Pochen am Hals drang endlich zu ihm durch. Leicht irritiert strich er mit seinen Fingern über die Bissstelle, sah fragend zu Nadim auf, der ruhig neben ihm lag und ihn beobachtete.

„Eine meiner Schwächen", sagte er entschuldigend. „Das süßeste Blut, was du als Vampir kriegst, ist, wenn der Spender gerade die höchsten Höhen seiner Lust erlebt. Ich konnte einfach nicht widerstehen."

„Aha."

Nadim lachte leise. „Ich hab nicht viel getrunken. Es macht dich nicht zum Vampir, das weißt du."

„Ich bin nicht böse. Es hat mich nur überrascht." Neugierig verengte er seine grünen Augen. „Bedeutet es etwas?"

Jetzt sah Nadim verwirrt aus.

„Ich meine Alec hat Cahil doch mit seinem Biss gekennzeichnet. Macht ihr so was auch?"

Er konnte Nadim deutlich ansehen, dass er ins Schwarze getroffen hatte.

„Nadim! Los, raus mit der Sprache!" Idris setzte sich auf. „Es ist dem Handeln von Alec nicht nur ähnlich, oder?"

„Es zeigt, dass du zu mir gehörst, ja."

„Und?"

„Ich habe das nicht geplant Idris."

„Du hast auch Rain gebissen. Damit steht sie auch unter deinem Schutz, ja?"

„Rains Position ist ein wenig komplizierter. Außerdem habe ich sie nie gebissen, wenn sie einen Orgasmus hatte."

„Und da gibt es Unterschiede?"

„Jepp. Scheinbar sieht mein Vampir dich als sein Partner. Deshalb der Biss zu diesem Zeitpunkt."

„Partner?! Aber … Wir sind … Wir haben …" Idris wurde knallrot.

„Stört es dich?" Nadim schmunzelte über die ungesunde Gesichtsfarbe, die sein Wölfchen gerade vorführte.

„Nein!" Idris blinzelte überrascht. Es störte ihn wirklich nicht, stellte er verwundert fest.

Langsam wurde es verdammt viel, was er in seinem Kopf ordnen musste.

„Ich glaube, ich muss erst mal nachdenken."

„Kein Problem. Ich hab dir schon mal gesagt, ich hab Zeit. Ich kann warten."

„Und ich verliere langsam meine Standfestigkeit, wie mir scheint."

Nadim küsste ihn auf die Nasenspitze, zog ihn dann hinter sich her vom Bett Richtung Bad.

„Jenna wollte heute Abend noch mal vorbei kommen. Sie war ziemlich zufrieden mit dir, und da sie dich bereits gut kennt, ist sie der Meinung, dass weder sie noch Alec ständig auf dich aufpassen müssen."

„Beruhigend. Ich glaube ich brauche einen Spaziergang. Da kann ich am besten nachdenken. Vor allem, wenn du nicht in der Nähe bist, um mich noch mehr zu verwirren."

„Viel Vergnügen."

Er sah kein Problem darin ihn raus zulassen. Idris war ein großer Junge, das war seine Heimat, draußen lungerten keine fremden Werwölfe in den Büschen und er war in Begleitung eines mächtigen Schattenwesens, wenn auch noch in Welpenform.

Und Nadim selbst konnte vielleicht auch näher ergründen, was ihn gerade geritten hatte? Idris zu beißen war überhaupt nicht geplant gewesen. Musste er etwa eher über seine Gefühle zu dem Blonden nachdenken als gedacht? Nichts was der Vampir gern tat, er handelte lieber, als lang und breit zu grübeln. Wie hatte sich Idris so schnell so tief in sein Herz schleichen können, ohne das er dies überhaupt bemerkte? Und wieso regte sich in ihm keinerlei Widerstand, dass er scheinbar an die Kette gelegt worden war? Wo waren sein Freiheitsdrang und sein Unabhängigkeitsverlangen hin verschwunden?

Idris spazierte wie ein Schlafwandler den unkrautüberwucherten Feldweg entlang.

Neben ihm hätte eine Bombe explodieren können, er hätte nicht einmal mitbekommen, wenn er von der Druckwelle von den Füßen geschleudert worden wäre.

Seine Sinne spielten völlig verrückt.

Es schien fast so, als könne er sogar einen Regenwurm beim Kriechen belauschen.

Unheimlich!

Erschreckend!

Atemberaubend!

Fantastisch!

Alle zwei Minuten wechselte seine Stimmung von euphorisch zu panisch wieder zurück zu glückstrunken.

Selbst die Farben schienen intensiver, klarer und es schien, als könnte er noch am Horizont bei einem Vogel die Federn zählen.

Als Idris bewusst wurde, dass er die ganze Zeit über mit seinem Wolf Kontakt hatte, dieser ihm bereitwillig seine Fähigkeiten zur Verfügung stellte, lachte er vergnügt auf.

Es war angenehm, sein inneres Wesen zu spüren. Es schien ihm nichts tun zu wollen, nicht darauf zu lauern ihn vernichten zu können.

„Vielleicht bist du doch nicht so übel", murmelte er. „Ich hätte nichts dagegen, wenn wir ein gutes Team werden. Ich hatte wirklich Angst vor dir."

Idris spürte ein Kribbeln in seinem Geist, so als würde er gedanklich lachen, nur dass er selbst dieses Lachen nicht auslöste.

Der Werwolf schien Gefallen an seiner Idee zu finden.

Er erreichte eine kleine Baumgruppe, die mit ihren ausladenden Ästen großzügig Schatten spendete.

„Ich hoffe, dass du nicht allzu böse bist, dass ich eine Wandlung noch so weit wie möglich von mir schieben möchte. Das ist wirklich ein großer Schritt, weißt du?"

Eine Woge beruhigender Wärme umhüllte ihn für einige Sekunden.

Der Wolf schien einverstanden zu sein.

Plötzlich veränderte sich die Atmosphäre.

Idris fühlte deutlich, wie der Wolf sich anspannte, seine Sinne hastig suchend in alle Richtungen ausstreckte.

Der Blonde bekam Angst. Irgendetwas stimmte nicht, doch beide waren sie noch zu unerfahren, um die Signale richtig zu deuten.

Er sprang erschrocken zur Seite, als eine schwarzhaarige Frau hinter einem der Bäume am Wegesrand auf ihn zutrat.

Jede Faser seines Körpers ging auf Abwehr.

„Hallo", sie lächelte scheinbar freundlich, obwohl dieses Lächeln ihre Augen nicht erreichte. „Ich möchte dich bitten, uns zu begleiten."

„Was …? Wer …?"

Schritte ließen ihn herumwirbeln. Weitere Gestalten verließen ihre Verstecke.

Endlich konnte er mithilfe seines verwirrten Wolfes erkennen, wen er da vor sich hatte.

Vampire!

Diese Erkenntnis war für ihn wie ein Startschuss. Idris rannte los.

Nur weg.

Nur zurück zu Nadim.

Schnell!

Idris konnte nicht einmal den letzten Baum hinter sich lassen.

Er wurde von hinten angesprungen und brutal zu Boden geworfen.

„Es war doch eine höfliche Bitte." Die Stimme in seinem Nacken war wütend, fauchend. „Wirklich unhöflich, Mensch."

Idris wimmerte gequält auf, als er heftig an den Haaren gepackt und auf die Füße gezerrt wurde. Sein Wolf zog sich voller Angst weit zurück. So weit, dass seine sowieso noch schwache Präsenz nicht mehr lesbar war.

Zumindest nicht für diese Vampirgruppe, die ja scheinbar nichts von dem Angriff des fremden Werwolfes wusste und ihn für einen gewöhnlichen Menschen hielt.

„Carice." Eine weitere gesichtslose Stimme erklang schräg hinter Idris. „Sei so nett und gebe Nadim und Cahil Bescheid, dass wir sie zu sprechen wünschen. Ein ‚Nein' könnte dem Kleinen hier ernsthaft schaden."

Das waren nicht irgendwelche Vampire, das waren Mitglieder von dem Clan der Brüder.

„Du solltest jetzt stillhalten, sonst kann es sehr schmerzhaft werden."

Idris wurde fester in die Arme des Unbekannten gezogen. Dann wurde alles Schwarz und der Blonde sackte zusammen.

Kälte.

Das war das Erste, was Idris wahrnahm.

Wie lange hatte er eigentlich schon mit den Zähnen geklappert, bevor er aus seiner Bewusstlosigkeit erwacht war?

Von irgendwo drang das Geräusch von tropfendem Wasser an seine Ohren und es roch modrig.

Er fühlte harten, feuchten Stein unter seinem seitlich liegenden Körper.

Zaghaft öffnete Idris seine Augen, sah sich vorsichtig um.

Gitter durchbrachen sein Blickfeld direkt vor ihm. Dahinter flackerte eine einzelne Fackel an der gegenüberliegenden Wand.

Langsam hob er den Kopf, konnte aus dem Blickwinkel hinter sich eine kahle Steinwand erkennen, genauso zur rechten und linken Seite.

Seine Angst traf ihn mit der Wucht eines Eimers mit eisigem Wasser.

Das war ein Verlies!

Man hatte ihn in eine Kerkerzelle gesperrt.

Warum?

Was wollten sie von ihm?

Seine Atmung beschleunigte sich, jetzt zitterte er nicht mehr nur wegen der Kälte. Eine ausgewachsene Panikattacke jagte auf ihn zu und er wünschte sich sehnlichst Nadim oder Alec an seine Seite.

149

Der Gedanke an die beiden erinnerte ihn an seinen Wolf, doch dieser schien wahrlich ein Meister im Verstecken zu sein, denn Idris konnte nicht einmal einen Funken seiner Anwesenheit ertasten.

Wie war das möglich?

‚Hilfe!'

Die wenigen Sekunden gedankliche Ablenkung reichten nicht, dass er sich beruhigte. Im Gegenteil, es wurde noch heftiger.

Idris richtete sich auf, kroch auf allen Vieren in eine der Zellenecken und zog dort seine Beine fest an seinen Oberkörper, umschlang mit den Armen seine Knie und vergrub sein Gesicht in der linken Armbeuge.

Seine Schultern begannen zu beben. Leises Schluchzen wurde überdeutlich von den Wänden zurückgeworfen und hallte durch den dunklen Gang.

‚Hilfe!'

Nadim stand an der offenen Haustür, betrachtete die einsame Straße. Schritte hinter ihm ließen ihn einen kurzen Blick über seine Schulter werfen.

„Hey", Cahil strich ihm über den Arm, sah ebenfalls nach draußen. „Du machst dir zu viele Sorgen. Er geht nur spazieren. Was soll ihm da passieren? Wenn es gefährlich wäre, hätte ihn Jenna nicht bei uns gelassen und Alec ihn nicht aus dem Haus."

„Ich weiß das ja."

Cahil legte sein Kinn auf Nadims Schulter, schlang die Arme um seine Taille und lehnte sich an seinen Rücken. „Du hast dich noch nie so verhalten. Hat dieses halbe Portiönchen tatsächlich dein Herz erreicht?"

„Erschreckend aber wahr", seufzte Nadim. „Dabei hätte ich jeden in der Luft zerrissen, der mir das prophezeit hätte."

„Ich find's schön. Du bist wesentlich ruhiger und ausgeglichener. Man könnte fast sagen, du bist ..."

„Sprich es nicht aus!"

„... nett!"

„Meine Ahnen mögen sich im Grabe umdrehen. Ich verweichliche."

„Armer Nadim", kicherte Cahil vergnügt über dessen leidvoll klingende Stimme.

„Tja und noch erschreckender dabei, es ist mir egal. Ich würde Idris für nichts auf der Welt eintauschen."

„Das klingt fast, als hätte er schon nachgegeben. Dabei war sich Alec sicher, dass du dir an ihm die Zähne ausbeißt."

Nadim neigte seinen Kopf leicht zur Seite, berührte mit seiner Nase Cahils Wange. „Wenn du wissen willst, ob wir miteinander geschlafen haben – nein. Wir treiben es nicht wie die Karnickel, oder wie mein Bruder mit seinem Freund."

„Hey! Wir waren extra leise heute Nacht. Außerdem haben wir es gar nicht so oft getrieben."

„Ich habe nach dem fünften Mal aufgehört mitzuzählen, Brüderchen. Das dürfte auch deine Behauptung widerlegen, leise gewesen zu sein. Ich wollte nicht wissen, wie tief und hart Alec dich noch rannehmen soll."

Cahil lachte unbeeindruckt. „Wenn der Sex nun mal so geil ist, muss man es doch auskosten. So und nun lenk nicht weiter ab. Wie weit bist du bei Idris?"

„Du bist zu neugierig."

„Macht nichts. Rede!"

„Ich habe ihn heute Morgen einen runtergeholt. Sah so aus, als hätte es ihm gefallen. Zufrieden?"

Cahil löste sich von seinem Bruder, packte ihn an den Schultern und drehte ihn zu sich herum. „Du verheimlichst mir was." Er kniff die Augen zu schmalen Schlitzen zusammen, versuchte aus Nadims ausdruckslosem Gesicht etwas abzulesen.

„Musst du alles wissen?"

„Ha! Ich hab also recht", triumphierte der Schwarzhaarige. „Also?"

„Ich hab ihn gebissen. Man bist du jetzt zufrieden?"

„Gebissen? Ehrlich? Wann? Also du …? Wow!"

Es war Cahil deutlich anzusehen, wie sehr ihn diese Nachricht überraschte. Mehr noch als Nadims Fortschritt, Idris' Vertrauen zu gewinnen.

„Ich muss gestehen, dass ich froh bin, es getan zu haben. Die Verbindung steht. Ich kann ihn spüren, zwar noch schwach, aber immerhin."

„Mein Bruder bindet sich, wo er doch jahrhundertelang um seine Unabhängigkeit gekämpft hat. Scheint so, als würde ich bei Idris was übersehen. Ich finde ihn unscheinbar und ziemlich reizlos. Ich hab wirklich geglaubt, das wäre wieder eine deiner Phasen, wo du dich zum x-ten Mal komplett verändern willst."

„Anfangs war es ja auch so. Ich wollte mir mit ihm nur die Zeit vertreiben. Das hat sich aber schnell geändert."

Überrascht sah Nadim wieder zur Straße, runzelte die Stirn. „Irgendwas stimmt nicht", flüsterte er.

Cahil sah nur ratlos aus, er konnte nichts wahrnehmen.

Nadim keuchte auf. Dieses seltsame Gefühl von Panik kam über die Verbindung. Sie war noch sehr schwach, sodass er nur extrem heftige Gefühlsschwankungen von Idris empfangen konnte. Das bedeutete aber auch, dass er in ernsthaften Schwierigkeiten sein musste.

Nadim wollte gerade los, um nach seinem kleinen Wolf zu suchen, als Cahil ihn am Ärmel festhielt.

Wütend versuchte er ihn abzuschütteln, bis auch ihm die Gestalt ins Auge fiel, die gemächlich die Straße entlang schlenderte und auf ihr Haus zusteuerte.

Das schlechte Gefühl verstärkte sich, nachdem Nadim erkannte, um wen es sich handelte. So konzentriert auf Idris hatte er ihre Präsenz glatt übersehen.

„Carice!"

„Hallo Jungs." Die blonde Vampirin blieb im sicheren Abstand stehen.

Nadim fühlte seinen Vampir toben, spürte, wie sich seine Eckzähne verlängerten. Er konnte an seiner Tante ganz schwach Idris' Geruch wahrnehmen, was seinen Vampir rasend machte und ihn fast die Kontrolle verlieren ließ.

„Was habt ihr mit ihm gemacht?", zischte er.

Cahil war geschockt, wie heftig Nadim reagierte. Nie zuvor hatte er sich so gehen lassen, anderen seine Gefühle so deutlich gezeigt.

„Na gut. Kein Small Talk." Carice schien tatsächlich enttäuscht zu sein. Dann lächelte sie jedoch wieder so zuckersüß, dass die Brüder wussten, dass sie nichts Gutes im Sinn hatte. „Janko möchte euch sprechen. Ich denke, ihr wisst, worum es geht. Und um euch die Entscheidung zu erleichtern, haben wir diesen Menschenjungen bereits mitgenommen, um ihm unsere Gastfreundschaft angedeihen zu lassen. Euch scheint ja eine Menge an ihm zu liegen."

Cahil musste Nadim mit aller Kraft zurückhalten, sonst hätte er Carice direkt getötet.

„Beeilt euch. Unser Clanoberhaupt wartet nicht gern."

„Wenn ihm nur ein Haar gekrümmt wird, seit ihr tot. Ihr seid tot! Tod!", brüllte Nadim mit rot glühenden Augen.

Cahil stellte sich direkt vor seinen Bruder, da er mittlerweile nur noch mit ganzem Körpereinsatz verhindern konnte, seine Tante sterben zu sehen, obwohl – wieso eigentlich? Eine Plage weniger.

Alecs Auftauchen vertrieb Carice sehr schnell. Beim Vorbeilaufen fauchte sie drohend in seine Richtung.

Nadim versuchte mit knurrend an Cahil vorbeizukommen.

„Tu was Alec! Zerfleisch dieses Miststück. Sie haben Idris entführt", schrie er, grub seine langen Krallen in den Arm seines Bruders.

Carice kreischte entsetzt auf, als sie plötzlich einen Werwolf im Nacken hatte.

In letzter Sekunde schaffte sie ihre Wandlung und die kleine Fledermaus flatterte eilig davon.

Idris hob den Kopf. War da etwas?

Er saß noch immer zusammengekauert in der Ecke der Zelle.

Wann die Tränen versiegt waren, wusste er nicht. Nur, dass seine Augen brannten wie Feuer und sich die Lider heiß anfühlten.

Die herrschende Kälte war mittlerweile in jede Faser seines Körpers gekrochen und die Feuchtigkeit des Bodens und der Wände half auch nicht dabei, das Zittern einzuschränken.

Wieder lauschte er. Klang das nach Schritten?

Eine zusätzliche Lichtquelle in Form einer Laterne kam in sein Blickfeld. Er konnte die Person hinter der Laterne nicht genau erkennen, nur war die Statur sehr groß und kräftig gebaut.

Der Wolf in ihm jedoch sträubte symbolisch sein Fell. Er hatte den Vampir wahrgenommen und reagierte, seinem natürlichen Instinkt gemäß, feindlich. Sein Hass auf den Blutsauger war größer als seine Angst, sodass er sich aus seinem Versteck wagte und Idris seine Anwesenheit endlich wieder spüren konnte.

Es beruhigte ihn. Jetzt war er zumindest nicht mehr ganz allein.

„Ich hatte auf mehr gehofft."

Idris erkannte die Stimme wieder. Es war die gleiche, die er gehört hatte, als er so gewaltsam festgehalten und verschleppt worden war.

Der Vampir trat näher an die Gitterstäbe, hielt seine Laterne ein wenig zur Seite, sodass Idris endlich etwas mehr von seinem Gegenüber erkennen konnte.

Kinnlanges brünettes Haar, was das kantige, blasse Gesicht mit einer wilden Frisur einrahmte. Sehr helle blaugraue Augen, die ihn musterten, wie andere eine Kakerlake betrachten würden – voller Abscheu.

„Scheinbar hat Nadim drogenversetztes Blut getrunken. Er muss ziemlich neben sich stehen, wenn er dich interessant findet. Du passt so gar nicht in sein Beuteschema."

Er zog einen Schlüssel aus seiner Hosentasche und öffnete die Gittertür, die laut quietschend in die Zelle schwang.

Idris zog seine Beine noch fester an seinen Körper. Ihm gefiel dieser stechende Blick überhaupt nicht. Dieser Vampir sah ihn beim Näherkommen plötzlich so an, wie Chris das auf der Party getan hatte.

War er verflucht? Warum zog er solche Typen an wie Licht die Motten?

Trotz seiner Kleidung fühlte der Blonde sich nackt und schutzlos.

Das da war ein Vampir! Gegen diesen hätte er keine Chance. Er war doch nur ein Mensch.

Seinen neugeborenen Werwolf hatte er völlig vergessen.

Der Mann schenkte ihm ein schauriges Lächeln. „Wenn du schon optisch nicht in Nadims Raster passt, musst du in anderen Bereichen ja hervorragende Qualitäten haben."

Eine Hand schoss vor, lange, gekrümmte Nägel krallten sich in Idris' Haar, rissen seinen Kopf in den Nacken, wobei er sich den Hinterkopf an der Mauer anstieß.

Der Schmerz, der dabei in seinem Schädel explodierte, brach die Barrieren. Idris fühlte nur noch, wie sein Wolf die Kontrolle an sich riss und er in eine schmerzhafte Wandlung gezogen wurde.

Sein Geist konnte dem unbekannten Druck nicht standhalten, er verlor das Bewusstsein.

Sein Wolf dagegen sprang dem verdutzten Vampir in die Arme, biss ihm sogleich mitten ins Gesicht.
Die dann folgenden Schreie des Blutsaugers verhallten ungehört in den Gewölben.

Kapitel 13

Obwohl Alec sofort hatte aufbrechen wollen, konnte Cahil ihn von einer Kurzschlusshandlung abbringen. Das Argument, er wüsste gar nicht, wo er hinmüsste, war schließlich ausschlaggebend.

Bei Nadim sah das schon anders aus. Nur mit Rains Hilfe, die redete als hätte sie einen lebensmüden Selbstmörder vor sich, den man vor dem letzten Sprung abzuhalten versuchte, brachte er seinen Bruder dazu erst nachzudenken, statt blindlings loszustürmen.

Während Nadim dann unruhig durchs Haus tigerte und sich verschiedenste Tötungsvarianten erdachte, jagte Alec zu seiner Mutter.

Es ging um einen ihrer Art dem Schaden zugefügt worden war.

Auch wenn es nur ein erschaffener Werwolf und somit, wenn überhaupt, das niederste Rudelmitglied war, Idris war ein Teil der Familie und gerade erst erwacht. Er war unschuldig und ohne kaltblütige Morde an Menschen, somit nicht auf der Abschussliste.

Jenna würde wissen, was zu tun wäre.

Als sie dann endlich gemeinsam im Wäldchen hinter dem Schloss auftauchten, war es bereits tiefste Nacht. Die Vampire handelten sofort.

Der starke, orkanartige Wind, begleitet von dichtem Rauch, der die Gruppe umgab, flaute schließlich langsam ab.

Cahil hielt sich an Alecs Arm fest.

Diese Art des Reisens war anstrengend und mit zusätzlichen Begleitpersonen verdammt kräftezehrend. Allzu oft nutzten die Vampire sie nicht. Da gab es angenehmere und leichtere Varianten der Fortbewegung. In diesem Fall jedoch ging es um Geschwindigkeit und um das Überbrücken einer weiten Strecke.

Nadim lehnte sich erschöpft gegen einen der Baumstämme. Er hatte Jenna mit hierher gebracht.

Ihre kleine Gruppe musste ausreichen.

Zwar hatte die Werwölfin Kontakt zu ihrem alten Rudel aufgenommen - nicht gerade einfach, ihnen klar zu machen, dass einer der ihren tot und ein anderer entführt war - doch die Reisegeschwindigkeit dieser Schattenwesen war eindeutig zu langsam.

Sie würden erst in einigen Stunden hier ankommen, solange wollte Nadim nicht warten.

Wenn sie in Schwierigkeiten geraten würden, eigentlich konnte er davon ausgehen, dass es welche geben würde, hätten sie zumindest einen vagen Hoffnungsschimmer mit dem Wolfsrudel, von dem ihre Familie nichts wusste.

Cahil betrachtete das im Dunkeln liegende Gemäuer. „Sie werden schnell merken, dass wir hier sind. Vor allem, wen wir mitgebracht haben."

„Um so besser. Ich habe keine Lust auf ein langes Vorspiel."
Alec grinste trotz der ernsten Lage anzüglich. „Lass das Idris nicht
hören. Er ist ein Romantiker. Da dürfte das Vorspiel zigmal länger
dauern als der eigentliche Akt."
Cahil kicherte leise, da ihm ihre eigenen, meist vollkommen
wegfallenden Vorspiele in den Sinn kamen.
Nadim warf ihm dagegen einen giftigen Blick zu.
Jenna schnaufte gereizt. „Könntet ihr euch konzentrieren? Ich habe
wirklich kein Interesse daran, mit drei pubertierenden Sexsüchtigen
in eine Gruppe Vampire zu stürmen. Überraschenderweise hänge ich
nämlich an meinem Leben."
„Wir haben auch Vampire bei uns."
„Oh. Und deren Familie will sie genauso tot sehen, wie unsere dich."
Alec hob fragend eine Augenbraue. „Ich verstehe nicht."
Jenna seufzte. Wieso hatte sie nicht den Mund halten können? „Du
bist eine Gefahr für sie geworden. Sie haben, weiß der Henker wie,
erfahren, dass du Kontakt zu Vampiren hast. Da du ihnen sowieso
schon ein Dorn im Auge warst, wollten sie dich diesen Fehltritt mit
deinem Leben bezahlen lassen. Taron ist geschickt worden, um dich
zu töten. Ich habe ihn gewarnt und ausgehandelt, dass noch einmal
über deine Zukunft verhandelt wird, solltest du ihn besiegen. Taron
hat Lukos sogar über diese Vereinbarung informiert, bevor ihr beide
aufeinandergetroffen seid. Ehrlich Alec, wenn ich gewusst hätte, in
was für einer Katastrophe das endet, hätte ich alles versucht, um es
zu verhindern. Ich war mir einfach nur sicher, dass du dich gegen
Taron behaupten kannst. Das mit Idris habe ich nicht gewollt."
„Klasse. Meine eigene Familie trachtet mir nach dem Leben und du
lockst sie hierher, damit sie auch gleich noch Idris erwischen."
„Nein! Ganz sicher nicht. Alec, du hast mit Tarons Tötung seinen
Platz eingenommen. Somit kannst du Lukos' Stellvertreter werden,
oder aber dein eigenes Rudel gründen. Sie müssen also erst mit dir
reden, bevor sie Entscheidungen für dich treffen. Und Idris ist sicher,
solange er sich nicht von seinem Wolf zerstören lässt. Wenn das
passieren sollte, ist es für ihn sowieso besser, wenn sie ihn töten.
Aber dem Kleinen wird das nicht passieren. Er hat es sehr gut
aufgenommen, jetzt zu uns zu gehören. Wir helfen ihm, er wird nicht
allein dastehen."
„Und im Moment? Ich kenne Idris. Er wird vor Angst fast
wahnsinnig sein."
„Deshalb sind wir ja hier." Jenna sah von Cahil zu Nadim. „Und ihr?
Seit ihr dem Falschen auf den Schlips getreten?"
„So ähnlich." Nadim verschränkte die Arme vor der Brust. „Ich halte
nicht allzu viel von Regeln. Und ich suche mir meine Opfer nicht
unbedingt nur wegen ihres Blutes aus. Naja, ab und zu ist es auch
vorgekommen, dass ich sie nicht getötet habe, wenn es im Bett
besonders gut war. Das Ende war meist, dass wir bei Nacht und

Nebel verschwinden mussten, weil wir Gefahr liefen, entdeckt zu werden. Der Familienrat hat schließlich übereilt beschlossen, dass ich zu verschwinden hätte. Vom Clan getrennt, um bei weiteren Fehlern nur mein Leben aufs Spiel zu setzen. Cahil hat mich nur begleitet, weil wir noch nie voneinander getrennt waren und er bei unserer spießigen Verwandtschaft nicht eingehen wollte. Tja, das Problem war nur, dass unser Clanoberhaupt das letzte Wort hatte und dieser bei unserem Rauswurf nicht anwesend war. Jetzt hat er scheinbar eine Entscheidung getroffen und diese bedeutet mit ziemlicher Sicherheit, dass wir unseren Besuch hier nicht überleben sollen. Ich bin Janko eine Nummer zu groß, eine ernst zu nehmende Konkurrenz, sollte ich tatsächlich scharf auf seinen Job sein. Aber, ganz ehrlich, der wäre mir viel zu anstrengend."

„Warum dann Idris' Entführung?", rätselte Alec.

„Wahrscheinlich haben sie erfahren, zu wem wir Kontakt haben. Das erste Auftauchen unserer Tante Carice hat mich schon stutzig gemacht. Sie sollte uns ausspionieren, da bin ich mir sicher und sie wird nicht die einzige gewesen sein. Fast glaube ich sogar, dass sie gehofft haben, dass du ihnen die Arbeit abnimmst und Cahil und mich tötest. Da das nicht passiert ist, mussten sie handeln. Ich vermute, dass sie noch nicht gewusst haben, was Idris passiert ist, ihn deshalb als schwächstes Glied der Kette ansahen. Darum haben sie ihn entführt."

„So und wir sollten langsam ins Schloss", unterbrach Cahil seinen Bruder. „Ich glaube nämlich, dass sie uns entdeckt haben."

„Shay?"

Adalizia blieb am Fuß der Treppe stehen und sah den düsteren Kerkergang entlang. Ganz am Ende brannte eine einzelne Fackel ruhig in ihrer Wandhaltung. Murrend hob sie ihren bodenlangen weit schwingenden Satinrock etwas an und trippelte auf die Lichtquelle zu.

Ihre teuren, handgearbeiteten Lederstiefeletten waren nun wirklich nicht geeignet für diesen feuchten Steinboden. Wieso musste sie auch hier runter gehen?

Sollte Shay sich doch mit diesem Jungen vergnügen.

Sobald die Sache mit Nadim und Cahil geklärt war, war er doch nichts weiter als Futter. Sein Blut würde auch schmecken, wenn er nicht mehr unbeschädigt wäre.

Adalizia erreichte die hintere Kerkerzelle. Verwundert betrachtete sie die offene Gittertür. Was sollte das?

„Shay?"

Zögernd blieb sie an der Tür stehen. Das Fackellicht reichte nicht bis zur gegenüberliegenden Zellenwand. Nur undeutlich konnte sie eine liegende Gestalt auf dem Boden erkennen. Ebenso eine leichte Bewegung von einem hellen Umriss dicht daneben.

„Oh nein. Bist du immer noch dabei? Dann hättest du was sagen können. Ich lege keinen Wert darauf, dir beim Vögeln zusehen zu müssen."

Das tiefe Knurren aus der Dunkelheit ließ sie zurückweichen.

„Shay, ist alles in Ordnung?", fragte sie irritiert.

Neben sich auf dem Boden entdeckte sie eine umgestürzte, erloschene Laterne.

Der helle, schemenhafte Umriss bewegte sich plötzlich auf sie zu. Verdammt schnell.

Adalizias Augen weiteten sich, als der sandfarbige Wolf auf sie zu jagte und das blutverschmierte Maul aufriss.

Ihr Schrei ging in ein gequältes Gurgeln über und erstarb schließlich.

Sie nicht weiter beachtend wagte der Werwolf sich vorsichtig in den Gang, schnüffelte auf dem Boden, leckte über die feuchten Steine.

Mit unbeholfenen Bewegungen rutschte er auf die Treppe zu, kämpfte sich mühsam die Stufen hinauf. Oben war die schwere Eichenholztür nicht geschlossen und der Wolf stolperte in den breiten, teppichbedeckten Flur.

Lautlos lief er durch das düstere, stille Anwesen und versuchte einen Ausgang zu finden.

Leider erfolglos.

Er kannte sich nicht aus, wusste nicht, wie man Türen öffnete.

Sein menschlicher Wirt war noch immer nicht ansprechbar, hatte sich vor allem und jedem verschlossen.

Der Werwolf hatte große Angst, war verwirrt und fühlte sich hilflos.

Verschreckt stoppte er, kauerte sich zitternd zusammen und winselte leise, als Schritte hinter der Dielenbiegung erklangen.

Er dachte nicht mal ans Weglaufen. Wie auch, wenn es ihm niemand als Möglichkeit anbot? Seine Instinkte wurden gedämpft durch seine Angst.

„Oh."

Er presste sich flach auf den Boden, legte die Ohren fest an den Kopf.

„Hallo. Wo kommst du denn her?"

Die Frauenstimme war sanft, freundlich. Obwohl er in ihr eine Vampirin erkannte, verspürte er einen winzigen Funken von Vertrauen, woher auch immer. Zaghaft wedelte er mit der buschigen Rute, blickte zu ihr hoch. Seine Instinkte klammerten sich an dieses vertraute Gefühl, erhoffte sich davon Hilfe.

Sie kniete sich vor ihn, umhüllt von langem, rotem Haar. „Ich weiß, was du bist", flüsterte sie, streckte langsam eine Hand aus und streichelte über sein Nackenfell. „Zuerst dachte ich ja, du bist Cahils Werwolf." Sie kicherte leise. „Aber das glaube ich nicht. Er braucht eine starke Hand, jemanden, der ihn beschützen kann und ihn ein wenig lenkt. Das trifft auf dich nicht zu."

Erneut schlüpfte ein Kichern über ihre Lippen, die Augen funkelten amüsiert. „Du bist Nadims Freund. Ich verstehe nur nicht, warum sie davon sprachen, einen Menschen herzubringen."

Ihre kraulenden Hände waren wirklich beruhigend.

„Weißt du, sie glauben, dass ich nichts über ihre Pläne weiß. Aber sie entscheiden über meine Kinder, da muss ich doch Bescheid wissen, oder?"

Sie umfasste den Kopf des Werwolfes und hob ihn leicht an, sah ihm fest in die Augen, das Blut auf dessen Schnauze dabei ignorierend.

„Du solltest dich verstecken. Ich glaube nicht, dass sie dich hier oben sehen wollen."

Sichtlich amüsiert über die Blindheit ihrer Familie, die glaubte alles zu wissen und doch nichts wusste, lachte sie erneut leise auf.

„Obwohl ich ja vermute, dass sie dich gar nicht erkennen würden. Wirklich dumm, meine Sippe, mh?"

Sie erhob sich wieder, strich ihr weinrotes Kleid glatt.

„Komm mit. Ich bin übrigens Luana."

Kapitel 14

Die Vier erreichten das Schlossportal, doch bevor einer von ihnen auch nur einen Fuß auf eine der vier Eingangsstufen setzen konnte, öffnete sich einer der eindrucksvoll mit Schnitzereien verzierten Türflügel.

Nadim lächelte boshaft bei Jankos Gesichtsausdruck.

So sehr dieser es auch versuchte, er konnte nicht verhindern, dass sein Ärger über die Anwesenheit der Werwölfe durch seine Maske hindurchschien. „Sie bleiben draußen!", knurrte er.

„Bedaure. Entweder sie dürfen eintreten oder wir müssen unsere Unterhaltung hier nach draußen verlegen."

Minutenlang fochten sie ein Blickduell aus. Jonas war deutlich anzusehen, wie gern er Nadim sofort töten wollte allein dafür, dass er Werwölfe herbrachte. Zähneknirschend trat er dann zur Seite, ließ die Vier herein. Es gab Regeln und an diese klammerte der Ältere sich. Er musste Nadim und Cahil zumindest zugestehen, sie anzuhören, auch wenn seiner Meinung nach nichts dabei herauskommen würde, was sein Vorhaben verhinderte. Janko dies als absolute Zeitverschwendung ansah.

„Ihr könnt direkt durchgehen zum Salon. Ich möchte nicht noch mehr von meiner Zeit verschwenden."

„Glaub mir Janko, wir auch nicht. Ich kann mir weitaus angenehmere Möglichkeiten vorstellen, mir die Zeit zu vertreiben."

„Du kannst dir nicht vorstellen, wie sehr mir doch deine zynische Zunge gefehlt hat Nadim."

„Das dachte ich mir doch."

Im Salon trafen sie auf den Rest der Familie. Auf fast alle.

„Wo ist Mom?" Cahil sah sich besorgt um.

„Auf ihrem Zimmer, wo sie auch bleiben sollte." Carice' schrille Stimme ließ Alec bedrohlich knurren.

Cahil legte beruhigend eine Hand auf seinen Arm. „Nicht. Sie wäre es nicht wert."

Carice sah aus, als wollte sie noch einen draufsetzen, doch eine Handbewegung von Janko ließ sie schweigen.

„Wo ist Idris?" Nadim sah das Clanoberhaupt herausfordernd an.

„Da wo Futter hingehört."

„Was heißt das?", fragte Alec alarmiert.

„Im Kerker", gab Cahil nur ungern Auskunft.

„Verdammt!" Alecs Augen hellten auf. „Er hat Angst. Er ist gerade erst …"

Hastig verschloss Cahil ihm den Mund mit seiner Hand. „Bitte", flüsterte er. „Halt dich zurück."

Äußerst widerwillig nickte Alec. Er konnte Idris nicht spüren, was ihm wirklich große Sorgen bereitete. Wie ging es seinem kleinen Bruder?

„Wollt ihr euch nicht setzen?", fragte Janko betont freundlich. Dieser unruhige Werwolf machte ihn nervös.

Wieso brachte Nadim sie immer in solche Schwierigkeiten?

Jetzt machte er nicht mehr nur Menschen auf die Existenz von Vampiren aufmerksam, jetzt umgab er sich auch noch mit tödlichen Feinden.

Wie tief sollte ihre Familie denn noch sinken?

Nadim zog sich einen der Stühle heran. Während er sich setzte, bemerkte er auch Shays und Adalizias fehlen.

„Deine so wichtige Sitzung scheint nicht für alle interessant genug zu sein", stichelte er. Der Rotblonde liebte es, Janko bis zur Grenze zu reizen. Oder auch darüber hinaus, wie dessen wütend funkelnde Augen gerade verrieten.

Im Stillen musste Janko sich eingestehen, dass er erst durch Nadims Hinweis darauf aufmerksam wurde, dass die zwei Vampire noch immer abwesend waren.

Was trieben die beiden denn?

Sie sollten nach einem Menschen sehen, kein Ungeheuer bewachen.

Hatte sich Shay etwa nicht zurückhalten können?

Das wäre nicht ganz von Vorteil, wo sein Plan doch schon durch die Anwesenheit dieser Werwölfe einen gewaltigen Dämpfer erhalten hatte.

Nadim hatte ihn nicht aus den Augen gelassen, sein kaum wahrnehmbares Mienenspiel genau verfolgt. Das Ergebnis gefiel ihm nicht. „Ich will Idris sehen", verlangte er.

„Du bist nicht in der Position, um hier irgendwelche Forderungen zu stellen, mein Bester."

„Hältst du mich für so dämlich, dass ich nicht weiß, warum wir herkommen sollten? Du willst mich töten, weil du unbedingt deine Position als Familienoberhaupt behalten willst. Verdammt noch mal! Ich will den Rang gar nicht! Ich genieße mein Leben, so wie es ist."

„Du bringst uns mit deinen Eskapaden alle in Gefahr. Ich werde das nicht stillschweigend hinnehmen. Meine Familie ist wichtiger. Die Sicherheit aller ist bedeutender als das Vergnügen eines Einzelnen."

Nadim reckte seine Arme, verschränkte sie dann hinter seinem Kopf, streckte seine Beine aus, die Knöchel übereinanderlegend.

„Jetzt hast du ein Problem Janko."

Dieser runzelte die Stirn. „Ich hasse dich Nadim!", murrte er.

Wissend lächelnd nickte dieser.

„Aber noch mehr hasse ich es, wenn du so überheblich tust und mir jeden Moment einen Trumpf vor die Nase knallst."

„Tja. Du hättest vielleicht erst mit mir reden sollen, statt blindwütig Pläne zu schmieden."

„Also?"

„Du siehst mich als Bedrohung. Das können wir ändern. Wie gesagt, ich bin nicht scharf auf deinen Job. Das kannst du sogar schriftlich haben, wenn es dich beruhigt. Ich fühl mich ganz wohl in der Villa. Überlass sie Cahil und mir, dann brauchst du uns nicht ertragen. Und was meine wilden Zeiten mit unzähligen Liebhabern angeht, die auch meist noch über meinen Vampir Bescheid wussten, das dürfte vorbei sein." Nadim hob herausfordernd eine Augenbraue. „Wenn Idris noch am Leben ist! Er hat nämlich das geschafft, was in 300 Jahren niemand annähernd erreicht hat. Er bringt mich dazu, sesshaft zu werden."

Der Rotblonde senkte die Arme wieder, rieb sich mit den Handflächen über seine Oberschenkel. „Du solltest für die Sicherheit der Familie garantieren, dass es dem Kleinen gut geht und ihm kein Haar gekrümmt wurde. Denn wenn doch, darfst du dir sicher sein, dass ich dich töte. Noch bevor Alec dich in der Luft zerreißt. Und dann dürfte es mir verdammt egal sein, wer was über uns erfährt."

Janko neigte leicht seinen Kopf, musterte Nadim abschätzend. Seine Worte hatten ihm tatsächlich allen Wind aus den Segeln genommen. „Dieses Nichts? Du willst allen Ernstes, dass ich dir abkaufe, dass dieses halbe Portiönchen dich gebändigt hat?"

Eigentlich unfassbar. Doch sollte es tatsächlich stimmen wäre er wirklich ein großes Problem los wenn Nadim seinen Vorschlag ernst gemeint hatte.

Hätte er wirklich das direkte Gespräch mit ihm riskieren sollen? Janko war sich so sicher gewesen, dass dabei nichts Positives herausgekommen wäre. Sollte er sich so geirrt haben?

„Glaub es oder glaub es nicht. Doch wenn du ihn weiter festhältst, kriegst du es nie heraus."

„Schön. Ich will das von dem Menschen hören. Dir traue ich nicht auf einen Meter. Carice, hol ihn. Dabei kannst du auch gleich mal nachsehen, warum Shay und Adalizia noch immer durch Abwesenheit glänzen. Die habe ich vor Ewigkeiten in die Kerker geschickt."

Grummelnd verließ Carice den Salon. Viel lieber hätte sie weiter dem Schlagabtausch gelauscht.

Alec ließ sich immer noch widerstrebend von Cahil auf einen der zierlich wirkenden, reich bestickten Sofas ziehen. Sein Wolf schaffte es einfach nicht, Idris zu finden. Er empfing nur Chaos.

Jenna nahm sich einen Stuhl. Es störte sie gewaltig, dass sie Idris nicht orten konnte, ihr Wolf dagegen war sehr unruhig ohne Sagen zu können warum.

Nadim dagegen war ausgesprochen ruhig. Über ihre Verbindung konnte er nichts Auffälliges wahrnehmen. Sie war noch vorhanden, also lebte er noch, und da sie bisher nur auf extreme Stimmungen reagierte, schien es seinem Wölfchen verhältnismäßig gut zu gehen.

Die Salontür flog wieder auf. Carice hielt sich keuchend am Türrahmen fest. Ihr natürlich blasses Gesicht war weiß, schneeweiß. „Sie sind tot!", krächzte sie. „Shay und Adalizia sind tot."

Ihre weit aufgerissenen Augen hefteten sich auf Alec. „Ihr habt sie umgebracht." Dann sah sie zu Janko. „Diese Bestien, die du in dieses Haus gelassen hast, haben die beiden getötet."

Cahil hielt Alec eisern am Arm fest. Er konnte den Werwolf in den blauen Augen wüten sehen.

Jenna hielt sich etwas besser unter Kontrolle, doch die Grenze bis zur Explosion war auch bei ihr sehr nah.

Jeder Vampir im Raum konnte die beiden Werwölfe spüren und sie ahnten, was hier los wäre, wenn sie sich wandelten.

„Meine Liebe, du weißt genau, dass deine Anschuldigung lächerlich ist. Sie waren die ganze Zeit hier." Janko stellte sich bewusst zwischen Carice und die Wölfe, versuchte eine Eskalation zu verhindern.

„Dann geh in die Kerker und sieh selbst nach! Sie sind fast zerrissen worden. Wer sonst, als diese Werwölfe, soll denn da unten gewütet haben?"

Alec und Jenna wechselten einen fassungslosen, erschrockenen Blick. „Bitte nicht", flüsterte sie.

Leider hörten die anderen sie deutlich genug.

„Was?" Janko drehte sich zu ihr um.

Langsam dämmerte auch Nadim, das hier etwas ganz und gar nicht in Ordnung war. „Wo ist Idris?"

„Interessiert mich das?", kreischte Carice, wütend darüber, dass Janko nicht so reagierte, wie sie erhofft hatte. „Wahrscheinlich haben die Bestien ihn gleich mit aufgefressen. Ein Problem weniger, wenn ihr mich fragt."

„Dich fragt aber keiner." Nadim war aufgesprungen, wollte nachsehen, wovon dieses Weib faselte.

„Ich fürchte, Idris ist diese Bestie." Jennas ruhig ausgesprochene Worte schlugen ein wie eine Bombe. Für mehrere Sekunden herrschte Stille.

„Wie bitte ist das zu verstehen?"

„Nun." Jenna stöhnte. Wieso blieb es immer an ihr hängen, schlechte Nachrichten weiterzugeben? „Es gab einigen Ärger. Daraus resultierend wurde unser kleines Küken gebissen. Er hat noch keinerlei Erfahrung mit seinem Wolf. Es wäre eine Katastrophe, wenn er sich wirklich verwandelt hat."

„Soll das heißen, hier läuft ein irrer Werwolf im Schloss herum?", schrie Carice. „Ich wusste, dass es eine dämliche Idee war, ihn hierherzuholen. Ich wusste es."

Nadim rieb sich die Schläfen, sah mit schrägem Blick zu Alec, der sehr blass war und nervös wirkte. „Das ist nicht gut, oder?"

„Nein." Alec erwiderte seinen Blick nur kurz. „Es ist für geborene Werwölfe schon äußerst anstrengend, bei der ersten Wandlung alles zu kontrollieren. Für einen erschaffenen Werwolf ist es noch weitaus schwieriger. Es ist, ohne Hilfe, kaum zu schaffen. Je stärker der Wolf umso riskanter ist es."

„Sein Wolf ist nicht so stark, das habt ihr gesagt."

„Die Variante ist in solch einer Situation noch wesentlich schlimmer", wandte Jenna traurig ein. „Ein dominanter Wolf wird sich recht schnell zurechtfinden. Dagegen fehlt dem passiven Wolf der Führungspart. Er wird beherrscht von Angst, Verzweiflung, Einsamkeit. Ohne den sicheren, beschützenden Halt eines Anderen kann er durchdrehen." Sie wandte sich an Janko. „Wir müssen ihn finden. Der Kleine hat es nicht verdient zu sterben. Und das wird er, wenn wir es nicht schaffen, ihm zu helfen, die Kontrolle über seinen Wolf zurückzuerobern. Meine Familie wird einen wahnsinnigen Werwolf nicht am Leben lassen."

„Soll er krepieren! Er hat es nicht anders verdient." Carice war fassungslos darüber, dass Janko tatsächlich darüber nachzudenken schien, was zu tun wäre. „Er hat Shay und Adalizia auf dem Gewissen."

„Und wir haben ihn so weit getrieben!", mischte sich Talita ein. „Selbst du kannst nicht leugnen, dass Shay mit Sicherheit nicht nur im Kerker war, um ihm Wasser zu bringen."

Nadim kniff die Augen zusammen, fixierte Janko. „Er hat ihn vergewaltigt?"

„Ich weiß es nicht. Verdammt! Ich weiß nicht, was im Kerker los war." Janko entglitten die Zügel der Kontrolle und das gefiel ihm überhaupt nicht. Schwäche konnte er sich nicht leisten. Vor allem nicht jetzt.

„Wenn er ihn angefasst hat, bezahlst du dafür. Wie kannst du so was zulassen?"

„Schluss!" Manis stand entschlossen auf. „Bevor wir uns gleich gegenseitig an die Kehlen gehen, lasst uns erst versuchen, ihn zu finden." Er sah zu Jenna. „Gibt es etwas, worauf wir achten sollten? Ich möchte nicht gern seine Zähne zu spüren bekommen."

„Abstand halten", riet sie. „Wenn jemand ihn findet, auf keinen Fall zu nahe heran. Er wird keine Warnungen vorwegschicken. Er wird höchstwahrscheinlich direkt angreifen. Sagt Alec oder mir Bescheid." Sie atmete tief durch. „Danke."

„Wofür?", fragte Janko. Er wusste, er musste nun alles Mögliche tun, um diese unangenehme Situation zu retten. Ansonsten hätte er als Clanführer auf ganzer Linie versagt und dürfte wohl dabei zusehen, wie jedes anwesende Familienmitglied von den Werwölfen vernichtet wurde. Ganz zu schweigen von Nadims mit Sicherheit ausbrechendem Blutrausch, den niemand würde stoppen können.

„Es ist unsere, vor allem meine Schuld, dass es zu diesem Problem gekommen ist. Dann ist es das Mindeste, bei der Suche zu helfen. Außerdem kennen wir dieses Schloss weitaus besser. Wir sollten mit dem Kerker anfangen. Vielleicht ist er ja noch unten. Ich möchte wirklich keinen Werwolf länger als nötig innerhalb dieser Mauern haben. Vor allem keinen der außer Kontrolle geraten ist."

Cahil trat zu seinem Bruder, der mit seinem Vampir gerade einen Kampf führte, nicht jetzt völlig auszurasten. Er drückte ihm kurz beruhigend seine Hand. „Wir finden ihn, Nadim. Und wir helfen ihm."

„Hoffentlich."

Der Anblick der beiden entstellten, vertrockneten Leichen im Kerker ließ selbst Janko ein wenig Farbe verlieren.

Dass Vampire nach ihrem Tod alle Flüssigkeit verloren und deshalb das Aussehen von welken Blättern oder dörren Zweigen annahmen war ihm bekannt.

Aber man konnte auch jetzt noch die Angriffsspuren des Werwolfs deutlich erkennen und egal wie abgehärtet sie alle sich gaben, es erschreckte jeden von ihnen.

Gegen einen solchen Angriff konnte nicht einmal ein Vampir etwas ausrichten.

Die Verliese waren leer. Kein zähnefletschender Wolf, der in einer der düsteren Ecken lauerte.

Alecs Gesicht verfinsterte sich immer mehr. Er kannte Idris gut genug, um zu wissen, dass dieses Ereignis bei dieser Umgebung vorhersehbar war.

„Wir finden ihn", versuchte Cahil ihn etwas aufzumuntern.

„Hoffentlich." Alec strich sich durchs Haar. „Das Rudel ist noch immer auf dem Weg hierher. Wenn Idris wirklich die Kontrolle verloren hat, werden sie nicht zögern und ihn eliminieren."

Sie durchkämmten das Erdgeschoss ebenso erfolglos.

Keinerlei Spuren wiesen darauf hin, dass Idris überhaupt hier gewesen war.

„Könnt ihr ihn nicht aufspüren?" Nadim musste frustriert feststellen, dass ihre Verbindung keinerlei Informationen preisgab. Sie war sehr dünn, kaum wahrnehmbar.

„Tja. Erstens ist er ein noch junger Wolf. Setz ihn mit einem Welpen gleich. Er hatte zuvor noch keine Wandlung. Er hat keine Verbindung zum Rudel und somit nicht den typischen Duft. Sein sogenannter Eigengeruch ist noch neutral, hauptsächlich um Feinde fernzuhalten, da er noch sehr verwundbar ist und seine eigenen Kräfte nicht kontrollieren kann. Deshalb soll gerade bei der ersten Wandlung ein erfahrener Werwolf mit anwesend sein. Zweitens ist das euer Wohnsitz. Ich spüre eure Kräfte, wie stark jeder von euch ist, ob und wie er für mich gefährlich werden könnte. Da geht Idris' schwache Signatur einfach unter." Alec hörte sich gereizt an.

„Lebt er überhaupt noch? Ich fühle nämlich auch rein gar nichts."

„Du hast dich mit Idris, dem Menschen gebunden. Nicht mit dem Werwolf. Und im Moment ist der menschliche Teil nicht ansprechbar."

Sie erklommen den ersten Stock. Obwohl selbst gefürchtete Schattenwesen im Normalfall nicht ängstlich waren, bevorzugten sie nun das Zusammenbleiben in der Gruppe, um sich zu schützen.

Im langen, dämmrigen Flur begegnete ihnen Luana.

„Mom!" Cahil zog die zierliche Frau fest in seine Arme, was diese leise auflachend geschehen ließ.

Während sie einen Arm um die Hüfte ihres Jüngsten legte, strich sie kurz über Nadims Wange.

„Du solltest nicht hier herumschleichen", mischte sich Janko ein. „Ich bitte dich gehe auf dein Zimmer."

Sie löste sich von ihrem Sohn, musterte den Vampir mit selten klarem Blick. „Du solltest eher dafür sorgen, dass alle die Ruhe bewahren. Ich weiß, wen ihr sucht. Und ich weiß, wo er ist."

Janko hob seine Brauen. Sie lebte noch nach der Begegnung mit diesem irren Werwolf?

„Du willst ihn umbringen", stellte Luana leise fest.

„Nein. Wenn dafür gesorgt werden kann, dass er sich beruhigt und keine akute Gefahr mehr darstellt, will ich ihn mit Sicherheit nicht töten." Kurz blickte er zu Nadim. Ganz bestimmt nicht, nicht mehr!

Luana drehte sich wortlos um und schritt den Flur entlang bis zur Tür zu ihrem Zimmer.

„Seine Angst ist unendlich. Sie tut sogar mir weh", flüsterte die Rothaarige. „Ich habe ihm versprochen, dass ihm nichts mehr passieren wird. Wenn also jemand versucht, ihm Schaden zuzufügen, werde ich eingreifen."

Sie sah über ihre Schulter zurück zu Nadim. „Er ist ein sehr sanfter und starker Partner. Du hast eine gute Wahl getroffen."

Irritiert blinzelte der Rotblonde, wechselte mit seinem ebenso überraschten Bruder einen Blick.

Woher wusste sie davon? Doch sicher nicht von Idris.

„Mom?"

„Ich weiß so etwas, mein Sohn."

Na toll, jetzt schien sie auch noch erraten zu können, was er fragen wollte. Dabei gehörte Gedankenlesen eigentlich nicht zu ihren herausragenden Fähigkeiten.

Luana öffnete die Tür. „Er ist unter dem Bett."

Nur allzu gern überließen die Vampire den beiden Werwölfen den Vortritt.

Selbst Nadim verspürte einen winzigen Funken Furcht.

Shays und Adalizias Anblick hatten ihm deutlich gemacht, wie gefährlich Idris im Moment war.

Alec hockte sich neben dem Bett auf den Boden, was augenblicklich dafür sorgte, dass von dort ein langes, tief vibrierendes Knurren ertönte.

Jenna hielt sich noch zurück, wartete am Fußende des Bettes. Sie konnte Idris' Verwirrung nun deutlich wahrnehmen. „Lass deinen Wolf frei, Alec. Dann beruhigt er sich hoffentlich so weit, dass er ansprechbar ist."

Wenige Sekunden später hatte sich Alec ohne Scheu entkleidet und der kleine Raum wurde von dem kräftigen, braunfelligen Rüden dominiert, der etwas näher ans Bett robbte und langsam seine Schnauze unter die Liegefläche schob.

Dieses Mal erklang kein Knurren, sondern nur leises, herzzerreißendes Winseln, was selbst Carice berührte, die bis jetzt nur darauf aus gewesen war, diesen Werwolf zu vernichten.

Alec kroch halb unter das Bett, was mit einigen Schwierigkeiten verbunden war, da er sich aufgrund seiner Größe beinahe einklemmte.

Geborene Werwölfe wurden wesentlich größer als erschaffene Exemplare, was für Idris jetzt zum Vorteil wurde, da er komplett unter dem Bett verschwinden konnte.

Eingerollt zu einer Pelzkugel lag er am Kopfende, seine Rute über die Augen gelegt, als wollte er nichts von der fürchterlichen Welt draußen mitbekommen.

Alec kämpfte sich noch ein Stück näher, stupste ihn sanft an.

Idris presste seine Ohren fest an den Kopf, wollte sich noch kleiner machen.

Es vergingen endlose Minuten, bis der völlig verängstigte Jungwolf es wagte, seine Sinne vorsichtig tastend auszustrecken.

Der neu aufgetauchte Geruch schien bekannt und gab ihm ein Gefühl von Sicherheit, ganz so als würde er denjenigen schon lange kennen und ihm vertrauen.

Er riskierte einen Blick, betrachtete den Wolf mit den hellen, blauen Augen. Diese verstärkten das Gefühl sogar noch, auch wenn er sich sicher war, ihn noch nie zuvor gesehen zu haben.

Wieder dauerte es etwas, bis er realisierte, dass sein Mensch wusste, wen er da vor sich hatte. Der Wolf war restlos erleichtert, endlich wieder Kontakt zu ihm spüren zu können.

Ganz allein gelassen waren die vergangenen Stunden schrecklich gewesen. Nicht zu wissen, warum der Mensch plötzlich solche Angst gehabt hatte, weshalb er sich geweigert hatte, ihm zu helfen, war etwas, was er so schnell sicher nicht ein zweites Mal erleben wollte.

Er löste seine verkrampfte Körperhaltung und ließ zu, dass Alec ihm über die Schnauze leckte, was etwas sehr Beruhigendes an sich hatte.

Nadim und Jenna atmeten fast gleichzeitig auf, als sie beide wieder Idris' Anwesenheit fühlen konnten.

Zufrieden mit ihrem Sohn und wohl wissend, dass sie das Schlimmste schon überstanden hatten, wandte sie sich dem Vampiroberhaupt zu.

„Ich werde jetzt draußen nachsehen, ob mein Rudel schon angekommen ist. Möglich, dass ich dort auch für Klarheit sorgen kann."

Janko nickte zustimmend. Dieses Problem hatten sie ja auch noch. Nur allzu gern hatte er das die letzten Stunden während der Suche weit von sich geschoben.

Alec verwandelte sich zurück. Für einige Sekunden präsentierte er somit den Wartenden noch einmal sein ansehnliches Hinterteil, was Cahil mit bösen Blicken zu verhindern versuchte.

Schnell jedoch war er, nun vollkommen problemlos, ganz unter dem Bett verschwunden.

Er kraulte Idris hinter den Ohren, redete leise auf ihn ein.

Es war deutlich spürbar, dass der Wolf sich immer mehr entspannte, sodass er sein Hauptaugenmerk auf den menschlichen Teil lenken konnte. Denn Idris' Angst war noch immer greifbar.

Auch Nadim empfing nur dieses eine Gefühl. Und das so stark, dass es selbst ihm fast den Atem raubte.

„Was immer im Kerker passiert ist, sie haben es verdient!", knurrte er.

Carice wollte wieder protestieren, doch er packte sie wütend an den Oberarmen und drückte sie gegen die Wand. „Ich kenne Shay viel zu gut. Nicht einmal du kannst leugnen, dass er ein Scheusal war. Ich spüre Idris' Angst, die kommt mit Sicherheit nicht davon, dass Shay ihm seine Eckzähne präsentiert hat. Er hat es nicht anders verdient, und wenn Idris ihn nicht umgebracht hätte, hätte ich das mit Vergnügen übernommen." Nadim ließ sie wieder los, schenkte ihr noch einen verächtlichen Blick.

„Sein Wolf hat ihn nur beschützt", ertönte es unter dem Bett. „Er hat sich vor Idris gestellt, weil seine Instinkte ihm signalisiert haben, dass er stärker ist und dem Vampir mehr entgegenzusetzen hat. Das Ergebnis war die Wandlung und der Angriff. Ich vermute, dass die Frau im ungünstigen Moment dazu kam und der Angriff auf sie ausgedehnt wurde. Er hatte einfach keine Zeit zu erkennen, dass sie keine direkte Gefahr darstellte. Einige Minuten später und ihr wäre vermutlich gar nichts geschehen."

Alecs Erklärung machte für jeden der Vampire Sinn. Sie alle hätten nicht anders reagiert, wären sie an Idris' Stelle gewesen.

Nadim kniete sich auf den Boden. „Wie geht's ihm?"

Alec lachte leise. „Ich glaube, du kannst es wagen, herzukommen. Idris wird deine Nähe guttun."

Das ließ sich der Vampir nicht zweimal sagen.

Kurz darauf lag auch er unter dem Bett, strich mit bewundernden Blicken über das helle Fell und sandte über ihre Verbindung beruhigende Gefühle an Idris.

Kapitel 15

Jenna war reichlich nervös, als sie vor dem Schloss stand.

Hinter sich im Gebäude ein Haufen Vampire, vor sich auf dem Weg hierher ein Rudel Werwölfe.

Das war schon immer ihr Traum gewesen. Langsam zwischen zwei verfeindeten Arten zerquetscht zu werden. Dagegen war der damalige Kampf, ihr Kind behalten zu dürfen geradezu lächerlich gewesen.

Tief aufseufzend lehnte sie sich gegen den steinernen Torbogen vor dem Schlossportal.

Was tat sie nicht alles für ihren Sohn? Sie liebte ihn einfach viel zu sehr, um ihm irgendetwas abschlagen zu können.

„Wie viele werden es ungefähr sein?"

Erschrocken stieß sie sich von der Mauer ab und wich ein wenig von der Stimme fort, die plötzlich schräg hinter ihr ertönt war.

Wann hatte sich das letzte Mal jemand so nah an sie herangeschlichen, ohne dass sie es bemerkte?

Nie!

Janko hob beschwichtigend die Hände. „Tut mir leid. Ich wollte sie nicht erschrecken."

Jenna legte eine Hand auf ihre Brust, direkt über ihr heftig klopfendes Herz.

„Darauf sollten sie sich was einbilden. Nicht einmal mein Sohn konnte sich je so nah an mich anpirschen. Und ehrlich, er hat es oft versucht." Sie nahm ihre Warteposition wieder ein. „Das Rudel ist nicht sehr groß. Ich denke, Lukos wird nur erfahrene Mitglieder zusammengerufen haben. Wieso?"

„Ich möchte mir ausrechnen, ob wir überhaupt eine Chance haben, sollte es tatsächlich zum Kampf kommen."

„Ich hoffe, dass es keinen Kampf geben wird. Ihr habt euch geeinigt, bis auf den Schreck ist Idris nichts passiert. Sie kommen nur, um dem Kleinen zu helfen. Ich denke, Alec und Nadim bekommen das ganz gut hin. Es bleibt lediglich die Frage, was ihr wegen der beiden im Kerker zu tun gedenkt."

Janko zuckte ein wenig die Schultern. „Ich möchte es eigentlich abhaken. Um Shay tut es mir nicht leid. Ich weiß, dass er eine furchtbar sadistische Ader hatte. Er hätte ihm sehr wehtun können, wenn Idris noch nur ein Mensch wäre. Und Adalizia? Es ist passiert, es ist nicht zu ändern. Eine Verknüpfung ungünstiger Umstände."

„Denken die anderen ebenfalls so?"

„Im Großen und Ganzen vermute ich das. Niemand ist erpicht darauf, sich mit Werwölfen anzulegen, wenn es vermeidbar wäre."

„Ich rede mit meinem Rudel", versprach sie und Janko wandte sich wieder zum Gehen.

Jenna sah ihm noch kurz nach.

Ein stattlicher Mann, das musste sie zugeben. Doch anders als ihr Sohn würde sie niemals etwas mit dem Mitglied anderer Arten von Schattenwesen anfangen. Viel zu kompliziert.

Früher hatte sie Abenteuer noch genossen, jetzt liebte sie es einfach und praktisch. Allein die wenigen Stunden, die sie mit ihrem Sohn und dessen Freunden verbracht hatte, zeigten deutlich, dass ihr dieser Trubel mittlerweile viel zu viel wäre.

Ihr Wolf machte sie darauf aufmerksam, dass ihre Angehörigen in seinem Witterungsradius eingedrungen waren.

Die Nervosität nahm zu und steigerte sich noch einmal, als sie in Sichtweite kamen.

Sie waren zu sechst, also nicht einmal die Hälfte des Rudels.

Jenna erkannte ihren Alpha, ihre Schwester sowie ihre Tante väterlicherseits. Die anderen drei waren weiter entfernte Verwandte, die sie bisher nur von größeren Familientreffen her kannte.

Die weißblonde Frau straffte die Schultern. Sie würde keinem von ihnen die Genugtuung gönnen, ihre Unsicherheit zu bemerken.

Selbst ihr Wolf half ihr mit dem unterstützenden Gefühl von Zuversicht.

„Hallo Lukos", grüßte Jenna, als sie in Hörweite waren. Alle anderen ignorierte sie.

Vor allem die Anwesenheit ihrer Schwester störte. Seit sie Lukos' Gefährtin geworden war, war sie unausstehlich. Ihre Überheblichkeit brachte Jenna regelmäßig an die Grenze ihrer nervlichen Belastbarkeit und war einer der Hauptgründe, warum sie den größtmöglichen Abstand zum Rudel bevorzugte. Auch wenn dies Einsamkeit bedeutete.

Alec war der weitere Grund, war aber ebenfalls mit dem Ersten verbunden, denn Zita verachtete ihre Schwester für ihren Fehltritt und hätte Alec damals mit größtem Genuss getötet, wenn Lukos nicht seine schützende Hand über sie beide gehalten hätte.

Der große, athletische Mann mit den grausilbernen Haaren gewährte ihr überraschend ein freundliches Lächeln. „Hallo Jenna. Es ist mir eine Freude, dich bei guter Gesundheit anzutreffen."

Beide überhörten Zitas Schnauben.

„Deine Nachricht war sehr vage, doch nach dem Vorfall mit Taron hielt ich es für angebracht, gleich aufzubrechen und nähere Erklärungen vor Ort zu erfragen."

„Oh, wir haben Zeit. Es hat sich einiges geändert. Idris schwebt nicht mehr in Lebensgefahr. Er oder besser sein Wolf wusste sich gut zu wehren. Mit dem Ergebnis, dass es jetzt zwei Vampire weniger gibt. Dieses Problem konnte ich mit ihrem Clanoberhaupt bereits regeln."

„Jetzt hält sie auch schon Beziehungen zu Blutsaugern", murrte Zita.

„Wir werden deshalb keine Schwierigkeiten bekommen", sprach Jenna weiter, ihre Schwester immer noch eisern ignorierend. „Alec und Nadim sind bei ihm und beruhigen ihn. Ich muss mich also dafür entschuldigen, dass ihr scheinbar umsonst gekommen seid."

„Typisch! Hauptsache Panik verbreiten", ertönte Zitas Stimme.

„Es ist nicht schlimm Jenna. Wenn ihr wirklich allein klargekommen seid, gratuliere ich dir. Vampire sind nicht einfach zu Händeln."

Jenna lächelte erleichtert. Lukos' Worte taten richtig gut. Sie hatte mit wesentlich mehr Ärger gerechnet.

„Dann kann ich diesen Ausflug nutzen, deinen Sohn und meinen neuen Stellvertreter kennenzulernen. Genau wie unser neues Rudelmitglied."

„Ihr wollt die beiden nicht töten?"

„Quatsch! Natürlich nicht. Dein Junge verdient meinen Respekt. Taron war ein wilder, sehr starker Werwolf. Ihn zu besiegen zeigt, dass Alec großes Potenzial besitzt. So jemanden tötet man nicht, sondern fördert ihn."

Jenna musste sich ihr Auflachen verbeißen, als sie Zitas pikierten Blick sah. Scheinbar passten ihr diese Lobgesänge überhaupt nicht. Sie hatte wahrscheinlich längst die Krallen geschärft um sie Alec in die Kehle zu schlagen.

„Und den anderen Jungen will ich erst einmal sehen. Er ist auf Vampire losgegangen, nicht auf Menschen. Wenn er sich wieder fängt und sich beruhigt hat, zeigt das, dass auch er Charakterstärke besitzt. Klär mich nur auf, wer dieser Nadim und dieser Cahil ist. Du hast die Namen bei deinem Anruf erwähnt, bist aber nicht weiter darauf eingegangen."

Jetzt wünschte Jenna sich ein Mauseloch. Leider war wie immer keines zu finden, in das sie gepasst hätte.

„Die beiden sind Vampire."

Lukos' Blick blieb weiterhin ruhig und interessiert.

Anders als der Rest der Gruppe. Die Laute, die sie von sich gaben zeigten, dass keiner begeistert von dieser Aussage war.

Nun, dann würde sie die Guten halt noch mehr schockieren. Wenn schon, denn schon.

„Cahil ist Alecs Gefährte und Nadim ist auf dem besten Weg, der von Idris zu werden."

Jetzt sprachen sie alle durcheinander. Nur Lukos blieb weiterhin ruhig, es schimmerte sogar Bewunderung in seinen Augen.

„Du bist nicht geschockt?", fragte sie vorsichtig, wirklich überrascht von seiner Gelassenheit.

„Nein. Eigentlich nicht. Viel eher bin ich neugierig. Vampire und Werwölfe sind seit Jahrtausenden Feinde. Mir ist kein einziger Fall bekannt, bei dem es um eine Verbindung zwischen den beiden Arten ging. Und jetzt gibt es gleich zwei Paare."

„Noch dazu unansehnliche Schwuchteln", zischte Zita.

Lukos lachte vergnügt auf. „Ob es so unansehnlich ist, bezweifel ich. Mich würde es schon reizen, einmal heimlich Beobachter zu sein."

Jenna musste fast ihre Zunge durchbeißen, denn ihr gelang es kaum noch, ihr Lachen zu verbergen.

Zita sah aber auch zu komisch aus, wie sie heftig nach Luft schnappte und mit weit aufgerissenen Augen ihren Mann anstarrte. Anscheinend hatte Lukos seine lockere Art und seine offene Sicht auf alles in all den Jahren nicht verloren.

Jeder andere Leitwolf hätte das Kind nach ihrem Fehltritt damals getötet. Er dagegen hatte sie beschützt und ihr sogar geholfen, woanders, gemeinsam mit Alec ein eigenständiges Leben aufzubauen, als der Ärger mit Zita schließlich zu heftig wurde. Sie als Alphawölfin hatte Alec nie akzeptiert, würde es wahrscheinlich auch niemals tun.

„Lassen wir das." Absichtlich seine Gefährtin ignorierend wandte Lukos sich zum Schloss. „Ist es uns erlaubt einzutreten?"

„Ich denke schon. Janko jedenfalls scheint vorerst nichts gegen unsere Anwesenheit und ebenso nichts gegen die Kontakte der beiden Brüder zu haben. Jedenfalls jetzt, wo er alles mit Nadim geklärt hat."

„Schön. Dann lass uns gehen."

Jenna beeilte sich, an seiner Seite zu bleiben, während Zita grummelnd folgte.

Alle anderen schwiegen, scheinbar schnell einverstanden, zu tun was Lukos wollte und von ihnen erwartete. Vielleicht waren sie aber auch einfach nur zu neugierig als gleich kämpfen zu wollen.

Janko erwartete die Gruppe in der Eingangshalle. Er wollte sich erst selbst ein Bild von den Werwölfen machen, bevor er seinen Clan dazu holte.

Überraschenderweise verspürte er wesentlich mehr Neugierde als Abscheu.

Seine Vorfahren würden ihn dafür ächten, wenn sie es noch könnten. Seit Nadims offener Erklärung keinerlei Interesse an seinem Clanstatus zu haben, war er innerlich überraschend ruhig. Selbst sein Vampir schien mit dieser unerwarteten Entwicklung zufrieden.

Die Anspannung der letzten Monate war wie ausgelöscht. All der Ärger umsonst, all die Sorgen vergebens.

Vielleicht sollte er wirklich anfangen, den alten Staub der überholten Regeln abzuschütteln und zukunftsorientierter zu agieren.

Als Jenna eintrat, bemerkte Janko sofort, wie entspannt die Werwölfin war. Das bedeutete wohl ihr Rudel würde sich nicht blutrünstig auf seine Familie stürzen.

Das ließ ihn sogar beinahe gelassen werden. Wurde er auf seine alten Tage etwa weich?

„Janko."

Hinter ihr betrat ein hochgewachsener Mann mit grausilbernen Haaren das Schloss. Er strahlte eine unglaubliche innere Stärke aus, obwohl er gleichzeitig noch jung wirkte, sodass der Vampir augenblicklich wusste, wen er vor sich hatte.

Dagegen verblassten die restlichen Werwölfe zu farblosen Statisten.

„Darf ich dir Lukos vorstellen? Er ist der Alpha unseres Rudels." Jenna wandte sich zu Lukos. „Und das ist Janko. Das Oberhaupt dieses Vampirclans."

Man reichte sich die Hände, ließ die inneren Wesen sich beschnuppern. Weder Wolf noch Vampir schienen abgeneigt zu sein, sich kennenzulernen. Sie zeigten zwar gegenseitig, welch hohen Rang sie innerhalb ihrer Familien innehatten, waren jedoch nicht auf einen Angriff aus. Es war eine Art stillschweigender Waffenstillstand, die keine Seite noch einen Tag zuvor für möglich gehalten hätte. Trotz der natürlichen Abneigung, die spürbar vorhanden war, war die Neugier aufeinander momentan stärker.

Wo war die Feindschaft geblieben, von der seit Generationen gesprochen wurde?

„Sie warten alle im Salon. Nur Nadim ist noch oben bei Idris. Nach Aussage deines Sohnes ist er noch immer sehr durcheinander."

Janko ging vor, führte die Gruppe den, Jenna bereits bekannten Gang entlang.

Jenna fühlte sich großartig, als Zita leise murrte, weil man sie als Partnerin des Alphas komplett zu übersehen wagte. Und dass selbst Lukos versäumte sie vorzustellen, besserte ihre Laune mit Sicherheit nicht.

Für Jenna war es ein erhabenes Gefühl, endlich einmal wichtiger, bedeutender zu sein als ihre Schwester.

Im Salon war die Spannung zwischen den beiden Rassen dann wieder deutlich zu spüren. Nicht alle waren mit dem Kontakt zu den Anderen einverstanden.

Carice strahlte eine solch tiefe Verachtung aus, dass sie sich mit Zita auf eine Stufe hätte stellen können, die ebenso angewidert die Vampire musterte.

Um zu verhindern, dass die beiden Frauen gleich einen Streit vom Zaun brachen, packte Jenna Alec am Arm und zog ihn von dem Zweisitzer hoch, auf dem er mit Cahil saß.

„Lukos, das ist Alec, mein Sohn", stellte sie den Braunhaarigen stolz vor.

„Ah, sehr schön. Aus dem Kind von damals ist ein fast erwachsener Mann geworden. Endlich lerne ich meinen neuen Stellvertreter kennen."

Alec wurde überraschend rot. Es war für ihn noch immer ungewohnt und unangenehm, dass er durch den Tod eines anderen so profitieren sollte.

Obwohl, er würde es sofort wieder tun, denn Taron hatte seinen besten Freund angegriffen, ihn umbringen wollen, nur um sich an ihm für seine Niederlage zu rächen.

„Ich bin sehr erfreut, euch endlich kennenzulernen Lukos. Zu meiner Schande muss ich gestehen, dass ich nicht die geringste Ahnung habe, was diese Position mit sich bringt."

„Das macht nichts. Man kann alles lernen." Lukos grinste breit, beugte sich dann näher und senkte die Stimme: „Und jetzt stell mir deinen Gefährten vor. Ich brenne darauf, den Vampir kennenzulernen, der es tatsächlich geschafft hat, einen Werwolf an die Leine zu legen."

Cahil lachte leise, erhob sich nun ebenfalls. Er hatte die Worte sehr wohl verstanden. Sein Vampir war angenehm überrascht von diesem Alphawolf, der so anders wirkte, als er sich diesen vorgestellt hatte.

„Ich muss korrigieren. Alec könnte ich nie an die Leine legen. Es ist, wie ich gestehen muss, eher so, dass er mich eingefangen hat."

Lukos ergriff die dargereichte Hand. Sein Blick wanderte bewundernd über den Vampir. „Nicht schlecht. Geschmack hast du."

Alec legte einen Arm um Cahils Schultern. „Das ist Cahil. Das Beste, was mir passieren konnte."

Cahil sah kurz zu ihm. „Klingt gut, danke."

Janko bot nun jedem erst einmal einen Platz an.

„Jetzt bin ich noch mehr daran interessiert, die beiden Abwesenden kennenzulernen."

„Ich kann nachfragen, ob Nadim kurz runterkommt", überlegte Cahil laut. „Ich fürchte nur, er wird sich weigern oder sehr schlechte Laune haben." Entschuldigend sah er zu Lukos. „Nadim ist wesentlich temperamentvoller als ich. Und er sagt, was er denkt, egal ob er andern damit auf die Füße tritt, vor den Kopf stößt oder beleidigend wird. Und gerade jetzt, wo es Idris so schlecht geht, wird er wohl an gar nichts anderes denken, als an ihn und somit kein angenehmer Gesprächspartner sein."

„Verstehe. Gut warte ich, bis es dem Jungen besser geht." Er wandte sich an Janko. „Ich bin froh, dass sich alle Unannehmlichkeiten aufgeklärt haben. Ich habe das Gefühl, es ist wesentlich effektiver, sich auf freundschaftlicher Basis kennenzulernen, als das Wir uns gegenseitig an die Kehlen gehen."

„Dies wäre aber zumindest nicht solch eine Zeitverschwendung, wie das hier", knurrte Zita zwischen zusammengebissenen Zähnen.

Lukos sah seine Frau kühl an. Länger konnte er wohl nicht versuchen, sie zu übergehen. „Ich kenne deine Einstellung, meine Liebe. Ich weiß, wie gern du hier gewütet hättest. Ich muss dich enttäuschen. Bisher geht kein einziger ausgelöschter Vampir auf mein Konto und das möchte ich weiterhin so beibehalten. Wenn dich das stört, den Weg zur Tür wirst du dir gemerkt haben. Ich halte dich nicht auf."

Schnaufend verschränkte sie die Arme vor der Brust und wandte sich beleidigt ab, blieb jedoch sitzen.

„Schön haben wir das auch geklärt. Und jetzt muss mir jemand endlich die ganze Geschichte erzählen. Diese wenigen Bruchstücke, die ich bisher erhalten habe, sorgen eher für Verwirrung als für Klarheit."

Alec nickte zustimmend und machte sich daran, den Alphawolf auf den neuesten Stand der Dinge zu bringen.

Mit geduldigen Strichen durchkämmte Nadim das helle, sandfarbige Fell.

Idris war unter seinen beruhigenden Händen eingedöst, sendete über ihre Verbindung entspannte Gelassenheit.

Jetzt wo der Vampir bei ihm war, würde ihm nichts mehr passieren, niemand würde ihm wehtun können.

„Wölfchen?"

Grummelnd schob er seine Schnauze tiefer unter seine Rute.

Nadim kraulte lachend seine spitzen Ohren. „Ich glaube, unten tut sich einiges. Dein Rudel müsste eingetroffen sein. Möchtest du sie nicht kennenlernen?"

Demonstrativ schloss Idris die Augen fester, versuchte so alles auszublenden.

„Vielleicht können sie helfen, dass du dich zurück wandelst. Du bist wirklich ein wunderschöner Wolf Kleiner, aber ich möchte doch lieber dich selbst fest in die Arme nehmen." Er beugte sich tiefer, sodass er ihm ins Ohr flüstern konnte: „Ist ein bisschen fusselig, wenn ich dich küssen möchte."

Gern hätte Idris gelacht, doch sein Wolf schien diese Möglichkeit der Lautäußerung nicht zu haben, stattdessen leckte er Nadim einmal übers Gesicht.

„Boah Idris!" Nadim wich hastig zurück. „Bei aller Liebe, aber das ist eklig und vor allem feucht."

Entschuldigend rieb Idris seine Schnauze unter Nadims Kinn.

„Bitte lass uns runtergehen. Ich passe auf, dass niemand dich dumm anmacht."

Nachgebend robbte Idris unter dem Bett hervor. Der Vampir folgte ihm.

Beide streckten sich ausgiebig, um die steifen Glieder zu lockern.

Dann öffnete Nadim die Tür und hielt sie auffordernd auf. „Nach dir, mein Schöner."

Die schlagartig eintretende Stille beim Eintreffen der Beiden ließ Idris ängstlich hinter Nadim schleichen. Er wollte sofort wieder kehrt machen, doch Nadim schloss die Zimmertür und versperrte ihm somit den Fluchtweg.

Nervös suchte Idris nach einem möglichen Versteck, doch auch hierbei sah es schlecht aus. Der kleine Beistelltisch war ungeeignet, die Sofas und Sessel boten keine Möglichkeit, da drunter zu kriechen.

Winselnd duckte er sich hinter Nadims Beinen und senkte die Schnauze zwischen die Vorderpfoten.

Die gebündelte Kraft der anwesenden Werwölfe und Vampire war überwältigend und raubte ihm den Atem. Sie sorgte dafür, dass seine Angst wieder anstieg.

Das wiederum spürte Nadim, der sich zu ihm niederkniete und erneut begann, seine Ohren zu kraulen.

„Es ist alles Okay. Keiner hat dich angefallen, oder?"

Idris drückte seinen Kopf gegen Nadims Brust, warf ihn dabei fast um.

„Schon gut Idris. Ich geh nicht weg."

Lukos trat zu ihnen, kniete sich vor den zitternden Werwolf. Nadim beachtete er nicht, obwohl er dessen Stärke durchaus spürte und nicht vorhatte, ihn zu unterschätzen. Jetzt jedoch zählte nur das neue, verängstigte Rudelmitglied.

„Sieh mich an Idris."

Nur sehr langsam wandte der Angesprochene seinen Kopf zu dem Alpha. Er musste der Alpha sein, das konnte sogar sein unerfahrener Wolf fühlen.

„Willkommen in deiner neuen Familie. Ich bin Lukos, dein Rudelleiter. Festzulegen, welchen Rang du hast, verschieben wir auf später. Jetzt möchte ich nur, dass du deinem Wolf den Vortritt lässt. Ich brauche seine gesamte Anwesenheit."

Idris war sich nicht ganz sicher, wie er das anstellen sollte. Er konnte sein inneres Wesen spüren, wusste, dass der Wolf eisern an seiner Körperform festhielt. Aber ihm noch einmal die gesamte Kontrolle zu überlassen?

Mit einem Mal spürte er, wie sein Wolf ihm ein beruhigendes Gefühl sandte. Er müsste sich keine Sorgen machen, er würde aufpassen, dass es nicht wieder zu diesem Totalverlust käme.

Lukos lächelte zufrieden, als er die vollkommene Anwesenheit des Werwolfes spürte.

Er übergab seinem eigenen Wolf die Zügel, der sich erfreut daran machte, gedanklich mit dem neuen Rudelmitglied Kontakt aufzunehmen und ihm Hilfestellung bei der Rückwandlung zu geben.

Der Halbstarke fühlte sich gleich wesentlich besser und nicht mehr so verlassen und hilflos. Er verstand schnell, war clever und setzte dieses neue Wissen auch sofort um.

Nadim zog den nackten, zitternden Jungen an sich.

Alec schnappte sich die Wolldecke, die Janko aus der Kommode herausholte, legte sie um Idris' schmale Schultern.

„Dein Wolf gefällt mir", sagte Lukos, strich Idris einmal über die blonden Haare. „Er mag dich wohl sehr gern, so schnell, wie er reagiert hat." Mit amüsiert blitzenden Augen sah er zu dem Vampir.

„Pass bloß auf. Wenn der glaubt, dass du dich Idris gegenüber nicht korrekt verhalten hast, könnte er ungemütlich werden."

„Ich werde mir Mühe geben, beide zufriedenzustellen. Zumal mein Vampir es wohl gar nicht zulassen wird, dass ich Idris gegenüber Fehler mache."

Auch Nadim war, wie sein Bruder überrascht wie freundlich und offen der Alphawolf war. In keinster Weise fühlte er sich von diesem bedroht oder in seiner eigenen Stellung herausgefordert. Seltsam, wenn man bedachte, dass er vor wenigen Wochen Alec unbedingt hatte dominieren müssen, um ihn in seiner Nähe zu akzeptieren.

„Genauso möchte ich es hören. Dann kann ich dir beruhigend diesen Welpen anvertrauen." Lukos nahm Alec ins Visier. „Du sorgst mir dafür, dass er alles lernt, was ein Werwolf wissen muss. Dann kann ich gleich sehen, ob du dir deine ranghohe Stellung auch wirklich verdient hast."

„Ich werde ihm alles beibringen, was ich weiß."

Der Alpha war zufrieden.

Er freute sich schon darauf, herauszufinden, wie es sein würde, Vampiren nicht mehr als Feind gegenüberzustehen. Zumindest dieser Clan könnte einen Versuch wert sein.

Die vergangenen Stunden waren jedenfalls schon mal vielversprechend gewesen.

Kapitel 16

Idris kam gut mit dem Wolf in ihm zurecht. Besser als er selbst vermutet hätte. Vielleicht weil bisher die positiven Aspekte dieser Verbindung überwogen und sein Schattenwesen so pflegeleicht war. Zudem hatte er die bestmögliche Hilfe von Nadim, Alec und sogar Cahil, sich in seinem neuen Leben zurechtzufinden.

Klar gab es Momente der Angst, er musste auch mit Panikattacken kämpfen. Manchmal war die Veränderung einfach zu groß um das ganze Ausmaß erkennen zu können, dann hatte er das Bedürfnis sich am liebsten in eine Ecke zu verkriechen und dort nur noch zu heulen. Doch Idris war nicht allein. Die Drei halfen ihm, waren da, wenn er den Boden unter den Füßen verlor. Und sein Wolf zeigte ihm immer genau im richtigen Moment die unzähligen Vorteile, die ihre Verbindung mit sich brachte.

Oft aber überwog einfach das Gefühl, dass er ein unglaubliches Geschenk erhielt, bedachte man, welche Alternative ihm zur Verfügung gestanden hatte.

Von Jenna schließlich gezwungen hatte er sich auch mit seiner Mutter aussprechen müssen.

Das Ergebnis war für Idris überraschend gewesen. Sie hatte ihn ziehen lassen, ihm tatsächlich gewährt, noch vor seiner Volljährigkeit von Zuhause auszuziehen.

Die passende Erklärung wiederum hatte er von Sally bekommen. Ihre Familie war doch schon immer chaotisch gewesen, ständig aus der Norm gefallen. Warum sollte Idris eine Ausnahme bilden?

Es war doch keine Katastrophe, dass er mit seinem Freund zusammenzog. Nun hatten alle im Ort wieder neuen Gesprächsstoff.

Dazu kam noch, dass Nadim Idris' Mutter und auch Sally völlig verzaubert hatte. Beide Frauen himmelten den Vampir regelrecht an, was ganz sicher nicht an seinen dunklen Kräften lag, die er nach Belieben einsetzen konnte. Wenn Idris sich nicht absolut sicher wäre, dass Nadim nur Augen für ihn hatte, könnte er tatsächlich eifersüchtig werden.

Es war selbstverständlich, dass sie niemandem von ihren Schattenwesen erzählt hatten. Wozu auch? Das Durcheinander war so schon ausreichend.

Nur Sallys Blicke ließen erahnen, dass sie zumindest spürte, dass es da noch Geheimnisse gab.

Chris' Verschwinden hatte dafür gesorgt, dass Idris von Jonas und Tim nicht mehr belästigt wurde und sich auch alle anderen Mitschüler endlich von ihm fernhielten. Möglicherweise konnte es aber auch sein Wolf sein, der ihm Selbstbewusstsein gab, ihn anders auftreten ließ. Vielleicht lag es jedoch lediglich daran, dass Nadim ihn jeden Schultag morgens brachte und nachmittags abholte.

So sehr die Mädchen bei seinem Anblick dahin schmolzen, so feindlich wurde er von den Jungs angesehen.

Nur wagte es niemand, Nadim auch nur anzusprechen.

Idris fand es wunderbar, wie sehr er das Raubtier zeigen konnte, ohne auch nur erahnen zu lassen, wer er wirklich war.

Eine Kunst, die auch Alec perfekt beherrschte und Cahil zumindest dann zeigen konnte, wenn er das wirklich wollte.

Idris übte verbissen daran, ihr Niveau zu erreichen, auch wenn sie Jahre oder auch Jahrhunderte Zeit gehabt hatten, sich diese Fähigkeit anzueignen. Dementsprechend kläglich waren bisher seine Versuche.

Ab und zu legte er sich sogar mit einem der Drei an, um seine eigenen Kräfte zu testen. Ganz sicher würde er sich niemals alles von ihnen gefallen lassen und deren Überheblichkeit, die sie aufgrund ihres Alters und Wissens an den Tag legten, ging ihm so manches Mal gehörig auf die Nerven.

Und Zähne zeigen war wohl erlaubt, solange er sie nicht wirklich herausforderte. Leider brachten sie dieses Aufbegehren ihnen gegenüber eher zu Heiterkeitsausbrüchen als das Sie ihn ernst nahmen.

Verschlafen öffnete Idris seine Augen, sah erst einmal nur ein verschwommenes rotblond.

Gleich darauf musste er niesen, weil ihn einige Haarsträhnen mit dieser seltenen Farbe an der Nase kitzelten.

Brummend vergrub Nadim sich tiefer in den Kissen, während Idris nun hellwach war.

Dicht hatte er sich über Nacht an den bloßen Rücken des Vampirs gekuschelt, sein Gesicht an Nadims Hals gedrückt um seinen so vertrauten Duft einzuatmen.

Ganz langsam begann sein Hirn ebenfalls aufzuwachen, und endlich die Arbeit aufzunehmen.

Und der erste Gedanke huschte zum vergangenen Abend.

Das wiederum ließ den Blonden sofort hochrot werden.

Hatten sie wirklich …?

Er riskierte einen Blick unter die Bettdecke.

Sie hatten!

Warum sonst sollten sie beide nackt sein?

Leise aufstöhnend legte Idris sich auf den Rücken, starrte zur Decke.

Jetzt konnte er sich auch das leichte Ziehen an seinem Hintern erklären.

Sex!

Sein erstes Mal!

Idris lächelte, was sich rasch zu einem breiten Grinsen ausweitete.

Nichts hatte am vergangenen Abend darauf hingedeutet, dass sie so weit gehen würden.

Es war zwei Monate her, seit sie aus dem Schloss wieder heimgekehrt waren.

Am Abend hatte er es mal wieder probiert sich teilweise, anstatt vollständig zu wandeln und Alec damit in einen nicht enden wollenden Lachanfall getrieben.
Beleidigt war er in sein Zimmer geflüchtet, wo Nadim ihn etwas später gefunden hatte.
„Lacht er immer noch?"
„Nein. Aber das könnte daran liegen, dass Cahil ihm eine andere Vergnügungsmöglichkeit zeigt."
Idris wurde rot. So sehr er sich auch das Gegenteil wünschte, Alecs Sexleben brachte ihn noch immer aus dem Konzept. Es war wesentlich leichter gewesen, wenn sein bester Freund nur von seinen Affären gesprochen hatte, als seine wilden Nummern mit Cahil jetzt fast live mitzuerleben.
Vor allem, da er noch immer nicht mitreden konnte.
Nadim war ungezügelt, wild, konnte unberechenbar sein, aber bei Idris war er sanft wie ein Lamm und so verdammt zurückhaltend, dass der Blonde manchmal durchdrehen könnte.
Er konnte einfach nicht den entscheidenden Schritt wagen und genau das schien der Vampir zu erwarten.
Oder sollte er es doch tun?
Gerade jetzt?
Heute?
In diesem Moment?
„Nadim?" So kläglich hatte er sich noch nie angehört, wie er entsetzt feststellen musste. Das wirkte wahrlich sexy. Damit hatte er mit absoluter Sicherheit jeden Funken Erotik mit einem Eimer Wasser ertränkt.
Die dunkelroten Augen jedoch blitzten belustigt und auch wissend.
„Ja?"
„Ich ... wir könnten ... vielleicht hast du ..." Idris raufte sich die Haare.
„Vergiss es! Es ist einfach nur peinlich." Er wandte sich ab.
Nadim trat dicht hinter ihn, legte seine Arme um Idris' Taille und stützte sein Kinn auf dessen Schulter ab. „Du hast also keine Lust, meinen Bruder und deinen besten Freund beim Sex zuzuhören?"
„Oh Himmel nein!"
„Und du hast eine bestimmte Vorstellung, wie wir das verhindern können?"
Idris schloss genießend die Augen, als Nadims Atem seinen Hals streifte.
„Ich glaube schon", krächzte er.
„Verrat es mir", flüsterte Nadim.
Idris umfasste die Hände des Vampirs, die sanft über seinen Bauch strichen, klammerte sich daran fest.
„Wir könnten dasselbe tun." Seine Stimme schien sich bereits auf der Flucht vor seinem eigenen Mut zu befinden, so leise, wie sie nur noch zu hören war. Angespannt wartete er auf Nadims Reaktion.

Dieser hob eine Augenbraue, lächelte leicht. Dann hauchte er einen Kuss in Idris' Nacken. „Der Vorschlag gefällt mir außerordentlich gut. Bist du dir auch ganz sicher?"

Idris drehte sich in seinen Armen um, suchte scheu seinen Blick. Die Liebe in Nadims Augen war wie Balsam für seine nervösen Nerven, ließ ihn seinen davongerannten Mut wieder einfangen.

„Ja." Er strich ihm über die Wange, küsste ihn kurz. „Ich bin mir sicher. Es muss ja irgendwas dran sein, sonst würden die beiden es nicht so oft tun."

Lachend hob Nadim ihn problemlos hoch. „Es ist ein Trip in den Himmel, zurück auf die Erde und runter zur Hölle. Achterbahnfahren ist dagegen wie ein Kinderkarussel." Er stellte Idris vor dem Bett ab. „Und ich werde alles dafür tun, dass du jede Sekunde genießen kannst."

„Klingt schön. Nadim, ich …"

„Scht." Der Vampir legte seine Hand auf Idris' Lippen. „Ich weiß es." Er ersetzte seine Hand durch seinen Mund, küsste Idris zärtlich. „Ich gebe dir alle Zeit, die du brauchst."

Die Wangen des Blonden färbten sich wieder dunkel. Er ließ sich in Nadims Arme ziehen, genoss den nächsten Kuss, der überraschend anders war, als alle vorherigen.

Idris konnte Nadims Kraft schmecken, fühlen, wie viel es ihn kostete, sich zurückzuhalten, um ihn nicht zu verschrecken.

Er griff eine Hand des Vampirs, ließ sich aufs Bett sinken und zog ihn mit sich. „Zeig mir den Weg. Ich folge dir."

Nadim kam über ihn, stützte sich mit den Händen ab, während er jeden Millimeter auf seinem Gesicht mit winzigen, gehauchten Küssen bedeckte.

Er schaffte es tatsächlich, dass Idris sich schnell fallen ließ, einfach nur seine Küsse und streichelnde Hände genoss.

Es erregte ihn, als Nadim begann, ihn zu entkleiden. Jede Berührung war wie ein Stromschlag, heftig, ungewohnt und dennoch wollte er mehr davon, viel mehr.

Unbewusst erwiderte er Nadims Berührungen, begann ebenfalls ihn zu streicheln, erwiderte seine Küsse stürmisch.

Nach und nach entkleideten sie sich, wobei sich Idris unter Nadims bewundernden Blicken tatsächlich schön und begehrenswert fühlte. Bisher eigentlich keine Beschreibungen, die er mit sich selbst in Verbindung gebracht hätte.

Es schnürte ihm fast die Luft ab, als sie – endlich nackt – sich gegenseitig, Haut an Haut, spüren konnten. Er strich über Nadims Rücken, hielt jedoch inne, als seine Finger dessen Gesäß berührten.

Nadim umfasste Idris' Gesicht, sah ihm zärtlich in die Augen. „Warum hörst du auf? Du kannst nichts falsch machen."

Idris kämpfte gegen seine aufflackernde Angst. Wenn er es sagte, dann sollte er ihm wohl glauben.

Fest die Augen zusammenkneifend fuhr er über die beiden festen Pobacken.

Der Vampir musste sich ein Lachen verkneifen. Idris sah so angespannt aus mit dem verkniffenen Gesicht, dass es wohl für ihn alles andere als schön sein konnte. „Süßer, wenn du das nicht möchtest, lass es. Tu nur, was dir gefällt."

Erschrocken riss Idris die Augen wieder auf. „Ich wollte nicht …"
„Wölfchen." Nadim legte seine Finger an die Lippen. „Möchtest du mich dort berühren?"
„Ja." Idris kratzte seinen ganzen Mut zusammen. Nicht allzu viel, jetzt wo er Nadims perfekten Körper gesehen hatte. Und davon noch nicht mal alles. Nur was er an seinem Oberschenkel spürte, zeigte, dass der Vampir auch dort vollkommen und vor allem groß war.
„Jede deiner Berührungen ist erregend. Du scheinst genau zu wissen, wie und wo du mich anfassen musst. Ich dagegen habe keine Ahnung. Ich hab Angst, dass meine Versuche absolut lächerlich sind."
Jetzt war es raus und wahrscheinlich jegliche romantische Stimmung zerstört.
„Okay Wolf. Erstens: Du weißt, du bist nicht der Erste für mich. Somit habe ich einige Möglichkeiten zum Üben gehabt. Es würde mich ehrlich wundern, wenn du dich heute wie der erfahrene Liebhaber verhältst. Zweitens: Es ist egal, was Du versuchst. Allein das du es wagst zu experimentieren, ist für mich erregend. Wie gesagt: Du kannst nichts falsch machen. Und selbst wenn, kann ich dich immer noch korrigieren und dir zeigen, wie du es angenehmer, besser machen kannst." Nadim küsste ihn auf die Stirn. „Lass dich fallen. Ich erwarte von dir heute nichts außer reinem Genuss. Wenn es dir Zuviel ist, mich anzufassen, dann lass es. Ich hoffe doch, dass wir noch öfter miteinander im Bett landen, dann kannst du es später mal ausprobieren. Heute möchte ich dich verwöhnen. Leg dich zurück und genieße."
Zärtlich strich Idris ihm über die Wange. Seine Worte hatten die Angst restlos vertrieben. Wenn er wirklich nichts erwartete, konnte der Blonde sich fallen lassen.
Schnell schaffte der Vampir es, ihn erneut zu erregen. Allein das sanfte Streicheln seiner Hände über seinen steifen Penis ließ ihn laut aufstöhnen.
Nicht lange und er kam einem Orgasmus sehr nahe. Abrupt hörten die Berührungen auf.
Idris öffnete irritiert die Augen, beobachtete, wie Nadim in der Nachttischschublade kramte. „Ich drehe ihr den Hals um", murmelte er. „Sie sollte … ah Klasse." Zufrieden holte er die Gleitgeltube hervor.
Als sich ihre Blicke trafen, grinste er nur. „Du glaubst doch nicht, dass ich es Alec nachmache. Ganz ehrlich, manchmal kann es verdammt erregend sein, sich auf diese recht schmerzvolle Art zu lieben, aber ich bin kein Fan davon."
Bevor Idris etwas erwidern konnte, wurde er wieder in einen stürmischen Kuss gezogen.
Währenddessen schob Nadim seine Beine auseinander, streichelte die Innenseiten seiner Oberschenkel.
Das kühle Gel, was er dann mit seinen Fingern zwischen Idris Pobacken verteilte, ließ diesen tief erschauern. Bereitwillig öffnete er sich, stöhnte auf, als ein Finger in ihn eindrang.
Das Gefühl war so anders, als er es sich vorgestellt hatte. Statt es als unangenehm zu empfinden, wollte er mehr, viel mehr davon.

„Nadim!", keuchte er heftig, schob sich ihm entgegen, bettelte mit seinem Körper darum, dass er weitermachte.

Dieser Bitte kam der Rotblonde nur zu gern nach. Nach einigen Minuten schon erregte und weitete er Idris bereits mit drei Fingern.

Wieder, kurz bevor der Blonde seinen Höhepunkt erreichte, hörte er auf, entzog ihm seine Finger.

Idris wimmerte leise, umklammerte Nadims Schultern, als der sich ganz auf ihn legte und zwischen seine gespreizten Schenkel kam.

Er fühlte Nadims Glied an seinem Anus. Schauer rannen ihm über den Rücken, da er doch um einiges größer war als seine Finger.

Das Dehnen und der damit verbundene leichte Schmerz ließen ihn die Luft anhalten.

Nadim ließ sich Zeit, drang fast in Zeitlupe in ihn ein, gab ihm immer wieder Gelegenheit sich an seine Größe zu gewöhnen.

Als er dann über Idris' Penis strich und den Blonden küsste, ihn somit ablenkte, konnte er sich problemlos ganz in ihm versenken.

Idris wurde von so vielen Empfindungen, Eindrücken, Gefühlen überrannt, dass er nicht mehr klar denken konnte und sich dazu entschloss, nur noch zu genießen. Denken konnte er später auch noch.

Es war fantastisch, wie gut es sich anfühlte, Nadim so nah, so tief in sich zu spüren.

Die ersten vorsichtigen Bewegungen ließen ihn wieder stöhnen. Nur zu gern nahm er den Rhythmus auf, ließ sich treiben.

Dann streifte Nadim seinen empfindlichsten Punkt und Idris schrie laut auf, während Sterne vor seinen geschlossenen Lidern explodierten. Er ließ sich davontragen, krallte seine Nägel tief in Nadims Rücken und warf den Kopf in den Nacken.

Weiter, weiter, weiter.

Das sollte nie aufhören.

Sein Orgasmus schlug so plötzlich so heftig über ihm zusammen, dass ihm sogar schwarz vor Augen wurde.

Ganz am Rande, weit weg spürte er, wie Nadim sich heftig keuchend in ihm ergoss.

Danach war er unfähig gewesen, sich aus eigener Kraft zu bewegen.

Nadim hatte sie beide mit einem Handtuch gesäubert, ihn dann fest in seine Arme gezogen und unter die Bettdecke gekuschelt.

„Ich liebe dich."

Diese drei Worte waren das Letzte gewesen, was Idris gehört hatte, bevor er erschöpft eingeschlafen war.

„Genug geträumt?"

Idris sah direkt in Nadims amüsiert funkelnde Augen. Dieser hatte sich seitlich aufgerichtet und seinen Kopf auf einer Hand abgestützt, Idris die letzten Minuten stillschweigend beobachtet.

Statt einer Antwort schlang der Blonde seine Arme um Nadims Hals und küsste ihn gierig. „Ich liebe dich", flüsterte er an die Lippen des Vampirs.

„Das heißt also, es hat dir gestern gefallen?"

Idris schnurrte zufrieden auf. „Gefallen? Ich denke schon. Ich habe von dieser reizvollen Frucht gekostet und will mehr davon. Lust auf eine Wiederholung?"

Nadim zog ihn in den nächsten Kuss. „Immer!", hauchte er.

Herstellung und Verlag:
BoD – Books on Demand, Norderstedt
ISBN 978-3-7322-4930-5